もっこすの城

熊本築城始末

角川文庫
23428

目次

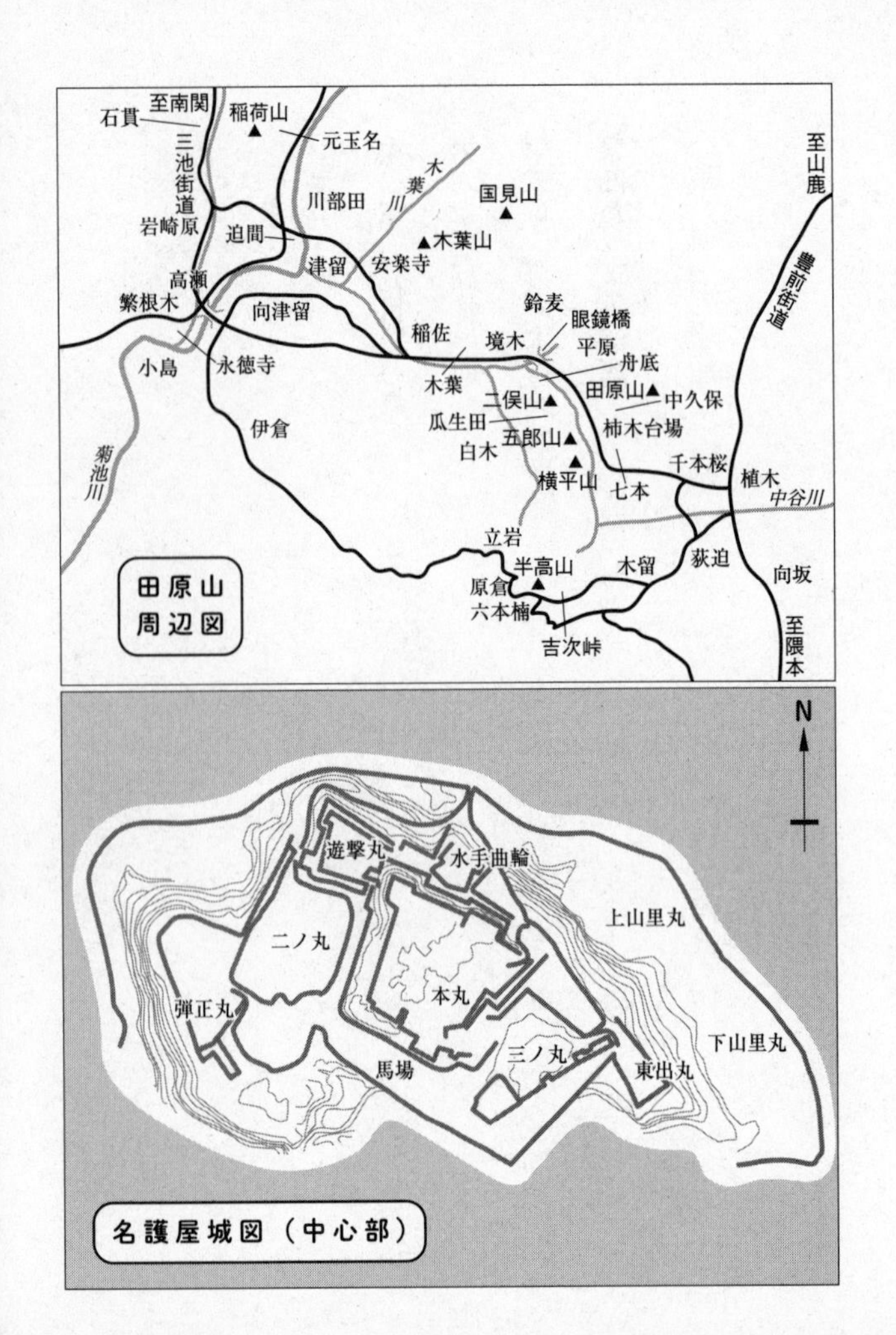
田原山周辺図
至南関
石貫
稲荷山
元玉名
三池街道
木葉川
川部田
国見山
岩崎原
迫間
木葉山
津留
安楽寺
至山鹿
豊前街道
高瀬
繁根木
向津留
鈴麦
眼鏡橋
稲佐
境木
平原
舟底
小島
永徳寺
木葉
二俣山
田原山
中久保
瓜生田
五郎山
柿木台場
伊倉
白木
横平山
千本桜
植木
菊池川
七本
中谷川
立岩
半高山
木留
荻迫
原倉
向坂
六本楠
吉次峠
至隈本
名護屋城図（中心部）
N
遊撃丸
水手曲輪
上山里丸
二ノ丸
本丸
弾正丸
下山里丸
三ノ丸
馬場
東出丸

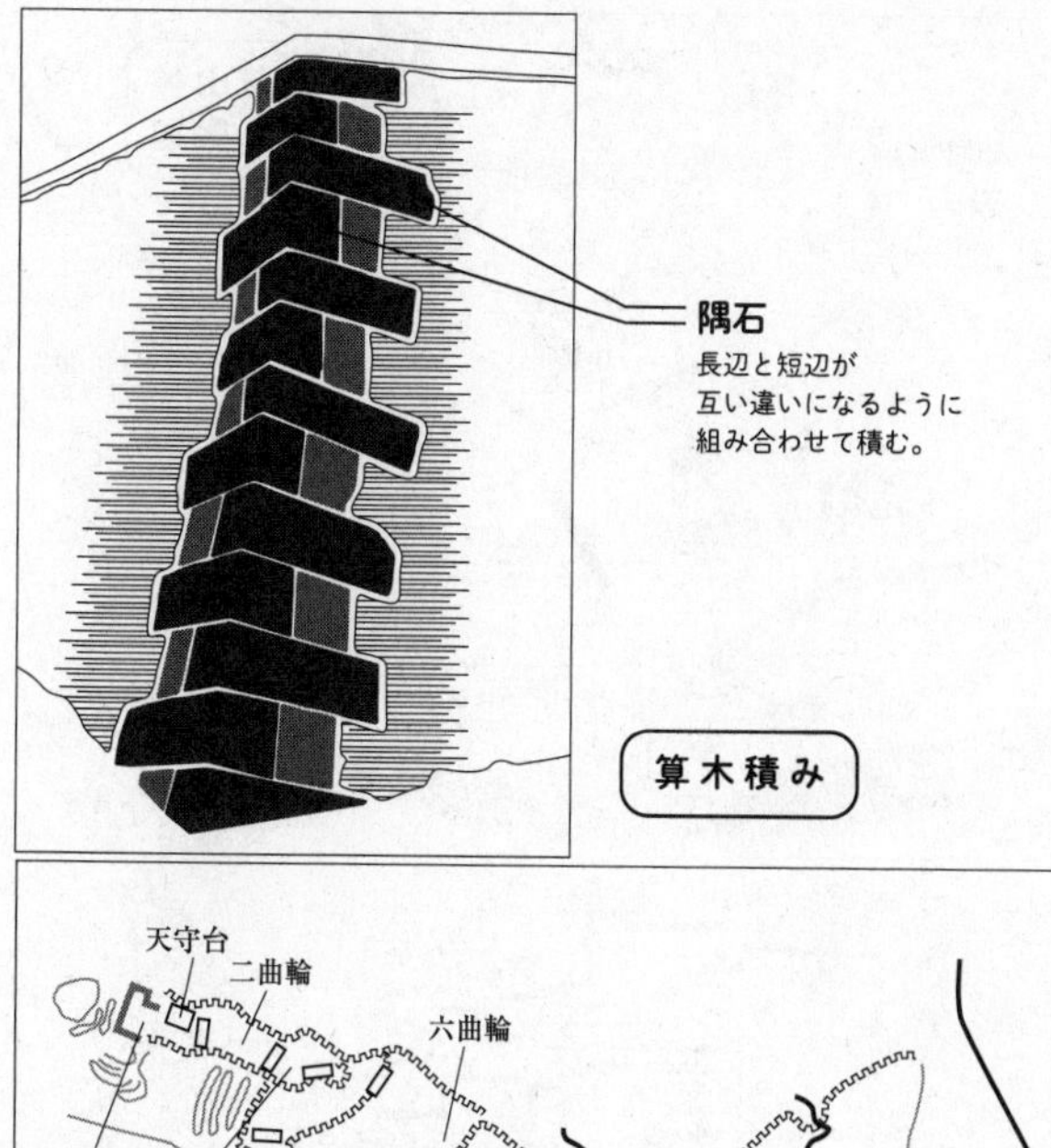

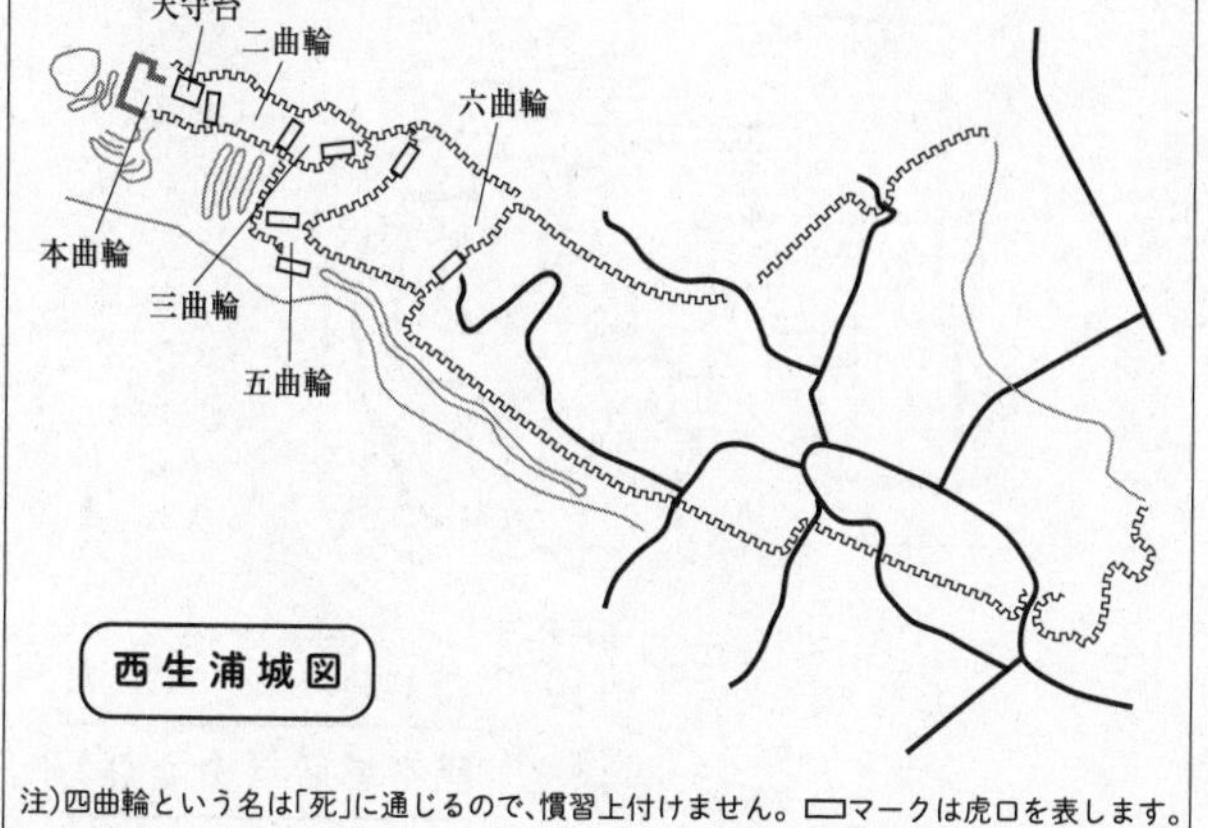

注）四曲輪という名は「死」に通じるので、慣習上付けません。▭マークは虎口を表します。

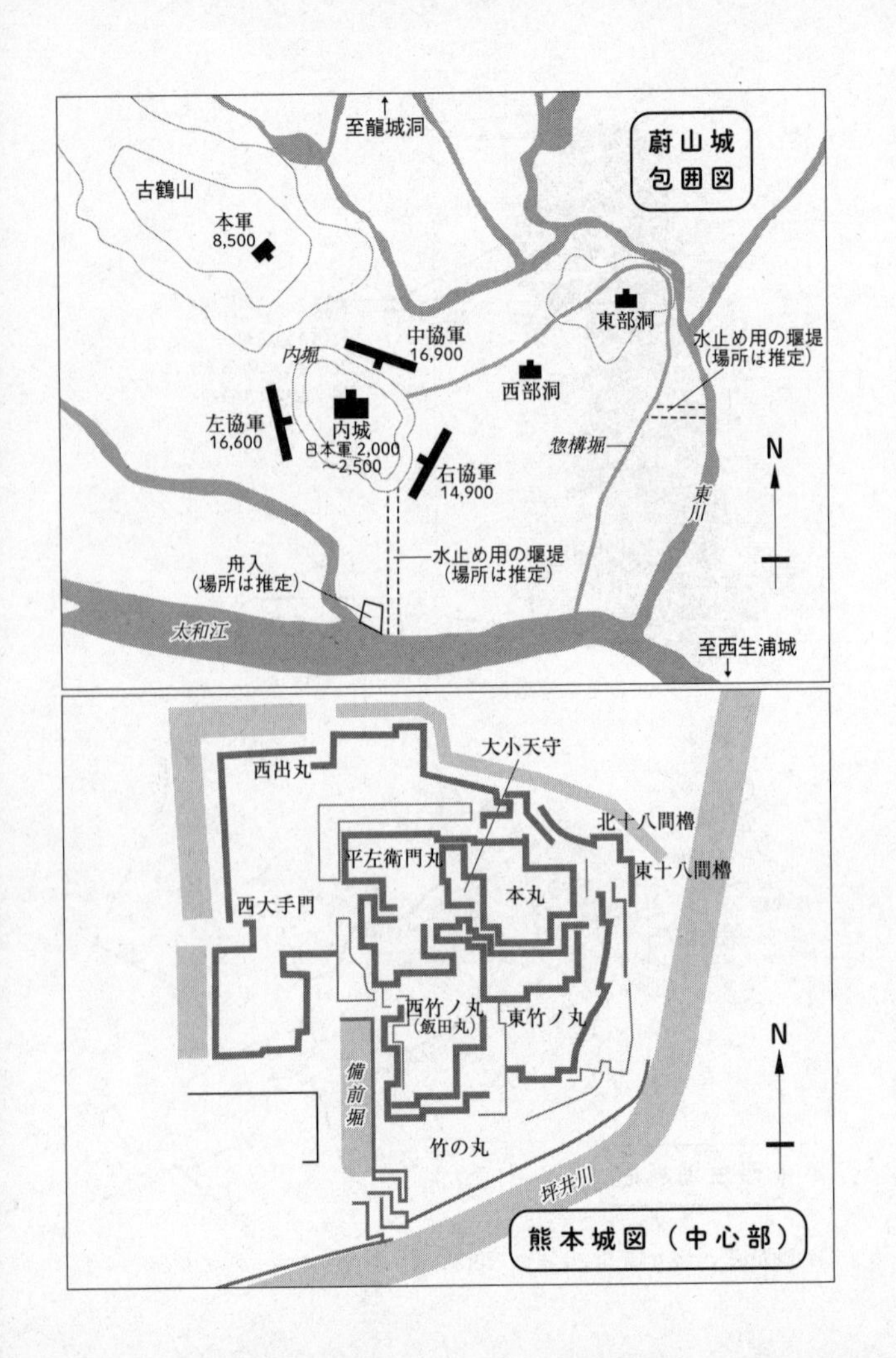
蔚山城
包囲図
至龍城洞
古鶴山
本軍
8,500
東部洞
中協軍
16,900
内堀
水止め用の堰堤
（場所は推定）
西部洞
内城
左協軍
16,600
日本軍 2,000
～2,500
惣構堀
N
右協軍
14,900
東川
水止め用の堰堤
（場所は推定）
舟入
（場所は推定）
太和江
至西生浦城
大小天守
西出丸
北十八間櫓
平左衛門丸
東十八間櫓
本丸
西大手門
西竹ノ丸
（飯田丸）
東竹ノ丸
N
備前堀
竹の丸
坪井川
熊本城図（中心部）

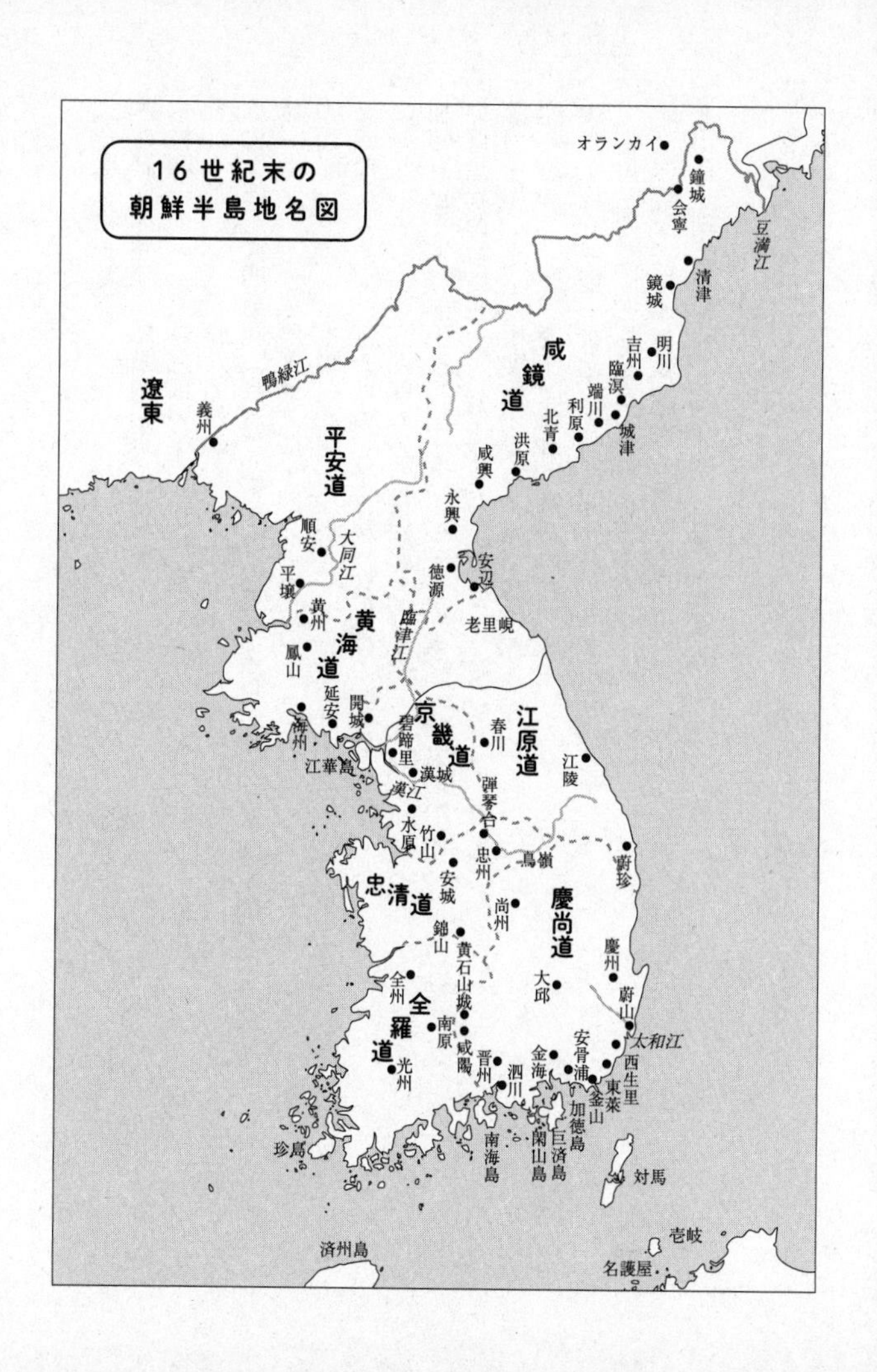

16世紀末の
朝鮮半島地名図
オランカイ
鍾城
会寧
豆満江
清津
鏡城
明川
吉州
咸
鏡
道
臨溟
端川
城津
利原
北青
洪原
咸興
遼東
鴨緑江
義州
平安道
永興
順安
大同江
安辺
徳源
平壌
黄州
黄
海
道
臨津江
老里峴
鳳山
延安
開城
京
畿
道
江原道
春川
江陵
海州
碧蹄里
江華島
漢城
漢江
弾琴台
水原
竹山
忠州
鳥嶺
蔚珍
安城
忠清道
尚州
慶尚道
錦山
黄石山城
慶州
大邱
全州
全
羅
道
蔚山
南原
咸陽
太和江
安骨浦
西生里
金海
晋州
泗川
光州
東萊
釜山
加徳島
巨済島
閑山島
南海島
珍島
対馬
壱岐
済州島
名護屋

【登場人物一覧】

木村藤九郎秀範　尾張国出身の築城家
木村藤十郎　藤九郎の弟
里　藤九郎の妹
木村次郎左衛門忠範（高重）　織田家の普請奉行、藤九郎・藤十郎兄弟の父
琴　藤九郎・藤十郎兄弟の母
弥五郎　木葉村に住む農民
又四郎　弥五郎の息子、後に藤九郎の弟子
たつ　弥五郎の娘、後に藤九郎の嫁
加藤清正　肥後半国十九万五千石の大名、藤九郎の主人
佐屋嘉兵衛（沙也可）　藤九郎の親友
源内　甲斐国出身の治水の専門家
佐之助　近江国出身の灌漑の専門家
大木土佐守兼能　加藤家の川普請奉行。後に算用方
三宅角左衛門　加藤家の普請作事奉行
北川作兵衛（初代）　加藤家の普請・作事役
北川作兵衛（二代目）　加藤家の普請・作事役

プロローグ

その話を聞いた時、木村次郎左衛門忠範（高重）は、わが耳を疑った。

「京都で右府様が討たれただと」

忠範の形相があまりに恐ろしかったのか、使いの者は一歩、二歩とあとずさった。

――あのお方が死ぬはずはない。

ほんの二日前の五月二十九日、安土城を颯爽と出陣していった信長の姿には、死の影など微塵もなく、眩しいばかりに天下人としての威厳に溢れていた。

「いまだ確かな話は入ってきておりませんが、御番衆筆頭の蒲生様より、御番衆を集めるよう仰せつかり、それがしが馳せ参じました」

御番衆とは安土城の留守を預かる者たちのことで、本丸御番衆として津田源十郎ら七名、二の丸御番衆として日野城主の蒲生賢秀ら十四名の合計二十一名から成っている。城主信長不在の間、この二十一名が様々な懸案を合議制で決めていく。

「ということは右府様が討たれたというのは、間違いないようだな」

「おそらく――」

使いの者の蒼白な顔を見れば、それが真実なのは明らかだった。

「分かった。すぐに登城する」

「一刻も早くお願いします」

そう言い残すと、使いの者は肩の荷が下りたかのように走り去った。

「琴！」

奥に向かって叫ぶと、妻の琴が小走りにやってきた。

「これから登城する」

琴が不思議そうな顔をする。

「今日は、大船止の普請を指揮するご予定ではなかったのですか」

「それどころではなくなった」

「何があったのです」

胸騒ぎを感じたのか、琴の顔に不安の色が広がる。

「それを確かめに行く」

なおも何か問いたげな琴だったが、それ以上は口を閉ざし、登城用の肩衣に半袴を用意した。

――右府様横死が事実だとしたら、織田家やわれら家臣はどうなるのか。いや、それを案ずるより、今は託された使命を全うするだけだ。

「琴、城に甲冑を運ばせておいてくれ」

「甲冑を──。どういうことです。あなた様は普請奉行ではありませんか」

琴の顔が青ざめる。

「万が一のためだ」

「まさか、戦になるのですか」

「それは分からんが、そうなっても慌てずにいたいのだ」

「分かりました」

「では、行ってくる」

忠範が表口まで出た時、息子の藤九郎が駆け込んできた。

「あっ、父上！」

「藤九郎、どうした。学問所に行ったのではなかったのか」

「変事があったと聞き、帰宅を命じられたのです。いったい何があったのですか」

「落ち着け。まだ定かなことは分かっていない」

「とは仰せになられても、町衆が右往左往し、荷車に家財道具を積み込んでいます」

町衆でさえそうした状態になっているということは、信長の死は確実だった。

──もはや、右府様の死を念頭に置いて動かねばならんな。

それでも信長が生きているという一縷の望みを、忠範は捨てきれないでいた。

「藤九郎、京で何かあったのは間違いない。だが雑説（情報）に惑わされてはならん。それが、こうした際の武士の心得だ」

「かような時こそ、武士としての真価が問われるのだ」

その言葉は己に向けられていた。

「あなた様、何があったか教えて下さい」

背後から琴の声が聞こえた。

――致し方ない。もはや会えぬかもしれんからな。

「二人とも心して聞け。右府様が何者かに襲われ、身罷られたという話が届いた」

「ああ、何と――」

琴が絶句する。

「父上、右府様は誰にやられたのです」

「定かなことはわしにも分からん。だが騒いだところで何も変わらん。藤九郎――」

忠範が藤九郎の両肩を摑む。十四歳になる息子が、いつになく頼もしく見えた。

「何があっても動じるでないぞ」

「は、はい」

「お城が戦場となれば、わしはもうこの家に戻れぬ。その時は――」

なぜか言葉に詰まった。おそらく「戻れない」という予感は正しいのだ。

「母上と弟妹を連れて逃れるのだ」

「父上はどうするのです」

「わしは城に残る」

「父上、私にも何か手伝わせて下さい」

「そなたの役目は、母上と弟妹を守ることだ。分かったな」

「は、はい」

藤九郎が不承不承うなずく。

「藤九郎、決して短慮を起こしてはならんぞ。そなたは戦場を主たる働き場とする武士ではない。城取りを継ぐ者なのだ」

城取りとは、城を取り立てる際の選地から経始（縄張りと事前準備）、さらに実際の普請（土木工事）と作事（建築工事）全般を指揮する統括者のことだ。

「城取りを継ぐ者、と」

「そうだ。城取りの秘伝書は、わしの笈の中に入れてある。それを背負い、今からすぐに甲賀の里まで逃げるのだ。さすればそのうち、三介様の軍勢が伊勢からやってくる」

三介とは信長の次男の信雄のことだ。この頃、信雄は伊勢松ヶ島城を本拠としており、安土まで一日の距離にいる。

「三介様が安土に向かう途次に甲賀がある。それゆえ三介様の軍勢が来たら父の名を明かし、守ってもらえ」

忠範が藤九郎の両肩を再び摑む。

「承知しました。それで父上は、どうなされるのですか」

「それを、これから皆と話し合う。運がよければ――」

忠範が二人を交互に見つめた。

「伊勢で会える」

「それは本当ですか」

琴が身を寄せる。

「ああ、命は惜しくないが、これまで身に付けた知識と経験を、織田家のためにまだまだ役立てたい。そのためにも、わしは生きたい」

「そのお言葉を信じております」

「父上、必ずや母上、藤十郎、里の三人を守ります」

藤十郎とは藤九郎の五歳下の弟、里とは七歳下の妹のことだ。

一瞬言葉に詰まったが、忠範は思いきるように言った。

「藤九郎、わしの身に何かあっても、そなたは一廉の者になるのだぞ」

「はい。誓って一廉の者になります！」

「笈の中の秘伝書を、そらんじられるまで頭に入れておくのだ。さすれば必ず報われる」

「分かりました。必ずや――」

「よいか、藤九郎。これだけは忘れるな。城とは人を傷つけるものではなく、人を守るものだ。それを常に思い出し、城取りという仕事に誇りを持って生きろ！」

「はい。そのお言葉を忘れません！」

その時、通りの彼方（かなた）から藤十郎と里が駆けてきた。二人は小さいので、藤九郎とは別の学問所に通っていた。

「父上、どこへ行くのですか！」

藤十郎はすでに泣き面（つら）である。

「お城に行く。そなたらは、母上と兄上の言うことをよく聞くのだぞ」

二人の頭を撫（な）でた忠範は、未練を断ち切るように城の方を向いた。

「あなた！」

「父上！」

「では行く。達者でな！」

忠範が駆け出す。背後から「父上！」という幼い声が聞こえてきたが、忠範は振り向かずに走った。

忠範たち中堅武士が住む山下町（さんげまち）からは、安土城の天主がよく見える。それを見つめながら忠範は、「お城は守り抜きます」と心中で信長に告げた。

城に近づくにしたがい、混乱は凄（すさ）まじいものになっていた。人の波に逆らうようにして城に着くと、百々橋口（どどばしぐち）にいるはずの門番がいない。これでは誰もが自由に出入りできてしまう。

——何たることか。

信長の下、比類なき規律と強さを発揮してきた織田家中も、その大きな幹が折れてしまえば、烏合の衆も同然なのだ。

「馬の脚」と呼ばれる不規則な高さの石段を駆け上がっていると、下級武士や中間・小者が、城内のどこからか何かを持ち出しているのに遭遇した。

――どさくさに紛れて盗んでいるのだな。

いかにも主人に命じられたという顔をした中間数人が、大きな長持を担いで石段を下りていくのを見掛けた。しかし誰も咎める者はいない。

だが忠範は、そうしたことにかかわっているわけにはいかない。石段を一気に駆け上がった忠範は、摠見寺の境内を抜け、本丸御殿に入った。

混乱は御殿内も同じだった。吏僚や茶坊主が足音もけたたましく長廊を駆け回り、女房衆が悲鳴を上げながら、打掛を翻している。

――まず皆を落ち着かせなくては。

そのためには信雄の入城が一番だが、それがいつになるかは分からない。

千畳敷に飛び込むと、まだ半数余りの御番衆しか来ていない。

「おお、木村殿、よくぞ参った!」

番衆頭の蒲生賢秀の顔に笑みが浮かぶ。だが、その笑みもたちまち消えた。

「山岡殿はどうした」

賢秀が山岡景佐の姿を探すが、どこにもいない。

山岡屋敷まで使いに行ってきた者によると、山岡景佐は兄の景隆が守る瀬田（勢多）城まで行き、確かな情報を持ってくると言い残し、安土を後にしたという。

「勝手なことをしおって」

賢秀が舌打ちする。

「山岡殿のほかに、まだ来ていない御番衆はどうした」

「実は――」

それぞれの屋敷に行ってきた者たちが報告する。

案に相違せず、来ていない者たちは様々な理由を構えていたが、それらが逃げ口上にすぎないのは誰もが分かっていた。

報告を聞いた賢秀が肩を落とす。

「これが右府様の信頼厚い安土の御番衆か」

――皆、わが身が大事なのだ。

こうした危急の折にこそ、人としての本性が現れる。

「分かった。ここにいる者だけで評定を始める」

賢秀は評定の開始を告げると、すぐに本題に入った。

「本日未明、右府様は京都本能寺にて――」

賢秀の声が震える。

「身罷られた」

「それは間違いないのですか」

　誰かが悲痛な声で問う。

「ああ、間違いない。京都にいたわが家臣が知らせてきた。それだけではない。信頼できる者たちから、相次いで同じ話が入ってきている」

「左中将様は――」

　左中将とは、信長から家督を譲られた長男信忠のことだ。

「残念ながら、左中将様も討ち取られたか自刃なさったという話だ」

「誰が――、誰が右府様を襲ったのです！」

「惟任の謀反と聞いた」

　――まさか、右府様の覚えめでたい明智光秀が。

　予想もしなかった名に、忠範はわが耳を疑った。

　――つまり、あの戦上手の惟任に率いられた明智勢が、ここに押し寄せてくるというわけか。

　明智勢の整然とした規律と、その強さは織田家中随一と言ってもいい。

　皆もそれに気づいたのか、いったん息をのむように沈黙すると、次の瞬間には大騒ぎとなった。

「静まれ」

　賢秀が両手を挙げて皆を鎮める。

「惟任の謀反が本当なら、ほどなくして精強な明智勢がやってくる。その前提で、われらがなすべきことを決めねばならぬ」

「蒲生殿、三介様への使者は出されたのですか」

誰かの問いに賢秀が答える。

「すでに送った。三介様には、『すみやかに安土の城にお入りいただき、織田家の天下が安泰なことを示して下され』と言い添えた」

こうしたことにかけて、賢秀は抜け目がない。

「ただし——」

賢秀は皆を見回すと言った。

「わしは右府様から、万が一の場合、御台所様(濃姫)をはじめとする右府様の妻子眷属を、不安なき場所にお移しするよう申し付けられておる」

「不安なき場所とは」

誰かの問い掛けに、賢秀が自信を持って答える。

「わが城にお移りいただくつもりだ」

賢秀の本拠の日野城は、安土城から東へ五里(約二十キロメートル)ほどの距離しかない。だが草深い地にあるため攻略するとなると手間がかかる。ほかにやるべきことが山ほどある光秀ゆえ、すぐにはやってこないと思われた。

「そこで、わしは日野城にいる息子の氏郷に迎えの兵を寄越すよう伝えた。息子は今こちらに向かっている」

——つまり、日野城なら心配は要らぬということか。

これにより、安土で信長の妻子眷属を守り抜かねばならないという重圧はなくなった。

「誰か、何か申したき儀はあるか」

「卒爾(そつじ)ながら——」

御番衆の末席にいた忠範が手を挙げた。

「ああ、木村殿か」

賢秀の顔には、「城取りが何事だ」という色が浮かんでいる。

「では、蒲生殿は御台所様と共に日野城に向かわれるおつもりか」

「ああ、そのつもりだ」

賢秀がむっとしたように答える。

——それでは話が違う。

五百余の兵を擁する賢秀がいてこそ、蒲生勢を核として城内は一つにまとまり、抗戦らしい抗戦ができる。だが肝心の賢秀がいないとなると、安土城の防御は、なきに等しいものとなる。

「この城にお残りいただけませんか」

「それがしは右府様より妻子眷属を守るよう申し付けられておる」

「しかし蒲生殿は、安土城御番衆の筆頭でもあるはず。蒲生殿がこの城を見捨ててしまえば、この城はどうなるとお思いか」

つい詰問口調になったため、賢秀の顔色が変わった。

「わしは逃げるわけではない。御台所様たちを日野城にお移しした後、兵を率いて戻ってくる」

「御台所様たちをご子息に託せば、それで済む話ではありませんか」

——ここが切所だ。

忠範は賢秀の最も痛いところを突いた。

「何を言うか！」

案に相違せず、賢秀は怒りをあらわにした。

「わしは御台所様を守るよう、右府様から申し付けられておる！」

信長の名を出すことで、賢秀はこの場を切り抜けようとしていた。

「では、蒲生殿が御不在の間、この城はどうなされる」

「そなたらが守るべし」

その言葉に、ほかの御番衆たちがざわつく。

——ここにいる者だけで兵を出し合っても、百にも満たない。

その兵力で明智軍に籠城戦を挑んだところで、落城は目に見えている。

「お待ちあれ」

別の者が発言を求める。

「やはり、御台所様たちをご子息に託し、蒲生殿には残っていただきたい」

「いや、待たれよ」

賢秀の顔に焦りの色が表れる。

「それがしの第一の使命は、右府様の妻子眷属をお守りすることだ。それがし不在の日野城を攻められ、御台所様たちが生け捕りにでもされたら、武士として面目がない。だいいち三介様の軍が、明日かあさってには入ってくる。それまでの辛抱だ」

なおも忠範が食い下がる。

「それでは、御番衆筆頭というお役目を果たすことにはなりません。少なくとも三介様に城を引き渡した後、日野城までお引き下さい」

「何と無礼な」

賢秀が立ち上がる。それを左右にいた者たちが抑える。

「城取りの分際で何を申すか！」

その時、外が騒がしくなり、使番が駆け込んできた。

「たいへんです。山下町が火に包まれております」

「何だと！」

ここにいる者の大半は中級家臣なので、山下町に屋敷がある。

忠範は愕然（がくぜん）としたが、それを振り払うようにして使番に問うた。

「なぜ火が出たのだ」

「それが皆目、分からないのです」

——ここでも謀反か。

皆が顔を見合わせていると、別の者が駆け込んできた。

「山崎志摩守様ご謀反！」

山崎志摩守とは、近江国人の山崎秀家のことだ。

「どうしてそれが分かる！」

賢秀が喚く。

「謀反かどうかは分かりませんが、屋敷に火を放ち、いずこかに退去しました」

——何と愚かな。

秀家は、退去する時の作法として自邸に火を掛けたのだ。

「これで一刻の猶予もなくなった。それでは後は任せる！」

そう言って賢秀が立ち上がる。

火が出てしまえば、城内まで延焼する可能性がある。それゆえ、いち早く信長の妻子眷属を逃がすという、賢秀の判断も説得力を持ってくる。

忠範は口をつぐまざるを得なかった。

ところが、登城してきた御番衆にも動揺が広がり、「火を消し止めに行ってくる」「妻子を逃してから戻ってくる」などと言い募り、次々と大広間を後にしていった。

——何という連中だ。

忠範とて妻子を山下町に残してきている。だが忠範は、ここに残って己の使命を全うすることを優先した。

——おそらく賢い藤九郎のことだ。すでに甲賀に向かっていることだろう。

今となっては、それを祈るしかない。

忠範は心中家族の無事を祈ると、「よし」と言って立ち上がった。

「皆、集まれ！」

忠範が、わずかに残った者たちを呼び集める。

「城外の橋という橋を落とせ。いや、伊勢方面に通じる橋は落とすな」

信雄勢を迅速に迎え入れるには、その方面の橋は落とせない。

「そうだ。橋を落とす前に、城外にある糧秣や武器をかき集めろ。それが済んだら、橋を落としてすべての門を閉じろ」

だが城内にいた足軽・小者や中間の類の大半は逃げ散り、残っている者たちも、いつまでいるかは分からない。

——籠城戦を行うには、三介様の来着を待つしかないのか。

忠範は天を仰いだ。

謀反を成功させた光秀は本拠の近江坂本城に戻り、諸方面に与同勢力を募ると、その鋭鋒を安土に向けた。

「光秀、安土に向かう」の一報は、すぐに安土城にも届いた。

これにより、わずかに残っていた者たちも慌てて逃げ散った。中には城を焼いて退去しようと言う者もいたが、忠範は首を左右に振った。

「わしは引くつもりはない。この城を守り抜き、それでも落城となれば、城と命運を共にするつもりだ」

だが忠範にも勝算はある。

今の光秀が安土に長居することはない、と忠範は見ていた。なぜかと言えば、光秀が安土城の攻略に手間取れば、北陸の柴田勝家、中国の羽柴秀吉、東国の滝川一益らが、軍勢を引き連れて畿内に戻ってくるからだ。それだけでなく大坂の住吉には、四国に渡る予定の丹羽長秀と織田信孝に率いられた一万四千余の軍勢もいる。

ただし、光秀より早く伊勢の信雄勢や日野の蒲生勢が城に入らねば、籠城戦を遂行できない。

――どちらが早く来るか。それで安土城の命運が決まる。

その壮麗な天主を眺めつつ、忠範は祈った。

琵琶湖西岸の坂本から安土に至るには、近江国の瀬田を通るのが最短距離となる。そのため光秀は瀬田を通過しようとしたが、瀬田城を守る山岡景隆は光秀へ味方することを拒否し、瀬田の唐橋を落として甲賀の山中へと逃げていった。安土城御番衆の弟景佐も一緒だった。

光秀は瀬田の唐橋が落ちたことを知ると、坂本より普請人足を呼び寄せ、三日で橋を修復した。

フロイスはその著作『日本史』で、「明智の優秀な技能と配慮により、（唐橋は）ただちに修理復旧された」と記しているが、ここで三日も足止めを食らったのは大きかった。

一方、安土城に残った忠範らは、じりじりする思いで信雄の入城を待っていた。だが信雄は光秀を恐れているのか、なかなかやってこない。

実は信雄らは、近江土山城まで来たところで、「細川藤孝と筒井順慶の両名が、光秀に馳走（味方）する模様」「毛利が光秀に呼応して上洛の兵を発した」といった偽情報に惑わされていたのだ。

その大半は流説の類にすぎなかったが、光秀の手腕を知る信雄とその宿老たちは、必要以上に慎重になっていた。

そして六月五日の夜、光秀が安土に到着することで、忠範は万策尽きた。

街道に延々と続く松明の行列を眺めつつ、忠範は覚悟を決めた。

もはや城内は閑散とし、人影もまばらとなっている。だが残っている者たちの顔には、強い決意の色が表れていた。

――この城は、わしが手塩にかけて造った。そして右府様に留守を託されたのだ。たとえ右府様が冥府に旅立とうと、わしはこの城を守り抜く。

一つだけ心残りなのは、妻子の安否を確かめられないことだ。

――心配は要らぬ。きっと逃げおおせている。

すでに指揮官らしい指揮官は城におらず、城取りにすぎない忠範が、いつの間にか安土城の城代のような立場になっていた。

――わが知識はすべて書き記した。後は藤九郎に託すのみ。

死を覚悟した忠範の胸に、清々しい風が吹き抜けていく。

――わしは全力を尽くして城を造ってきた。城取りとしての生涯に悔いはない。

物見が駆け込み、敵が城下を取り巻いたという報告が入る。

大広間を見回すと、残っているのは古甲冑を身に着けた老武者ばかりだ。

――おおよそ百ほどか。

これでは籠城戦にもならない。

「皆、聞いてくれ」

忠範の言葉に、老武者たちが威儀を正す。

「皆も知っての通り、右府様は身罷られた。それでも、この城だけでも守りたかった。だが、どうやらそれも叶わぬこととなった。真に無念ながら――」

嗚咽を堪えながら、忠範が続ける。

「ここで誰かが意地を見せねば、右府様も浮かばれぬ。これからわしは城を打って出る。

続くも勝手、続かぬも勝手だ」

忠範が兜をかぶると、「よし、行くぞ！」「右府様の弔い合戦だ！」と言いつつ、そこにいた者たちも出陣の支度を始めた。皆、死を恐れるどころか、華々しい死に場所を得られたことで嬉々としている。

やがて本曲輪の庭に集まった老武者たちは、隊列らしきものを組んだ。

「これから門を開いて敵中に突入する。目指すは惟任の首一つ！」

「おう！」という声が上がる。

忠範は「行くぞ！」と言うや、先頭を切って石段を駆け下り、百々橋口門に至った。

――まさか城取りのわしに、天がこれほどの死に場所を与えてくれるとはな。

自ら造った城を守って討ち死にできる喜びを、忠範は嚙み締めていた。

最後に振り向くと、明智勢の篝に照らされた安土城の天主が、その姿をはっきりと浮かび上がらせていた。

――右府様、天下一の城を造らせていただき、お礼の申し上げようもありません。

その時、それに応えるかのように雲間から月が顔を出し、城を輝かせた。月光の青と篝の橙色が競うように天主に反射している。

この世にこれほど美しいものはないと、忠範は思った。

――わしほどの果報者はおらぬ。

天主に一礼した忠範は、前を向くと大声で言った。

「開門！」

門扉が左右に開かれる。

門の外では、敵が筒口を並べて待っていた。

――さらばだ。

妻子の顔が目に浮かぶ。

――藤九郎、皆を頼んだぞ。そして天下一の城を築くのだ。

忠範が槍を構える。

「掛かれ！」

次の瞬間、激しい筒音が安土の空に轟いた。

第一章　蛇目紋の家

一

尾張国愛知郡中村には、これまでにないほどの人が集まっていた。

四半里（約一キロメートル）は続いているかと思われる列の最後尾に並びつつ、藤九郎は後悔し始めていた。

――この人数では、仕官などとても無理だ。

だが藤九郎は、石にかじりついてもこの機会を逃したくなかった。

――仕官せねば、一家は食べていけない。

青々とした水田を眺めつつ、藤九郎は甲賀の里で畑仕事にいそしむ母や弟妹のことを思った。

安土城が落城した時、父の指示に従い、持てるだけの家財を持ち、いち早く逃げ出したのが幸いし、一家はそろって甲賀にたどり着いた。後で聞いた話だが、逃げ遅れた者たちは火事に巻き込まれるか、明智勢に略奪されるかして、散々な目に遭ったらしい。
だが甲賀に着いてからもたいへんだった。当初は親戚の家に身を寄せたものの、長居はできない。そこで母は小作となり、藤九郎と共に泥にまみれながら農作物を作った。それでも一家四人が食べていくのはやっとで、稗粥をすすり、芋をかじるようなぎりぎりの生活を強いられた。

そうした生活から脱するには、武士になるしかない。

――待っていてくれよ。

空は晴れわたり、鳶が数羽、のんびりと飛んでいた。

天正十五年（一五八七）五月、豊臣秀吉は長年の仇敵だった佐々成政に肥後一国五十四万石を与えた。かつて成政は越中一国七十三万石の大身だったが、賤ヶ岳の戦いで柴田勝家に味方し、小牧・長久手の戦いでは織田信雄・徳川家康陣営に与したため、秀吉によって改易に処され、御伽衆に加えられていた。ところが成政を側近く使ううち、秀吉は成政が優秀なことに気づき、肥後一国を預けることにしたのだ。

秀吉はこの時、「肥後の国衆はうるさいので、三年間は検地をせず、融和策を貫くように」と、成政に申し渡した。しかし肥後に赴任した成政は自らの蔵入地（直轄領）がないため、家臣たちに知行を割り振れない。そこで密かに検地に着手した。

ところがこれに反発した国衆は反乱を起こし、成政だけでは鎮圧できなくなる。これを聞いた秀吉は、この時に行われていた北野大茶湯を中止にし、九州諸大名に出兵を命じた。

二万余の軍勢に踏み込まれては、いかに屈強な肥後国衆でもひとたまりもない。瞬く間に反乱国衆や同調した百姓一揆は鎮圧された。

降伏してきた国衆を次々と斬首刑に処した秀吉は、喧嘩両成敗の掟から、成政に切腹を命じた。これにより佐々家は、肥後入国から一年と経ずに改易となった。

乱の鎮圧後、秀吉は黒田孝高、浅野長政、加藤清正の三人に二万の兵を付けて肥後に派遣し、検地を執り行った。

しかし新たな問題が持ち上がった。成政の改易があまりに突然だったので、肥後一国を治められる適任者が見当たらない。

そこで秀吉は子飼い家臣の中から抜擢することにした。

白羽の矢が立ったのは、加藤清正と小西行長の二人だった。

秀吉は肥後を二分し、北半分を清正に、南半分を行長に与えた。清正が十九万五千石、行長が十四万石余である。尤も行長には父祖から引き継いだ交易の利権があるため、財政的には清正よりも余裕があった。

一万石から十四万石の主となった行長も大きな加増を受けたことになるが、それまで三千石の知行しかもらっていなかった清正は、おおよそ六十五倍もの知行を得たことになる。

この時、行長は三十一歳だが、清正は二十七歳にすぎず、その年齢からしても、まさに古今未曽有(ここんみぞう)の出頭となった。

それまでの清正は、三千石の知行で百七十人の家臣を養っていた。足軽・中間(ちゅうげん)・小者を含めても、一千人にもならない。そこで清正は、故郷の尾張で武辺者や何かに長じた者を家臣として召し抱えた上で肥後に行くことにした。

故郷中村で行われた募兵考試には、各地から浪人たちが押し寄せてきた。


やがて田園が途切れ、藤九郎の並ぶ列は町屋の連なる一角に入った。

藤九郎のいる位置からも、ようやく考試の行われている会場が見えてきた。

考試と言っても、それほど難しいことを求められているわけではない。武士ならば槍(やり)さばきや鉄砲の弾込めをやらせてみて、その練度で採用の可否を決める。また、それまでの経歴や経験も勘案され、それによって知行高が決まる。

一方、吏僚の場合は算盤(そろばん)の速さを競わせるわけにもいかないので、自己申告による経歴が重視された。もちろん嘘を言っていれば、肥後に行った後に放逐(ほうちく)されるので、虚偽申告する者はいない。

考試場の中からは「えい」「やあ」という気合が聞こえるので、どうやら槍の試技が行われているらしい。

ようやく入口付近に達すると、武技を見せる者と吏僚希望者に分けられた。

もちろん藤九郎は吏僚の列に並んだ。

考試の場には砂利(じゃり)が敷き詰められており、広縁の上に座した役人が、広場に拝跪(はいき)する仕官希望者に、様々な問いを発している。

「分かった。仕官を許す！」

「せっかくご足労いただいたのだが、お雇いできぬ」

五人ほどの下役人が一人ひとりの経歴を聞き、手短に話し合って即座に結論を出している。それほど家中の増員は急務なのだ。

藤九郎の目前の男は不採用となったが、しきりに食い下がっていた。

どうやら駿河(するが)今川(いまがわ)家で算用方をやっていたというのが男の売りのようだが、下役人は渋い顔をしている。

「何とかお願いできませんか」

「だが、そなたは三十五を優に過ぎておるだろう」

「いえ、まだ二十八です」

その男は、どう逆立ちしても二十代には見えない。

此度(こたび)の考試では、年齢も重要な採用条件になっていた。

「二十八だと。それではそなたは、今川家健在の頃には小僧ではないか」

「あれ」と言いつつ、男は両手の指を出して年数を確かめている。

「よいか。今川家が駿河を追い出されたのが永禄(えいろく)十二年（一五六九）。今年が天正十六年（一五八八）だ。つまりそなたは、十にもならぬうちに今川家で算用方をやっていたことになる。そんな算術もできずに、算用方が聞いて呆（あき）れる」

周囲から失笑が漏れる。

「はい、次！」

役人がそう命じると、いまだ両手の指を折っている男の腕を左右から小者が取り、陣幕の外へと連れていった。

「次だ。早くしろ！」

役人に促され、藤九郎が前に出た。

「名前は」

「木村藤九郎秀範（ひでのり）と申します」

「年はいくつだ」

「二十歳になりました」

役人が疑（うたぐ）り深そうな目で藤九郎を見回す。

「どうやら信じてよさそうだな」

肩越しに背後を振り返って役人が同意を求めると、後方の座敷内にいる役人たちもうなずいた。

「それで、何をやっていた」

「何もやっていません。いえ、畑を耕していました」

役人が呆れ顔で問う。

「まさか、そなたは百姓か」

「いえ。父は武士でした」

「しかし、そなたは武士も吏僚もやったことがないのだろう」

「は、はい」

嘘はつきたくないので、藤九郎は正直に答えた。

「それでは駄目だな」

「足軽小者でも構いません」

「そうした下々は、向こうに行ってから雇い入れる。連れていくのは一廉（ひとかど）の者だ」

この場合の一廉の者とは、物頭（ものがしら）を務められるほどの武士や、経験や技能のある吏僚のことだ。

「次だ、次！」

「お待ち下さい」

「まだ、何かあるのか」

役人が迷惑そうな顔をする。

「私には、一つだけ取り柄があります」

「取り柄だと」

「私の亡父は城取りをやっていました。その秘伝を受け継いでおります」

父が残してくれたものは、父が秘伝書と呼んでいた城造りの秘訣をまとめたものと、それに付随する手控え（メモ）から成っていた。

「城取りだと」

役人の目の色が変わる。

「父の名は――」

「木村次郎左衛門忠範という名でした」

「木村次郎左衛門とな」

役人が記憶をまさぐる。畳の奥の方からも何やら話し声が聞こえる。

「もしやそなたは――」

「はい。安土の城と運命を共にした木村次郎左衛門の長男です」

事務的だった役人の顔に初めて血が通う。

「それは真（まこと）か」

「はい。嘘はつきません」

「分かった。そこで待っていろ」

役人は広縁の下に控える中間に指示を与えると、次の者の考試に移った。

小半刻（こはんとき）（約三十分）ほど待たされていると、舟底袖（そで）の羽織にたっつけ袴（ばかま）といういでたちの男がやってきた。何かの職人のようだ。

「木村次郎左衛門殿のご子息と聞いたが」

「はい。嫡男(ちゃくなん)の藤九郎秀範と申します」

その四十絡みの男は、藤九郎の顔をじっと見つめると言った。

「よう似ておる」

「はい。幼い頃から父によく似ていると言われました」

「だが、わしは確かめるよう申し付けられておる。いくつか問わせてくれるか」

「もちろんです」

「では——」と言うと、男はあらたまった声音で問うた。

「よき石垣を築くには——」

「石の声を聞くことです」

藤九郎が即答する。父から幾度となく教えられてきたことだ。

「では、地盤が弱い地で石垣の沈下を防ぐには」

「根石(ねいし)の基底部に松丸太を格子状に敷き、さらに最下部の石垣がせり出すことを防ぐべく、石垣の前面を木杭(きぐい)で押さえるべし」

「地選の極意は」

「鉄砲の普及後は、河川の合流地点の河岸段丘(かがんだんきゅう)を最上とすべし。平地であれば、堀幅は十五間(二十七メートル余)から二十間(三十六メートル余)は取るべし」

「河川合流地点に築かれた城を、いくつか言えるか」

「長篠(ながしの)、鉢形(はちがた)、淀(よど)、水戸(みと)など枚挙(まいきょ)にいとまがありません」

「では、城取りの極意は」

「一に国堅固、二に所堅固、三に城堅固」

　これを堅固三段と言って、まず国全体、次にその地域、そして城そのものが堅固であることが大切だという教えだ。

「さすが木村殿のご子息だ」

　男がにやりとする。

「ようこそ、加藤家へ」

「ありがとうございます」

　藤九郎はほっとして、その場にくずおれそうになった。

「申し遅れた。わしは穴太衆の北川作兵衛だ」

「あっ、父からお名前だけは聞いておりました」

「そうか。わしは安土の普請場で、父上に弁当を届ける小僧を見掛けたことがあるぞ」

「ああ、それが私です」

「立派になったな」

　作兵衛が感慨深そうに言う。

「あの時はたいへんだったな。わしは別の普請場に入っていたので助かったが、父上は城を守って討ち死にしたと聞く」

「はい。父は安土の城に殉じました」

安土城と命運を共にした父は、藤九郎にとって誇らしい存在だった。

「父上は城取りの鑑だ」

「あ、ありがとうございます」

図らずも涙がこぼれた。

「よし、まずはこっちへ来い」

そう言うと作兵衛は、「加藤家新規召し抱え覚書」と書かれた名簿に名を書かせた。

そこに「木村藤九郎秀範」と書いた瞬間、喜びが込み上げてきた。

――母上、これからは楽をさせますぞ。

藤九郎は心中、甲賀にいる母に語り掛けた。

二

加藤家への仕官が決まった藤九郎は支度金をもらい、第二の故郷となった甲賀へと戻っていった。

小作として猫の額のような土地を耕していた母の琴は、藤九郎の話を聞き、涙を流して喜んでくれた。だが大坂に集まるのは六月二十日なので、一月もない。仕官が決まった者たちは、この間に土地や財産を処分して船に乗り込むことになる。

ところが母は、「甲賀には世話になった人もいるし、そんな急には移れない」と言う。

母は四十の坂をとうに越えており、新たな土地で新たな生活を営むことが億劫になっているのだ。

しかも遺骨のない父の墓が近くの寺にあり、離れ難いに違いない。そうした気持ちを察した藤九郎は、単身で肥後に向かう決意をした。

家族水入らずの時を過ごした後、藤九郎は「出頭して必ず迎えに来る」と言い残し、甲賀を後にした。

参集場所に指定された大坂住吉津は、加藤家への仕官が決定した者たちでごった返していた。

帳簿係の役人に到着を告げると、乗るべき船を指示してくれた。

沖に停泊しているその船は、見たこともないような大きさだ。

――安宅船を借りたのだな。

清正は秀吉から軍船を借り受けたのだろう。それだけ「お国入り」は急を要するのだ。

指定された安宅船へは平底の渡し舟によって運ばれる。渡し船が安宅船に近づくに従い、その異様な姿が際立ってくる。

――この巨大船も人が造ったのだ。

それを思うと、何かを造りたいという気持ちが、いっそう強くなる。

――二十万石、いや三十万石はあるかもしれない。

船は石高でその大きさを示す。これは船の積載量から算出するもので、一石あたり十立方尺（約二百七十八リットル）になるが、もちろん万石単位の船は概算となる。

安宅船から降ろされた網状の縄梯子(ばしご)を摑(つか)み、次から次へと人が安宅船に乗り移っていく。藤九郎もそれに続く。

ようやく船上に上がれたが、そこも人でごった返していた。

「早く並べ！」

物頭らしき男が皆を並ばせ、名を名乗らせていく。帳簿と照合しているのだ。

「よし、出帆(しゅっぱん)だ！」

人を満載して近づいてくる渡し舟がまだ二、三艘(そう)あるにもかかわらず、物頭は出帆を命じた。

それを誰かが教えても、物頭らしき男は「構わないから船を出せ！」と喚(わめ)いている。

「待たれよ」

その時、若い男が物頭を制した。

「いまだ舟が寄せてきております。ということは、陸(おか)で『この船に乗れ』と指示されておるはず」

その武士は若いが、落ち着いた口ぶりだ。

「知ったことか！」

「いや、しかし――」

物頭がめんどうくさそうに言う。

「船というのはな、人が多く乗れば覆りやすくなる」

「では、かの者たちはどの船に乗るのですか」

「さて、どの船かな」

物頭は高らかに笑うと続けた。

「人が少なければ、一人あたりの食いもんも増えるってもんだ」

その言葉に、足軽たちがどっと沸く。

「とは仰せになられても、仕官の決まった者たちを、すぐに肥後まで連れていかねば、殿はお困りになるのではありませんか」

「そんなことは、どうにでも言い逃れができる」

「どのように」

「手違いが生じたとでも言えばよい」

笑いながらその場を去ろうとする物頭の背に、男の声が掛かる。

「お待ち下さい」

「まだ用があるのか」

物頭の顔色が変わる。

「われわれは武士です。無礼ではありませんか」

物頭が若者の前に立つ。

「何が武士だ。わしは足軽だが、殿様が百二十石取りの頃から仕えている。いわば殿様の覚えめでたき者だ。わしに逆らえば、たとえ武士だろうと――」

そこまで言った時、物頭の体が宙を舞った。

目にも留まらぬ速さで背後に回った若者は、物頭の腕を捻じ曲げ、両足を払ったのだ。

「やりやがったな！」

足軽たちが若者を取り囲む。

「武士に喧嘩を売るのですか」

余裕の笑みを浮かべながら、若者が物頭を解放する。

「海に落としちまえ！」

ようやく立ち上がった物頭が喚く。

若者は見るからに優男で、数人掛かりなら、海に投げ込まれるのは間違いない。

「致し方ありませんな」

若者が身構える。

――このままでは、あの若者は本当に海に投げ込まれる。

次の瞬間、図らずも声が出た。

「す、す、助太刀いたす！」

「何だ、おめえは」

いかにも吏僚然とした藤九郎の体つきを見て、足軽たちから笑いが漏れる。

だが、やりとりを聞いていた武士たちの間から、次々と「わしも助太刀いたす」「わしもだ！」という声が相次いだ。

足軽たちはとたんに劣勢となったが、先ほどの物頭は、それでも虚勢を張った。

「殿に言い付けてやる。名を名乗れ」

「私の名ですか」

先ほどの若者が平然と問い返す。

「そうだ。お前の名だ」

「これはありがたい。これほど早く殿に名を覚えていただく機会があるとはな」

若者がおどけるように言うと、今度は武士たちが沸いた。

「四の五の言わずに名乗りやがれ！」

「私の名は――」

若者は胸を張ると言った。

「佐屋嘉兵衛（さやかへえ）と申します」

――さ、や、か、へ、え、という名か。

遅れじと藤九郎が名乗ろうとする。

「わしの名は――」

「助太刀のお方は名乗らずとも結構」

すかさず若者が制する。第三者の藤九郎に後難が降り掛かるのを避けたのか、自分の名だけ清正に伝えたいのかは分からない。

「覚えてやがれ」

その場から去ろうとする物頭を若者が制する。

「お待ちあれ。船を止めるのを、お忘れではありませんか」

「けっ」と吐き捨てつつ、物頭は「船を止めろ!」と大声で指示を出した。

「それで結構。此度のことは不問に付しましょう」

「不問だと。こっちの台詞だ!」

物頭は足軽たちを引き連れ、悪態をつきながら行ってしまった。

藤九郎のような下級武士は、足軽たちからも見下されている。とくに加藤家では、清正が荒ぶる男たちを好むので、足軽たちが大きな顔をしている。

安宅船が止まると、追いすがるようにして付いてきていた渡し舟が船縁に付けられ、新たな者たちが縄梯子を上ってきた。

それにより、安宅船は立錐の余地もないほどになった。

その人ごみの中を、「佐屋嘉兵衛」と名乗った若者は去っていこうとした。

藤九郎は、どうしてもその若者と話がしたかった。

「佐屋殿、お待ちあれ」

「先ほど、助太刀を申し出た方ですね。礼を言うのを忘れていました」

佐屋嘉兵衛と名乗った若者が、涼やかな笑みを浮かべる。

「いえ、礼を言っていただくために、声を掛けたのではありません」

「では、何用ですか」

「用というわけではありませんが、これからは同じ家中です。それゆえ挨拶だけでもと思い――」

「そうですね。こちらこそご無礼仕りました。でも私は、大した男ではありませんよ」

「いや、不条理なことに即座に物申せる方は少ない」

「いや、あれはたまたまです」

嘉兵衛が振り向くと問うた。

「そうだ。せっかくだから、お名前だけでも教えて下さい」

「木村藤九郎と申します。以後、お見知りおきを」

「こちらこそ」

嘉兵衛は行ってしまったが、藤九郎は今後も嘉兵衛とかかわりを持つことになると感じた。

三

六月二十七日、真夏の海風を受けて順調な航海を続けた安宅船は、肥後国の表玄関にあたる百貫石に着いた。

すでに清正と加藤家中は、百貫石の東二里半（約十キロメートル）にある「隈本御座所」に入っているという。

新たに仕官した者たちは、そこから緩やかな隊列を組みつつ、徒歩で隈本に向かった。

佐屋嘉兵衛と名乗った武士が一人で歩いているのを見つけた藤九郎は、その隣まで行くと話し掛けた。

「よろしいですか」

「あっ、もちろんです」

嘉兵衛は、誰に対しても丁重に接する。

藤九郎が嘉兵衛に問う。

「ご出身はどちらですか」

「尾張国の佐屋です」

尾張国の西端部に近い佐屋は、尾張国では熱田や津島に次ぐ人口を抱える川湊として栄えていた。

「ということは、国人のご出身で」

「いえいえ。私は佐屋の小さな廻船問屋の次男です。それゆえ当面の食い扶持を稼ぐために仕官しました。佐屋という名字は勝手に名乗っているだけです」

嘉兵衛が、あっけらかんとして言う。

「お年はおいくつで」

「十と八です」

「私より二つも年下とは驚きだ。落ち着いているので、年上とばかり思っていました」

「ははは、不愛想なので、よくそう思われます」

相変わらず嘉兵衛は平然としている。

「で、何を得手としているのですか」

「ああ、仕官できた理由ですね」

嘉兵衛によると、佐屋は伊勢湾に近い川湊なので、唐の文物もよく入ってきた。それゆえ船乗りや商人としてやってきて、そのまま住み着いた唐人や高麗人（朝鮮人）もおり、その中の一人と親しくなり、鉄砲のからくりを学んだという。

「つまり鉄砲に習熟なさっているのですね」

「鉄砲の腕なら私より上の人はいくらでもいるでしょう。私は鉄砲の修繕を得意としています」

――こうした一芸に秀でた者が仕官できるのだ。

噂には聞いていたが、清正は新たな技術の吸収に余念がないという。そのため鉄砲や大筒の知識や技能を持つ者が、多く召し抱えられている。

雑談しながら歩いていると、二里半などあっという間だ。その間に、藤九郎は自分の身の上話や、城取りを専らとしていることを語った。

新たに召し抱えられた者たちは、まだ「隈本御座所」と呼ばれている隈本城に入った。

御座所には加藤家の蛇目紋と桔梗紋の小旗が林立し、その勢威が盛んなことを示している。

風に翻るそれらの旗を見ているだけで、若い城主を家中が一丸となって盛り立てていこうという気概が伝わってくる。

清正が腰を落ち着けた隈本城は、十五世紀に国人の鹿子木親員によって築かれ、佐々成政も入国と同時に本拠としていた。

この城は北・西・南の三方が沼で、東の大手には堀と土塁を備えている堅固な要害だ。

――だがこれでは、上方では使い物にならない。

すでに鉄砲が普及しているこの時代、堀幅が鉄砲の射程に対応していない旧式の城は、使い物にならなかった。

城内には馬場と的場のある広場があり、仕官した者たちがそこに集められている。

いよいよ清正が現れるかと待っていると、背が低くて小太りの男が現れた。

「わしは加藤家の宿老を務める飯田角兵衛と申す」

――この御仁が飯田殿か。

飯田角兵衛直景は二十七歳。清正の幼い頃からの友人で、その老成した顔つきと撫で肩から、とても武士には見えないが、槍を取れば勇猛果敢で、秀吉からも一目置かれていた。

「本来であれば、殿がこの場で皆に訓示を垂れるはずだったが、菊池川が溢れ水を起こしたため見回りに行っている。それゆえ皆には、それぞれの長屋に入って休んでもらう。ただし――」

　角兵衛が声を高める。

「河川の普請に長じた者がいたら、殿の許(もと)まで寄越(よこ)すよう仰せつかっておる。この中に、そうしたことに長じた者はおるか」

　藤九郎が他人事(ひとごと)のように聞いていると、横からつつく者がいる。

「貴殿の出番ですぞ」

　嘉兵衛が小声で言う。

「いや、私は城取りですから」

「それは残念ですね。こうした出頭の機会は、めったにやってきませんよ」

　――そうか。すでに家中の出頭争いは始まっているのだ。

　藤九郎が逡巡(しゅんじゅん)していると、二人ほど前に進み出て角兵衛に何か言っている。

「もうおらぬか」

　角兵衛の声に応じ、反射的に手が挙がった。

「は、はい」

「こちらに来い」

　人をかき分けて藤九郎が前に出る。

「そなたはやけに若いが、治水(ちすい)の経験があるのか」

「いえ、専らとしているのは城取りです」

「城取りか」

しばし考えた末、角兵衛が言った。

「この際だ。何かの役に立つやも知れぬ。一緒に来い」

それで話は決まった。

角兵衛は三人に馬を与えると、自ら先頭を切って走り出した。

「わしに付いてこい。遅れるな！」

老人のように見える角兵衛だが意外に身軽で、馬にまたがるや疾風のように走り出した。馬術があまり得意でない藤九郎は、四苦八苦しながら角兵衛に続いた。

少し馬を走らせると突然、視界が開け、果てしない水田が視野いっぱいに広がった。

――これが肥後国か。

季節は夏で、田園は緑一色だ。

――どうやら、ここが終の住み処になりそうだな。

藤九郎は、何が起こるか分からない未来に胸を高鳴らせた。

四

その男は河畔に置いた床几に腰を下ろし、微動だにしなかった。男の周辺には小姓や近習が控え、宿老や奉行らしき者たちの姿も見える。

強い風が河畔の木々や陣幕を揺らす。その音は耳を圧するばかりだが、男はそれを意にも介さないかのように、じっと川面（かわも）を見つめているようだ。

陣羽織を着ているためか、その肩幅はやけに広く見え、背筋がピンと伸びているので、かなりの長身だと分かる。

――このお方が、加藤清正公に違いない。

男の着る黒羅紗（ラシャ）の陣羽織の背板には、朱色で縁取られた黄金の蛇目紋が描かれている。その意匠は大胆だが繊細で、細部まで計算し尽くされた美意識が宿っているように感じられる。

「そなたらは、ここに控えておれ」

飯田角兵衛の指示に従い、三人はその場にとどまった。

「ご無礼仕る」と言いつつ清正の傍らまで行った角兵衛が、耳元で何事か耳打ちする。

それをうなずくこともなく聞いていた清正が、床几に座したまま体を半身にし、藤九郎たちの方を見た。

藤九郎のいる位置からは片目しか見えないが、その眼光は狼（おおかみ）のように鋭い。

その時、角兵衛の鋭い叫び声が聞こえた。

「頭（ず）が高い！」

驚いた三人が慌ててその場に平伏する。むろん顔を上げられないので、清正とおぼしき男の顔を拝むことはできない。

衣擦れの音がすると、足音が近づいてきた。

藤九郎が河畔の砂利に額を擦り付ける。

「よくぞ、参った」

顔は見えなくても、その醸し出す迫力に、藤九郎は気圧された。

「はっ、ははあ」

「わしが――」

男の声は低くかすれている。戦場で声を張り上げすぎて、喉を痛めているのだ。

「加藤主計頭である」

清正は朝廷から主計頭という官職をもらっていた。

主計頭とは、律令制での主計寮、現在で言えば財務省主計局の長官のことだ。つまり
秀吉は、清正の理財の才を早くから見抜いていたのだ。

「面を上げい」

おそるおそる顔を上げると、身の丈六尺（約一・八メートル）にも及ぶ男が、三人を
見下ろしていた。

顔は少し面長で、鼻は高く、目は切れ長で、その顎の線には喩えようもない威厳が漂
っている。しかもその瞳からは、慈愛に満ちた光が発せられていた。

これまで藤九郎が見てきた大身の武将、貴人、高僧らは、誰もが気品に溢れ、立ち居

振る舞いも堂々としていた。清正も例外ではない。

藤九郎は清正のすべてに圧倒されていた。

「そなたは何に感心している」

突然、清正に問われた藤九郎は、清正の顔に見入っていたことに気づいた。

「わしの顔が、それほど気になるか」

「あっ、いえ、はい」

「鬼のような面をしていると思っていたのだろう」

その言葉に家臣たちが沸く。

だが清正はすぐに顔の話に関心をなくし、本題に入った。

「ここに来る前に、この辺りを見てきたか」

「はい」

清正の陣所に来る前、三人は田原山という眺めのいい場所から菊池川を見下ろし、飯田角兵衛から、周辺の地形についての説明を受けていた。

「まずは、そなたらの産（出身地）と名を聞きたい」

「はっ」と言うや、二人が立て続けに名乗った。

一人は甲斐国出身の源内という四十絡みの男で、いま一人は近江国出身の佐之助という三十五前後の男だ。

続いて藤九郎が名乗ると、清正が「そなたは随分と若いな」と呟いた。

「は、はい。数えで二十歳になります」

「そうか。若かろうと励めば報われる。それが当家だ」

「はっ、ははあ」

この時、藤九郎は加藤家に仕官して心からよかったと思った。

「あれを見よ」

清正が、手にしていた大ぶりな鉄扇を川に向かって掲げる。

「この川から水が溢れれば、肥後平野は水浸しになる。こうしたことが、これまで五年に一度は起こっていたという。そのたびに農民は困窮して流民となり、餓えて死ぬ者も多く出た。それゆえわしは、この菊池川の溢れ水を治めたいのだ」

菊池川は、阿蘇外輪山北西部を水源とした肥後国屈指の大河川だ。同国北西部の菊池平野（玉名平野）に流れ出た後、その流路を西北に取り、有明海に注いでおり、幹線流路の総延長は七十一キロメートルにも及ぶ。

肥後国には北から菊池川、白川、緑川、球磨川という四大河川が、九州山地を水源として西流し、有明海へと流れ込んでいる。こうした大河川には分流や支流がおびただしくあり、水量が安定している時は豊かな水資源となるが、ひとたび溢れ水になると、広大な平野が水浸しになってしまう。

つまり肥後国の統治を成功させるには、水との戦いに勝たねばならないのだ。

「われらはこの肥沃な大地を守り、農民たちが安んじて農事に励めるようにせねばならぬ。それが成れば一揆は起こらず、関白殿下（秀吉）の御恩に報いられる」

関白殿下という言葉を口にした後、清正は瞑目し、東方を見て軽く頭を下げた。それほど秀吉の恩に感謝しているのだ。

清正の声が熱を帯びる。

「わしが第一に取り組むべきは治水、第二は街道整備、第三は商いの振興だ」

――このお方は並の大名ではない。

佐々成政がそうだったように、常の大名は入国すると、検地を行って収入を確定するなり、自らの住み処となる豪壮な城を造る。だが清正は、国衆や農民が最も喜ぶことから始めようとしているのだ。

「治水により沃野を生み出し、百姓たちを富ませる。続いて四方に延びる街道を整え、物の流れをよくする。そして城下町を作り、各地から商人を呼び寄せる。さすれば肥後国は富み、一揆など起こらなくなる」

「仰せの通り！」

角兵衛が同意する。そこにいた宿老らしき者たちも、口々に賛意を表す。

むろん宿老といっても、清正と同世代の若者たちだ。

「そなたらは、治水や普請を専らにしていると聞いた」

「はっ、ははあ」

三人が畏まる。

「まずは、そなたらが携わってきたことを聞かせてほしい。それから、そなたらの中で最も適任と思われる者を差配役に命じる」

差配役といえば、現場の奉行（総指揮官）も同然だ。

藤九郎が啞然としていると、「では、それがしから」と言いつつ、源内が持論を述べ始めた。

「それがしは普請方として、甲斐国の武田家に仕えておりました。かつて甲府盆地は溢れ水がひどく、実りの悪い地でした。それを防がんとした信玄公は——」

源内によると甲府盆地は、笛吹川・釜無川・御勅使川の三つの川が作り出した扇状地にある。これらの扇状地に流れ込む川水は豪雨のたびに流路を変え、溢れ水を頻発させていた。

それでも笛吹川と釜無川は川幅も広く緩やかに南流しているため、よほどのことがない限り、持ちこたえることができた。問題は御勅使川で、西部の山間から平野へと急流を成して流れ込んでくるため、雨が少し続いただけで甲府盆地西部を水浸しにした。

「それゆえ、われらは河川の流勢を弱めつつ、巧みに流路を変え、いくつにもなった流れを堤で支え、釜無川に導き入れるという方法を編み出しました」

清正は小姓に床几を持ってこさせると、それに腰掛け、興味津々といった顔つきで源内の話に聞き入っている。

「流路を変えるには、石積出しを使います。これは巨大な石を積み上げて水勢を削ぎ、流れを導きたい方角に向けます。さらに川を分かったために将棋頭を造ります」

「将棋頭とな」

「はい。その先端部が将棋の駒の頭のような形をしているため、そう呼ばれています」

「つまり石積みと将棋頭を駆使するのだな」

「そうです。自然にできた砂洲を石積みによって固め、将棋頭で激流を分散させます」

清正が力強くうなずく。

「かくして統御された流れを受け止め、その力を減殺させるべく、御勅使川の流路を付け替え、高岩に導きます」

「高岩とな」

「はい。高岩とは、釜無川左岸にある高さ二十間余（約三十七メートル）の断崖のことです。そこに流路を向けさせ、水流をぶつけることで反流を起こし、流れの力を衰えさせるのです」

「そうか。反流を作り出すのか。さすが信玄公だ。よく考えておるな」

「はっ、仰せの通り、信玄公は深慮遠謀の大将でした」

源内が遠い目をする。懸命に働いていた若き日々を思い起こしているに違いない。

「その信玄公の大事業を、そなたは差配していたのだな」

「残念ながら、それがしは若輩者でしたので、多くの組頭のうちの一人でした」

「いかにもな。だが事業全体を見渡すように分かっているのは、見事なものだ」

「はっ、ありがたきお言葉」

——とても敵わん。

治水に関する源内の知識は相当のものだった。

続いて佐之助が発言する。

「それがしは近江国の浅井家家臣として、主に灌漑に携わってきました」

佐之助によると、琵琶湖に注ぐ河川は八百八川と謳われるほど多く、しかも山地と琵琶湖が近接している。そのため、それぞれの川の長さは極めて短い上に流路の傾斜が急で、大雨となればすぐに水が溢れ出し、その逆に、雨が数日降らないだけで水がなくなる川もあるという。

そのため「井相論」と呼ばれる村落間の水争いが激しく、上流と下流の村が鋤や鍬を手にしてぶつかり合い、死人や怪我人が出ることもしばしばあったという。

これに頭を悩ませた領主の浅井久政・長政父子は、数カ所に井堰を造り、村々に均等に水が行き渡るようにした。その結果、村落間だけで解決し得ない「井相論」を治めることができ、浅井氏の権力は確立されていったという。

「つまり、そなたは水利を専らとしてきたのだな」

「はい。この世は水あってのものです。灌漑治水の相論を通して領主と領民はつながり、信頼関係ができていくことを学びました」

「そうか。そなたは、その手筋（交渉役）を担っていたのか」

「はい。地方巧者の一人として、領主と民をつないでいました」

地方とは地場の者たちとの交渉にあたる役人のことで、それに巧者が付くと、交渉のうまい地場役人という意味になる。

「その時の極意は何か」

「はっ、民の声によく耳を傾け、民の立場で物事を考えることです」

「よくぞ申した！」

清正が「わが意を得たり」とばかりに、鉄扇を膝に打ちつけた。

佐之助も経験豊かな専門家だった。嘉兵衛の言葉に乗せられてここまで来たことを、藤九郎は後悔し始めていた。

清正が鉄扇を藤九郎に向ける。

「して、そなたは何をやってきた」

「私は――」

経験や実績で二人にとても敵わぬと思った藤九郎は、ありのままを述べようと思った。

「これまでそれがしは、治水と灌漑に関する仕事をしてきたことはありません」

「そうか。それでは、そなたに何ができる」

「実は」と言いつつ、角兵衛が口を挟む。

「この者は城取りだと申しておりましたが、何かの役に立つかと思って連れてきました。夫丸（人夫）たちを指図する役にでも――」

「そなたには聞いておらぬ」

清正は角兵衛に対しても厳しい。

「そなたに何ができる」

清正がもう一度問うてきたが、藤九郎は何と答えてよいか分からない。何もやったことがないのだから当然だ。しかし何か言わねばならない。

「それがしは治水や灌漑に関して何ら経験はありませんが、父の所持していた普請作事類の漢籍や父の書いた秘伝書があります」

父の忠範は城の普請作事の専門家だったが、治水や灌漑から新田開発に至るまで、多くの秘伝を残していた。

「ほほう、そこには何と書いてあった」

「まず、治水において最も大切なことは、『水をもって水を制せ』ということです」

「なるほど。『水をもって水を制せ』か。信玄公の反流によって激流を制す考えと同じだな」

「はい。力ずくで水を捻じ伏せようとすれば、必ず負けます。水の力を使い、より厄介な水を制せというのです」

周囲に沈黙が漂う。宿老や家老の中には顔を見合わせている者もいる。意味がうまく伝わっていないのだ。

「そなたの言うことは漠然としているが、何となく分かる。では具体的に、どうしろというのだ」

清正が助け舟を出してくれた。

「はっ、まず水の流れを調べる時は、水面だけではなく底を流れる水を調べよと――」

「つまり水面と水面下では、流れが異なることもあるというのだな」

「仰せの通りです。父は泳ぎの達者な者を雇い、川底まで調べさせたといいます」

「ほほう。それで」

清正が先を促す。

藤九郎は、父の忠範が覚書に書き残していたことを次々と述べていった。

「堤は河畔に築いてはなりません。水の力で堤が切れやすくなるからです」

「では、何間ほど空ければよい」

「十間（約十八メートル）以上と書かれていました」

「そうか。水を河畔に乗り上げさせ、力を弱めてから堤に当てるのだな」

「そうです」

藤九郎が「わが意を得たり」とばかりにうなずく。

清正は極めて賢く、水が紙に染み通るかのように物事を理解していく。

「続けろ」

「はっ。石で覆われた堤、すなわち石留の外側は大石を使い、水の力を受け止められるようにし、内側には小さめの石を使い、溢れてくる水を少しずつ地下に吸い取らせるようにします」

「ああ、それはよき考えだ」

「また、川の水を下流に流すことばかり考えていると、水の力は弱まらず、損害を下流にもたらします。すぐ河口になる場所では、大量の土砂を積み上げることにつながります。それを防ぐには、川幅の広い箇所をさらに拡張して遊水池とし、そこで勢いを減殺してから下流に流します」

清正の顔が次第に真剣になる。

「さらに究極の極意として、複数の方角から流れ込む水をぶつけ合うことで、水の力を弱めます」

「先ほど、そなたが申した『水をもって水を制せ』ということだな」

「仰せの通りです。ほかにも極意らしきものは山ほどあります」

「分かった。今日のところはもうよい。あらためて聞かせてくれ」

「はっ」と答えつつ、藤九郎は最後に一つ付け加えた。

「治水は川守や地場の老人の話をよく聞くこと。若い者の考えは優れているように思えても、実が伴わない、と父は書き残しています」

その言葉が終わると、清正とその家中から笑いが起こった。はじめは、なぜ笑っているのか分からなかった藤九郎だが、ようやくその意味が分かった。

――わしは何と馬鹿なのだ。己の首を己で絞めるとは。

だが熱弁を振るったためか、藤九郎の胸内には、心地よい風が吹いていた。

「よくぞ申した。いかにも、そなたの申す通り、知識だけで厄介事は片付かぬ。長年、その地に住む古老の言にこそ、厄介事の埒を明ける糸口がある」

この場合の「厄介事の埒を明ける」とは、問題を解決するの謂である。

「恐れ入ります」

――わしには実績も経験もない。二人に敵わぬは致し方なきことだ。

藤九郎は半ばあきらめていた。

「さて、土佐」

先ほどから傍らにいた宿老の一人に、清正が語り掛ける。加藤家の川普請奉行を任じる大木土佐守兼能だ。

後に知ったことだが、兼能は信長健在の頃から佐々家の算用方として大坂屋敷の蔵元奉行などを務めた理財の専門家で、秀吉が清正の統治を案じ、宿老の一人に付けてくれたという。

「そなたの下役には、この三人の誰がよいと思う」

「はっ、最初の男がよいと思います」

兼能が即座に答える。

「なぜか」

「われらの喫緊の課題は溢れ水であり、それに通じているからです」

兼能の言うことは尤もであり、誰しもがそう思っているに違いない。

「なるほどな。二人目はどうか」

「二人目は、水利についての交渉に優れていると見ます。在地の衆との間に立ち、利害を調整する役にうってつけかと」

自ら地方巧者と名乗った佐之助も、その経験を評価され、大事な仕事が託されそうだ。

「三人目はどうか」

「はっ、いや――」

兼能が言葉に詰まる。

「忌憚なきところを述べよ」

「三人目は若くして治水や灌漑の経験もないため、二人の下で修業させるべきかと」

当然と言えば当然だが、藤九郎は少し落胆した。

ところが、「そうかな」と言いつつ清正が首をかしげた。

「われらもそろって若い。誰一人として何の分別（知識）も事績もなかった」

「それはそうですが――」

「しかもこの者は、自ら得た分別ではなく、漢籍に通じ、また亡き父が書いた秘伝書を所持しているという」

兼能が首をひねる。

「それこそ『若い者の考えは優れているように思えても、実が伴わない』ということではありませんか」

「いかにもそうだ。だが、どのみち治水はその場その場で状況が異なる。つまりこの地には、この地に適した治水がある。それならば原則が大事なのではないか」

「いかにも、一理ありますが――」

「よいか土佐、年ふりた者は、若き者を助ける立場に置くべきだ。若き者ほど大役を任せると力を発揮する」

藤九郎が唖然としている間に、話はどんどん進んでいった。

「最初の二人」

「はっ」と言って、源内と佐之助が畏まる。

「そなたらは此奴に助言し、此奴を助けていく役だ。それでよいな」

――何ということだ。

清正の指す此奴が己のことだと気づき、藤九郎は愕然とした。

「はっ、御意のままに」

「喜んでお引き受けいたします」

ここで断れば放り出されるだけなので、二人は従わざるを得ない。

「その若者――。名は何と申したかな」

「木村藤九郎秀範と申します」

「そなたに軍配が執れるか」

「そうだ。治水は戦いだ。しかもわしがこの地で行う最初の大事業だ。絶対に失敗は許されん」

「はっ、ははあ」

背筋に釘を打たれたような緊張が走る。

「そなたにやれるか」

「はい。石にかじりついても」

「うまく行かなかった時、そなたは腹を切れるか」

「えっ、腹でございますか」

藤九郎が唖然とする。

――失敗したら腹を切らねばならぬのか。

「これは戦と同じだ。うまくいって当然。過てば、わしの顔に泥を塗ることになる。それで再び一揆が起これば、関白殿下の御沙汰が下るのを待たずに、わしも腹を切るつもりだ」

「あっ、はい」

藤九郎が地に額を擦り付ける。

――この世にうまい話などない。

抜擢されたと喜んだ矢先、それと引き換えに死の淵に立たされたのだ。

「どうだ。そなたは己の腹を賭場に置けるか」

——ここが切所だ！

いかに出頭の機会が多い加藤家中とはいえ、これを逃せば、次の機会はいつめぐってくるか分からない。

——ええい、命の一つくらいくれてやる！

自分でも気づかなかった闘志が、胸底から湧き上がってきた。

「それがしの腹、賭場に置きまする！」

「よし、よくぞ申した」

清正が再び鉄扇で、荒れ狂う菊池川を指し示す。

「このままでは、あと三日と持たずに川は溢れる。此度は防げずとも、その結末を見届けて次に備えよ」

「はっ、ははあ」

「よし、それでは、すぐに取り掛かれ」

「承知いたして候！」

「ほかの二人も、この者をよく後見せよ」

「はっ」と言って、源内と佐之助が平伏する。

「土佐、わしはいったん城に戻る。後は頼むぞ」

「分かりました」

清正は引かれてきた馬に飛び乗ると、颯爽と河畔を後にした。

その場に残された藤九郎は、知らずに拳を固めていた。

――出頭などどうでもよい。とにかく、あのお方の期待に応えるのだ。

土煙を蹴立てて去りゆく清正とその家臣たちを見送りながら、藤九郎は決意を新たにした。

五

清正が去ってからも、二日間にわたり雨は降り続いた。だが小降りであったのと、三日目にはやんだことで、溢れ水は小規模なもので済んだ。

その間、大木兼能やその配下と共に、溢れ水が起こった箇所を見て回った藤九郎は、高瀬に作られた普請小屋に入り、協議を重ねていた。

「高瀬の地は作物の集積地で、ここで集められた米や穀物は、菊池川の水運を利用して大坂へと廻漕される」

兼能が藤九郎たちに高瀬の重要性を説明する。

「ところが雨が続くと、高瀬は低地なので水が集まってしまう。それゆえ、まずは高瀬に水が集まらぬようにしたい」

藤九郎が遠慮がちに言う。

「河畔を見て回ったところ、高瀬の下流には屈曲が多く、水が円滑に有明海に流れ込まないところに原因があるのではないでしょうか」

「そなたもそう思うか。源内はどう見る」

「仰せの通り。しかも河口には土砂がたまり、川水の流出を妨げております。まずは河口の川浚え（浚渫）から掛かるべきかと」

川浚えとは水底の土砂を浚い、船舶が安全に航行できるようにすることだが、この場合、菊池川河口の水勢を衰えさせずに有明海に注がせることができるか否かが、成否の分かれ目になる。

「なるほど。佐之助はどうだ」

「高瀬の地の対岸から、木葉川が菊池川に流れ込んでいるため、そこから一気に増水します。まずは木葉川の流勢を和らげる手立てを講じるべきかと。例えば流路を変え、塘（遊水池）を設けるといった策を講じるべきではないでしょうか」

「二人の申すことは尤もだ。われらもそれらを吟味してきた。だが有明海は流れが速く、川浚えは容易でない。また木葉川は大河ではない。その水勢を押しとどめることが、果たして高瀬の溢れ水を防ぐことにつながるかどうかは分からん。また流路を変えるとしても、背後に山や丘が迫っている地なので、さほど大きな改変はできない」

　この時代の浚渫は、長い竹竿の先に葦の茎で編まれた箕の付いた鋤簾を使い、土をすくって小舟に載せていくという気の遠くなるような作業になる。しかも海が荒れれば小舟は出せず、無理に出しても、小舟の錨だと流れに負けて走錨状態になってしまう。そうなれば作業ははかどらない。

その一方、菊池川に流れ込む木葉川の流路を変えることは、その背後が田原山などの丘陵地帯になっているので、容易には行えない。

二人の言っていることは妥当だが、すでに兼能たちが吟味を重ねたことだった。

「もっと確実で、大本の解決につながることは考えつかないか。藤九郎、どうだ」

「恐れながら」と言いつつ、藤九郎が問う。

「米や作物の積出港を、高瀬から別の場所に移したらいかがでしょうか」

「それはよい考えだが、積出港を移すとなると、三池街道を付け替えねばならんぞ」

福岡・久留米方面から隈本方面に向かう場合、南関から石貫を経て高瀬まで南下し、菊池川を渡って木葉に出てから大きく南に迂回し、さらに南東に方向を変え、ようやく隈本に向かうことになる。これを地元の人々は、三池街道と呼んでいた。

「街道を付け替えるのはたいへんですね」

「うむ。街道の付け替えは容易でない。しかも高瀬のある菊池川右岸ならまだしも、左岸は山や丘陵が多く、渡し場のこともあるので、付け替えは難しい」

「さようなことなら、致し方ありません」

積出港を高瀬から移せないとなると、また別の方法を考えねばならない。

「で、どうする」

「かような大事を、すぐに申し上げることはできません。少し時間をいただけないでしょうか」

「尤もなことだ。では明日、聞くとしよう」

「明日、と仰せか」

「そうだ。われらは豊臣家中だ。関白殿下は何よりも迅速さを好む。ぐずぐずしている者は淘汰されるだけだ」

それで、この日の談議はお開きとなった。

――こいつは一筋縄ではいかぬな。

大きなため息をつくと、藤九郎は自ら描いた絵図面を丸めて抱え、己の小屋へと向かった。


小屋に戻った藤九郎は、隈本から運ばせた行李を開けると、父の残してくれた秘伝書を引っ張り出した。秘伝書は十五冊の分冊になっており、五月雨式に極意が書いてあるので、該当箇所を探し出すのは容易でない。

秘伝書をめくっていると、外から大声が聞こえた。

「何だ、こんなところにおったのか」

垂れ莚を引き上げて、一人の男が入ってきた。

「これは嘉兵衛殿。いかがいたしましたか」

「別件で使者を命じられ、その帰途に寄ってみたのだ」

「そうでしたか。どうぞ、お入り下さい」

藤九郎の宿所は急普請の掘立小屋同然なので、男二人が座ると、それだけで空間がなくなる。

「早速、やっておるな」

嘉兵衛が手元にあった秘伝書の一つを拾う。

「水の機嫌を損なうなかれ。水を生かして水を制せか。なるほどな」

「あっ、そこに書いてありましたか」

藤九郎は嘉兵衛の手にしていた秘伝書を取り戻すと、該当箇所を凝視した。

「そんなに手荒く扱うと、紙が傷むぞ」

「ほとんど頭に入っておりますので、ご心配なく」

「そいつはすごいな。では、いかなる理由で広げている」

「頭に入っているものは、目につきませんから」

「ははあ、目で文字を追い、発想を得ようというのだな」

嘉兵衛が膝を打って感心する。

「それよりも、こいつの方が利くぞ」

嘉兵衛が徳利（とっくり）を置く。

「課せられている厄介事を明日までに片付けねばならぬのです。その埒が明くまでは飲めません」

「ほほう、どのような厄介事だ」

「一言では申し上げにくいことです」

「夜は長い。じっくりと聞こう」

――致し方ない。

唯一と言っていい友を不快にさせるわけにはいかない。藤九郎は絵地図を開き、状況を懇切丁寧に説明した。だが治水を専らとしている者でないと、こうした難事の解決策など浮かぶはずがない。

「なるほどな。確かに厄介事だ」

「分かりますか」

「わしも馬鹿ではない。趣意は分かる」

「では、何か妙案でも浮かびましたか」

「浮かばぬな」

藤九郎の面に落胆の色が広がったのか、嘉兵衛が元気付けるように言う。

「まあ、そんなにがっかりするな。こうした厄介事は、じっくり考えるから、かえってよき策が浮かばぬのだ。まずは物事を高所から考えてみろ」

「高所からと――」

「そうだ。まず厄介事の本質は、積出港の高瀬があそこにあるからだろう」

「では、積出港を移せばよい」

「そうですが」

「それが駄目なのです」

藤九郎がその理由を説明する。

「高瀬が動かせないとなると、菊池川を動かすしかないだろうな」

「えっ」

藤九郎には、嘉兵衛の言っていることがよく分からない。

「よいか。此度の件は、菊池川が高瀬を通っていることで起こっている。高瀬が動かせぬなら、菊池川を動かせばよい」

「ちょっと待って下さい」

藤九郎の頭の中で何かが閃いた。だが、まだ曖昧模糊としていて焦点を結ばない。

「菊池川の付け替えはできても、街道は変えられない。そうだな」

「そうです」

藤九郎は、父の残した秘伝書を次から次へとめくってみた。

――これだ。

秘伝書の中から見つけたある箇所に、「溢れ水を防ぐには、河川を付け替えるに越したことはない」と書かれていた。

「そうか。高瀬を通過した後に菊池川を付け替えればよいのですね」

「その通りだ。だが、それでもうまく行くかどうかは分からん」

「そうでしたね」

治水に関しては、それぞれの置かれた状況に応じて、最適な解決策を見つけていかねばならない。つまり定法などなきに等しいのだ。

二人は侃々諤々の議論を重ねた。気づくと一番鶏が鳴き、空が白み始めていた。

「そうだ。藤九郎殿、川筋は一本でなければならぬということはない」

「あっ、よきところに目を付けましたな」

「簡単なことだ。高瀬は移せぬ。高瀬から菊池川は離せぬとなれば、高瀬の下流の流れを円滑にするしかあるまい」

「そうか。高瀬から川を二本にすればよいのですね」

「そうだ。三本でもよいが、まあ、二本で十分だろう」

「つまり元の流れを残しつつ、新たな流路を掘ればよいのですね」

「そうだ」

「これで間違いなく埒が明けられます」

藤九郎は心地よい疲労感に酔っていた。

「藤九郎殿、これで万事うまくいく。自分を信じるのだぞ」

「そのお言葉、胸に刻んでおきます」

「では、行く」

「休んでいかないのですか」

「隈本まで馬を飛ばせば半刻（約一時間）ほどだ。帰ってから寝る」

そう言い残すと、嘉兵衛は風のように去っていった。

――ありがとうございました。

その後ろ姿に一礼した藤九郎は、己の考えを絵地図にすべく、再び仮小屋に戻った。


その日の午後、藤九郎は兼能らを前にして、自らの考えを述べた。

「高瀬から伊倉を経て横島と久島の間を通り、有明海に注いでいた菊池川の流路を、高瀬から西に曲げ、大浜と小浜の間から有明海に注ぐように付け替えるのです。ただし元の流路も残すことで、水流を分散させます」

それを聞いていた兼能の顔色が変わる。

「それは妙案だ。早速、殿に申し上げよう」

そう言い残すと、兼能は藤九郎を引き連れて隈本城に向かった。

清正を前にして、藤九郎は堂々と持論を述べた。もう、どうとでもなれという心境だった。

話を聞き終わった後、清正は一言、「よきにはからえ」と言った。

その言葉を聞いた藤九郎は、喜びよりも安堵からくずおれそうになった。

だが翌日から始まる戦いは、容易なものではなかった。

六

天正十六年（一五八八）七月、秀吉は刀狩令を発布し、諸国の百姓が武器を持つことを固く禁じた。同時に武士と百姓の身分を固定化することで兵農を分離し、一揆の根絶を図ろうとした。堅固な身分制度こそ、豊臣家の天下を安定させるために必要だと思ったからだ。

しかも秀吉には大陸進出という野望がある。そのための兵站基地として、九州の重要度は高まっており、豊臣政権の威令を隅々まで行き届かせる必要があった。一方の清正も治水によって領民との融和を図り、肥後国から一揆をなくそうとしていた。

新たに領国を賜った場合、一揆や地侍衆の反乱を恐れ、自らの城を築くことから始める領主が多い。現に清正と時を同じくして肥後半国を賜った小西行長は、入部早々に領民に過酷な普請役を課し、宇土城の創築に着手している。

七月から八月にかけて、藤九郎は菊池川治水の事前調査のため、その流域を歩き回っていた。

その調査結果を、八月末までに綿密な勘録（提案書・計画書）と建地割（設計図）にしなければならない。

晩夏とはいえ肥後国の暑さは尾張国の比ではない。容赦ない日差しが河原石を熱し、下手に腰掛けると尻が焼けるほどだ。

いつしか顔は日焼けし、ぼろぼろと皮が剝けてきていた。薄い着物を羽織っているだけなので、背中にも刺すような痛みが走る。

——それでも、託された仕事を全うせねばならない。

そんな藤九郎の気持ちとは裏腹に、源内と佐之助はこの仕事に気乗りしていないのか、何事にも否定的な意見を述べる。

「川の付け替えは、思いもよらないことが起こる。これまで水量が豊富だった耕作地に水が回らなくなり、大人しかった村で一揆が起こる」と源内が言えば、佐之助も「川の付け替えとなると己の村の損得が絡むので、民が力を貸してくれるかどうかは分からない」とうそぶく。

だが藤九郎も頑固さなら負けない。

「それでも、やらねばならんのです。どうか力を貸して下さい」

「とは申してもな——」

「難しいものは難しい」

二人は渋い顔で首をひねるばかりだ。

——わしに助力するように見せかけ、内心では失敗することを祈っているのだ。

藤九郎は二人に命令することを許されている。だがそれを行使すれば、二人との溝は深まり、陰に陽に計画の頓挫（とんざ）を図ってくるに違いない。

藤九郎の計画が水泡に帰すことで、二人のどちらかが差配役に起用される可能性が高まるからだ。

——彼らの態度を大木様に告げてはどうか。

川普請奉行の大木兼能は温厚だが、武骨で一本気なところがあり、讒言（ざんげん）を嫌う。たとえ兼能が藤九郎の話を聞き入れ、二人を叱ってくれても、二人の態度が改まるとは思えない。つまり藤九郎は、何とか知恵を絞って二人にやる気を起こさせねばならないのだ。

——二人の求めるものは何なのだ。

起居を共にすることで、藤九郎は二人の性格や気質を掴み始めていた。

源内は職人気質（かたぎ）の真面目な男だ。さほど出頭を望んでいるわけではないが、自らの知識や力量には自信を持っている。今回、藤九郎が差配役に抜擢されたことで、自尊心が傷付けられ、仕事に身が入らないに違いない。

——だが何かを問えば、的確に答えてくれる。

そこが職人の矜持（きょうじ）なのだろう。だが聞かれたことには答えても、自分から何かを提案することはない。

その一方、佐之助は洒落（しゃれ）者で、休みとなれば高瀬の宿に行って酒を飲んだり、女を抱いたりするのが楽しみのようだ。そうした性格からか、下役として付けられた中間や小者との関係は良好だ。

――つまり佐之助の強みは、人心掌握術にある。

しかし心を許すわけにはいかない。佐之助は頭角を現したいという意識が強いので、下手に信頼すると、足をすくわれかねない。

生まれた場所も年齢も違う者たちと、全く縁のない土地で仕事をしていかねばならない難しさを、藤九郎は痛感していた。

──あの父上でさえも、人と仕事をするのは難しいと言っていたな。

母から聞いた話だが、父の忠範は「どれほどの大石だろうと、人の心よりは楽に動かせる」と語っていたという。

──それでも父上は根気よく人を巻き込み、仕事を全うしていった。なぜ、それができたのか。確か母上は、「父上は自らの功を誇らないので、随分と損をしてきた」とも言っていた。

そこに、人を巻き込むこつがあるような気がする。

考えに考えた末、藤九郎は一つの結論に達した。

兼能から途中経過の報告を要求された藤九郎は、最初の勘録と建地割を一人で書き上げた。それを兼能に説明する際、源内と佐之助の貢献がいかに大きいかを強調し、二人に恩賞を下賜してくれるよう頼み込んだ。

兼能は二人を呼ぶと碁石金を与え、これまでの労をねぎらった。

これにより少しは心を開いた二人だが、何事にも否定的な源内の性格は変えようもなく、また佐之助も、もらった恩賞を散財してしまうと元の木阿弥だった。

藤九郎は徒労感を抱いた。それでも藤九郎には、二人の協力が必要だった。

八月末、勘録と建地割を兼能に提出することになった藤九郎は、源内と佐之助の二人を伴い、兼能の許を訪れた。

「そなたらは高瀬から西に新たに川を掘り、川を二つに分かつというのか」

「はっ」と答えつつ、藤九郎が膝を進める。

「それだけでなく、川の何箇所かに轡塘と石刎を築き、流勢を抑えます」

轡塘とは、轡（口輪）をもって暴れ馬を抑えるように洪水を治めたことから付けられた名称で、乗越堤を築いて川の一部を拡幅し、洪水時に河道内遊水池とすることだ。

一方、石刎とは河川の湾曲部などで、水流が直接堤防に当たることを防ぎ、堤防の決壊を防ぐ目的で造られる石堤のことだ。

川の付け替えと治水技術を駆使し、藤九郎は菊池川の流れを制御しようとしていた。

「それだけではなく、河口の川浚えも行います」

「ああ、それは源内の申していたことだな」

「そうです」

背後にいる源内の驚いた気配が伝わってくる。

「また菊池川に合流する木葉川の流路を、少しでも下流に持っていきます」

「それは、佐之助が言ったことではないか」

「仰せの通り」

「なるほど。二人の言うところを尤もだと申すのだな」

あえて念押しするように兼能が問う。

「はい。此度の調儀（調査）により、二人の言は的を射ていると分かりました」

「ということは、この勘録は、二人の貢献が大ということか」

「貢献どころか、二人が書いたも同然です」

「そうだったのか」

「それがしのやったことは、河畔を歩き回り、正確な絵図面を描いたことくらいです」

「とは申しても、川の付け替えという策は、そなたが考えたものだろう」

あまりに藤九郎が謙遜するので、兼能が怪訝な顔をする。たいていの武士は己の武功を過大に語るので、藤九郎の謙遜な態度が珍しいのだ。

「いかにもその通りですが、いざ実行に移すとなると、やはり経験が物を言います」

「なるほどな」

「それゆえ、それがしではこの大任を全うできません。この勘録を最後に、差配役の任をお解きいただけませんか」

藤九郎は治水から手を引く覚悟を決めていた。

——不得手なものに手を出した報いだ。分をわきまえ、己のできることだけに携わるべきだった。

　兼能から「分かった」という言葉が出るのを、藤九郎は待っていた。ところが言葉を発したのは、兼能ではなかった。

「卒爾ながら」

　背後から源内の声がした。

「勘録を書いたのは、それがしではありません。すべて藤九郎殿が一人でやったことです。それがしのしたことといえば、藤九郎殿の考えを否定するだけ。代案を考えることもしませんでした」

　続けて佐之助が言う。

「それがしも間違っていました。それがしは藤九郎殿の出頭に嫉妬し、不貞腐れておりました」

　――何ということだ。

　藤九郎は任を解かれるどころか、二人の心を取ることに成功した。彼らは自らの案が採用されることで、その自尊心を満足させ、藤九郎に協力する気になったのだ。

　藤九郎は、込み上げてくるものを抑えるのに必死だった。

「そなたらの言うことは分かった。二人は下がってよいぞ」

「ははっ」と答えて、二人がその場から去っていった。

しばらくして、兼能がしみじみと言った。

「そなたは果報者だな」

「はっ、はい」

「生まれた場所も年も違う二人から、かように認められたのだ。これほどの果報者はおらぬ」

「いかにも、その通りです」

「実はな――」

兼能が含み笑いを浮かべる。

「わしはすべて知っていた」

「それは本当ですか」

「ああ、そなたの使っている小者の中に、草（忍）を潜り込ませておいたのよ」

「えっ――」

藤九郎が絶句する。

「今は戦がないので、草も暇を持て余しておる。腕を落とさないために、そなたの使っている小者の中に潜り込ませたのだ」

藤九郎は唖然として言葉もない。

「われらを甘く見るな。常に生きるか死ぬかの中で、関白殿下にこき使われておるのだ。それくらいのことはする」

「恐れ入りました」

藤九郎は深く平伏した。

「これは殿の発案だ。殿は『源内と佐之助の二人は、きっとそなたに力を貸さない』と仰せになられた。それで『草を潜り込ませ、その通りだったら二人を斬れ』と――」

「えっ、まさか」

「だが二人は、正直に己の非を認めた。それゆえ、わしは二人を許すことにした」

藤九郎の背に冷や汗が流れる。

――これが武士なのだ。

藤九郎は、あらためて清正たち武士の厳しさを垣間見た気がした。

「殿はこうも仰せになられた。『藤九郎とやらが二人を使いこなせず、そなたに讒言するようなことがあれば、藤九郎を斬り、二人の見せしめにせよ。さすれば二人は命懸けで働く』とな」

兼能が険しい顔つきで続ける。

「殿がそなたを選んだのは、殺しても惜しくないからだ。つまりそなたは、二人を働かせるための捨て石だったのだ」

――ということは、もしも讒言していたら、わしは斬られていたのか。

清正は、藤九郎か二人のどちらかを見せしめにすることで、残った方を必死に働かせようとしていた。

「これで、そなたは最初の関を突破した」

「あ、ありがとうございます」

「捨て石が礎石になったのだ。殿が聞いたら、さぞ喜ぶであろう」

「もったいない」

藤九郎は額を板敷に擦り付けた。

七

九月、清正の裁可も出て、いよいよ菊池川治水普請の準備が始まった。九月いっぱいは人員や資材などの手配に費やされ、十月から着工となる。

様々な権限が付与されているとはいえ、藤九郎は若輩者であり、何事も順調には進まない。どうにもならない時は兼能に頼み込むつもりだが、藤九郎はできる限り、自分の力で厄介事を解決しようとした。

算用方や作事方などには、菊池川の治水普請事業の重要性が正確に伝わっていないこともあり、資金を出し渋ったり、意地の悪いことを言ったりする者もいる。彼らは能吏だが、秀吉から清正に付けられたことで誇り高い上、高齢の者が多く、益体もないことで理屈をこねたがる。

――そこに人がいる限り、最低でも一つの理屈が発生する。

組織というのは難しい。何がしかの権限を付与すると、人はそれを行使したがる。高所に立てば無駄なことでも、自らの権威を周囲に知らしめるためか、己の自尊心を満足させるためか、つまらない理屈をこねて時間を稼ごうとする。

兼能に頼めば済むことだが、藤九郎は自らの力で問題を解決すべく、彼らを懸命に説き、納得してもらうことを繰り返した。

――厄介事というのは、上に頼めば済むことでも、己の力で片をつけることで、相手の心を開かせることができる。それゆえ最後の最後まで上の力を借りてはならない。

藤九郎は経験からそれを学んだ。

ところが、自分だけでは解決し得ない問題も発生していた。近隣の農民たちが人を出してくれないのだ。これは地方巧者と自ら称する佐之助の役割だが、佐之助には地縁も血縁もなく、事がうまく運ばないのは当然だった。

清正は着任早々、十石に一人の賦役（ぶやく）を各農村に課していた。これは豊臣政権下の大名の標準的なものだが、これまで統治というものがあってなきような中で生きてきた肥後国の農民にとって、直接的に自らに恩恵をもたらさないものへの労働力の供出は、納得がいかないらしい。

季節は農閑期にあたっており、刈田（かりた）と稲の天日干しも終わり、残っている作業としては玄米を俵に詰めるくらいだ。にもかかわらず、農民たちは労働力の供出を渋り続けた。

藤九郎は佐之助と手分けして郷村を回り、この普請役が地域全体を潤すものだと説いた。これにより実利のある高瀬周辺の農民たちは応じてきたが、問題はそれ以外の地域の農民たちだ。

彼らは大名の一元支配というものを理解できず、「どうして高瀬のために、われらが働かねばならんのか。それなら高瀬の町衆がやればよい」と言って人を出さない。つまり農村内では互いの利益のために協力し合えるが、他所の村のために働くという概念自体がないのだ。

藤九郎と佐之助は、「こうしたことは互いに助け合いなのです」と懸命に説いたが、彼らは「それなら、うちの村に得があることを、いつやってくれる」と言って開き直る。しかもこれまで、高瀬の町衆が作物を買い叩くなどして、農民たちに嫌な思いをさせてきたためか、あからさまに断ってくる村もあった。

――ここが我慢のしどころだ。

農民たちは大名権力というものを理解しておらず、言うことを聞かなければ首を刎ねられるとは、露ほども思っていない。

こうした農民たちの非協力的態度を大木兼能に訴え出れば、人を出さない庄屋の首を一つか二つ飛ばし、晒し首にしてくれるかもしれない。それによって郷村は、大名権力の恐ろしさを知ることになる。

だが藤九郎は、父の残した秘伝書の中にあった「人を無理に働かせることはできない。

働くように仕向けるのも、城取りの仕事の一つだ」という言葉を忘れていなかった。

――どうすれば、働くように仕向けられるのか。

藤九郎は懸命に考えたが、なかなか妙策は思い浮かばなかった。

すでに鍬入れの儀は終わり、川筋の付け替え普請が始まっていた。だが集められた夫丸は五十人程度にすぎず、これでは進捗も高が知れている。すでに計画に遅れも出始めていた。

――こうした遅れは、農民たちのせいにすれば済む話かもしれない。だが関白殿下は、いかに無理なことでも知恵を絞って期限内にやり遂げてきた。それを知る殿は、わしに失望するに違いない。

これまで秀吉は、常人が無理と思えることを成し遂げてきた。秀吉は頭の回転が速いだけでなく、こうと思えば徹底的にやり抜く実行力があったからだ。

――だが、わしは関白殿下ではない。

藤九郎は秀吉になったつもりで、あれこれと知恵を絞ってみたが、いっこうに妙案は浮かばない。

――わしは常人なのだ。地道にやるしかない。

藤九郎は勢いよく立ち上がると言った。

「よし、大休止は終わりだ。仕事を始めろ！」

藤九郎の命に応じ、小者がけたたましく鐘を鳴らし、仕事の再開を夫丸たちに伝えて回る。

夫丸たちは大儀そうに身を起こすと、鋤やもっこを手にし、それぞれの持ち場に散っていった。

藤九郎も現場に向かおうとした時だった。

「童子が川に落ちた！」

菊池川本流の方から誰かが走ってきた。

「物頭様、川遊びをしていた童子が足を滑らせて深みにはまり、そのまま流されていきました！」

──こんな時に、何たることか！

一瞬そう思ったが、次の瞬間、藤九郎は大声を上げていた。

「童子が川に落ちた。皆で助けに行くぞ！」

藤九郎は現場に向かって走り出した。

菊池川河畔は目と鼻の先だ。駆けつけると、大人たちが寄り集まり、川面を指差しては何かを言い合っている。

その中には源内もいた。

「童子はどこにおる！」

「あそこです！」

源内の指し示した先では、十歳ほどの童子が川石の間に挟まった流木に掴まり、激しい水圧に耐えていた。

――あのままでは、すぐに流される。

「あれは弥五郎んとこの又四郎ではないか！」

夫丸の中の一人が声を上げる。どうやら近くの村から来ている夫丸の子供らしい。

「おい、弥五郎はどこだ」

「ここだ」

男が駆け寄ってくる。藤九郎と一緒に現場で作業をしていた一人だ。

「又四郎が流されたぞ！」

「何だと！」

「あれを見ろ」

皆がそろって川面を指差す。

「ああ、又四郎！」

男の顔色が瞬く間に変わる。

「又四郎、そのまま待っていろよ！」

男は褌一丁になると、川に飛び込もうとした。

「やめろ。この流れの速さでは救えないぞ」

藤九郎が背後から抱き止める。

「ああ、物頭様、あれはわしの一人息子です。行かせて下さい」

「早まるな。わしに考えがある」

そう言うと藤九郎は皆に大声で告げた。

「誰か、弓矢と太縄を探してこい」

「何をなさるんで」

源内が心配そうに問う。

「とにかくやってみるしかない」

しばらくすると、夫丸の一人が弓矢と太縄を持ってきた。

──よし、これでよい。

弦の張り具合を確かめた藤九郎は、鏃の根元に太縄を結び付けると、対岸に向かって怒鳴り声を上げた。

「岸から離れていろ!」

藤九郎は少年時代に弓矢の稽古をしたことがあるので、腕に多少の覚えはあるが、重い太縄を引きずった矢を、四十間(約七十三メートル)ほど離れた対岸に射られるとは思えない。

──とても無理だ。

藤九郎は自らの浅はかさを呪ったが、ほかに妙案を思いつかない。

「誰か、矢を射るのが得意な者はおらぬか!」

誰からも返事はない。農民たちは鉄砲に心得があっても、矢など射たことはないのだ。

「ああ、何卒、助けて下さい」

男が藤九郎にすがり付く。

「分かった。任せてくれ」

――勝負は一回きりだな。

もしも対岸に矢が届かなければ、太縄が水を吸って重くなる。そうなれば二度目以降は、とても対岸まで届かない。代わりの太縄もないので、勝負は一度だけだ。

「どうか、どうかお願いします」

傍らで父親が手を合わせている。

藤九郎が弓弦を引き絞ろうとした時だった。誰かが肩に手を掛けた。集中力を削がれた藤九郎が文句を言おうとして首を回すと、そこに清正が立っていた。

「殿！」

「わしに任せろ」

「はっ、はい」

藤九郎が清正に弓矢を渡すと、清正は片肌脱ぎになり、弦の張りを確かめた。

「よし、これなら行ける」

清正が弓を引き絞る。赤銅色の肌に筋肉が浮き立ち、弦が悲鳴を上げる。

次の瞬間、矢は鷹のように対岸に飛んでいった。皆が息をのむ中、高々と上がった矢が落下し始める。

――頼む！

矢は放物線を描きながら落ちていくと、見事に対岸に到達した。

――やったぞ！

だが感慨に浸っている暇はない。

「後はお任せ下さい」

そう言うと藤九郎は、太縄を源内に託した。

「これを丈夫そうな木にくくり付けろ」

源内が太縄の端を持って河畔の大木に走る。

対岸でも大石に太縄を巻き付けている。

瞬く間に川の上に太縄が張られた。

「皆、太縄を思い切り引いていてくれ！」

周囲にいた者たちが太縄に取り付く。対岸でも同じようにしたので、太縄がぴんと張られた。

藤九郎が褌一丁になった時、清正から声が掛かった。

「用心しろ。菊池川の力は強い」

「分かりました！」

己の体に命綱を巻き付けた藤九郎は、その端を輪にして太縄に結ぶと、童子用の命綱を袈裟に巻いて太縄を掴んだ。
――行くぞ！
藤九郎は大きく息を吸うと、川に足を踏み入れた。
とたんに体を持っていかれそうになる。
次の瞬間、深みにはまった。
――これくらいなんだ！
藤九郎が頭を川面に出すと、岸から歓声が沸いた。
――ここからが勝負だ。
藤九郎は太縄を伝い、十間（約十八メートル）ほど先にいる童子の許に向かった。
清正が言った通り、下半身が凄まじい力で持っていかれそうになる。
「待っていろよ！」
やがて童子の顔が見えてきた。
すでに泣くこともできないのか、恐怖に顔を引きつらせている。
「よし、わしに掴まれ！」
藤九郎が手を伸ばすと、童子も小さな手を伸ばしてきた。

八

「天晴(あっぱれ)であった」

清正の声を聞き、河畔に倒れ込んでいた藤九郎は起き上がろうとした。だが疲労からか、体が言うことを聞かない。

――こんな時に、何という様(ざま)だ。

駆けつけてきた源内と佐之助が、左右から藤九郎の腕を取って支える。

「そのままでよい」

清正が歩み寄ってきた。

「申し訳ありません」

藤九郎は濡(ぬ)れ鼠のまま、その場に平伏した。

「見事な働きであった」

どこかから童子の泣き声が聞こえたので、そちらに目を向けると、十間ほど先で父親の胸にもたれかかり、童子が泣いていた。

――よかった。

やがて母親らしき者と姉らしき者も駆け寄ってきた。四人は体を寄せ合い、感涙に咽(むせ)んでいる。

それを見ながら、藤九郎は故郷の家族のことを思い出していた。

――皆、壮健でいてくれよ。

「誰か、この者の体を拭いてやれ」

駆け寄ってきた清正の小者たちが、手巾で藤九郎の体を拭いてくれた。

清正は陣羽織を脱ぐと、藤九郎の背後に回って肩に掛けた。

「こ、これは――」

「そなたの働きは、陣羽織で報われるものではない。だが今は、これしかないので我慢しろ」

「ああ、もったいない」

藤九郎は震えが止まらない。

「そなたが得たのは童子の命だけではない。見よ」

清正が鉄扇を半円形に差し回す。その先では、数えきれないほどの民がこちらを見ている。

「そなたは衆望を手にしたのだ」

「衆望――、ですか」

「そうだ。人の上に立つ者にとって、何よりも大切なものだ」

この時になって、ようやく藤九郎にも、清正の言っていることが理解できた。

「そなたが苦闘していると聞いたわしは、領民に活を入れようと馬を飛ばしてきた。そここの騒ぎだ」

清正が苦笑する。

「いずれにせよ、わしの出る幕はなさそうだな」

清正が引かれてきた馬にまたがる。

「殿、ご配慮いただき、ありがとうございます」

藤九郎が転がるようにして馬前に拝跪する。

「当然のことだ。それよりも、治水のことは任せたぞ」

「はっ、ははあ」

「そなたは立派なもっこすになれる」

「もっこす、と――」

「そうだ。肥後人は己らのことをもっこすと呼ぶそうだ。だがそう呼ばれるには、それなりのことをせねばならない。そなたはそれを成したのだ」

――もっこす、か。

胸底から得体の知れない歓喜が込み上げてきた。

もっこすとは、一度決めたら梃子でも動かない意志堅固な者のことだ。

「では、またな」

そう言うと清正は、馬廻衆を引き連れて去っていった。

その蹴立てていった砂埃を浴びつつ、藤九郎は震えるほどの喜びを嚙み締めていた。

　――わしは最高の主君を持った。あのお方のためなら、命でも捨てられる。

　両手をついて茫然としていると、「ありがとうございます」という声が背後から聞こえた。

　顔を上げると、件の家族が立っていた。

「何とお礼を申し上げていいか分かりません」

　父親が頭を川原石に擦り付ける。

「物頭として当然のことをしたまでだ。それよりも――」

　立ち上がった藤九郎は、助けた少年の頭を撫でた。

「坊主、命拾いしたな」

　父親に倣って童子も頭を下げる。

「命は一つだけだ。絶対に失ってはならんぞ」

「はい」

　童子が元気よく応じる。

「ああ、何とありがたい――」

　母親も藤九郎の足にしがみつくようにして泣いている。

　その時、母親の背後で、藤九郎に向かって手を合わせている少女の姿が目に入った。

　その愛らしい姿を見つめていると、それに気づいたのか、少女が顔を上げた。

　目が合うと、少女は恥ずかしげに俯いた。

藤九郎の心にさざ波が立つ。

父親が再び言う。

「この御恩は生涯、忘れません」

「もうよい。それよりも仕事に戻ろう」

頭を下げる父親の肩に手を掛けると、藤九郎は歩き出した。その後を、皆がぞろぞろと付いてくる。その数は来た時の十倍はいる。

「皆、どこに行くつもりなのだ」

藤九郎の問いに源内が答える。

「藤九郎さんと一緒に働きたいのでは」

佐之助もうなずきつつ言う。

「これが殿の仰せになられた衆望でしょう」

——人を動かすには、申し聞かせようとしても駄目だ。百言よりも一つの行動が大切なのだ。

人は無理強いされることを嫌う。だが納得すれば、自ら進んで働く。

「ようし、皆で力を合わせて新川を開削しよう！」

「おう！」

藤九郎の言葉に、皆が応える。

集まった者たちは競うように鋤や鍬を取り、もっこで土を運び始めた。

その後、菊池川の流路付け替え普請は、とんとん拍子で進んだ。藤九郎が童子を救ったという話を聞いた隣村の人々も、課せられた賦役を果たすようになり、現場に活気が満ちてきた。

やがて新菊池川は、有明海に通じることになる。さらに新菊池川と唐人川（とうじんがわ）と名を変えた旧菊池川に轡塘を築き、その内側の潟地を干拓したので、新田が開発され、肥後国の各地から農家の次三男が移り住んだ。後のことだが、この干拓地が完成した時、ここだけで二万から三万石を稼ぎ出すようになったという。

かくして藤九郎は、菊池川の治水事業を成功させた。だが藤九郎には、次なる仕事が待っていた。

九

川に落ちた又四郎という童子を救ったことがきっかけで、藤九郎は又四郎の一家と親しく行き来するようになった。

高瀬の対岸を少し行ったところにある木葉という村で農家を営む一家は小さな地主で、食うに困るほどではないものの、厳しい生活を強いられていることに変わりはない。

又四郎の父親の弥五郎は四十絡みの精悍（せいかん）な男で、村では一目置かれる存在だった。

った。

藤九郎は農民たちと親しくなるためのきっかけを作ろうと、弥五郎の家にしばしば行

暖かい日差しを浴びながら弥五郎の家の広縁に腰掛けていると、時が経つのを忘れて
しまう。

「つまりこれまで肥後国では、一国を統一できるほどの勢力が育たなかったんですね」

「そうなんです。この国では、国人たちが猫の額のような土地をめぐって争っているだけで、大きな勢力は育ちませんでした」

十六世紀初頭に守護大名の菊池氏が没落した後、肥後国では国人たちが割拠（かっきょ）する状態が続いた。その後、薩摩（さつま）から北進してきた島津（しまづ）氏の支配下に置かれるが、天正十五年（一五八七）五月、秀吉の九州征伐によって島津氏は肥後国から追い出され、佐々成政が入部することになる。

弥五郎が続ける。

「そんな状態ですから、それぞれの村は、どこかの国人の傘下に入り、その国人のために人を出すことはしても、国全体で何かをするという考えは根付いていないのです」

「これまで、国を挙げて何かを行うことはなかったんですね」

「はい。自分たちの村に利がないことには、どの村も人を出したがりませんでした」

——それでは治水は難しい。

そんな意識では、それが成った後に受ける恩恵が村ごとに差が出る治水など、できる

はずがない。

藤九郎は暗澹たる思いに囚われた。

「佐々様が入国した時も、何のことやら分からない者が大半でした。続いて加藤様がやってこられて、ようやく中央には関白殿下がおられ、肥後国の大名として加藤様と小西様が来られたという構図が分かってきたという次第です」

――無理もないことだ。

肥後に限らず、大名不在の国は国人支配が常識で、全国統一政権など理解できない。

弥五郎と話し込んでいると、母親と娘が膳を運んできた。

「又四郎は寝たのか」

「はい。気持ちよさそうに寝息を立てております」

「よかった。これも木村様のおかげです」

「これからは気をつけて下さい」

「はい。承知しました」

「遅れましたが」と言いつつ、弥五郎が妻と娘を紹介してくれた。

この時、藤九郎は娘の名を初めて知った。

――たつ、という名か。

「これからも、よろしくな」

「こちらこそ、よしなに――」

二人が土間と接する広縁まで下がって平伏する。九州では女性の地位が低いと聞いていたが、こうした場合に、同じ座で頭を下げるだけの尾張や美濃の風習とは大違いだ。

「粗末なものですが、お召し上がり下さい」

弥五郎が恥ずかしげに勧める。

「何を仰せですか。うちも食うや食わずの農家でした。こちらの方がずっと豊かです」

藤九郎の言葉で、弥五郎たちの間に安堵の笑みが広がる。

「それで木村様は、こちらにお一人で来られたのですか」

「はい。母や弟妹を置いてきました。それなりの生活ができるようになったら、こちらに呼ぶつもりでいますが、いつになるやら」

「ということは、こちらに根を下ろすと――」

「そのつもりです。もはや郷里に未練はありません」

「つまり、まだ嫁御をお迎えになられてはおらぬのですね」

「ええ、まあ」

今はそれどころではないが、いつかは嫁を迎えたいと思っていた。

「そのうち、よき嫁御が見つかるといいですね」

「こちらには、尾張や美濃から多くの男たちが来ています。嫁取り競争が激しいので、それがしのところになど来てくれる娘はおらぬでしょう」

二人は膳をつつきながら、話に興じた。

「ときに木村様、新たな仕事はどのようなものですか」

「それが、この近くの仕事なのです。またしても皆の力が必要になります」

「ということは木葉川の流路でも変えるのですか」

「いや、次は要害の構築です」

「要害と――」

弥五郎が驚く。

「この付近に要害を築きます」

「いったいどこに」

藤九郎が懐から絵地図を取り出す。

「三池街道は、木葉川から分岐した支流の中谷川（なかたにがわ）沿いを通っていますね」

「その通りです」

「この街道を管制する城を築きます」

「管制、とはどういう字を書くのですか」

「唐土（もろこし）の古典にある言葉だそうですが、街道や川筋を支配下に置くことです」

藤九郎は筆と紙を取り出し、「管制」と書いてみせた。

「随分と難しい言葉をお使いになるのですね」

「ええ、実は――」

藤九郎は、父の残した秘伝書について語った。

「それで木村様は、若くして抜擢されたのですね」

「まあ、そういうことになります」

事情を察した弥五郎は、周辺の地勢について語ってくれた。

——賢い男だ。

弥五郎は周囲の地勢を熟知しており、農民にしては理解力にも優れていた。しかも様々な雑説にも通じている。

「ときに弥五郎殿のご先祖は、武士だったのでは」

「実を言うとそうなのです。当家は父の代までは地侍だったので、祖父や父から厳しく学問を教えられました」

それで弥五郎が賢い理由が分かった。

「これもご縁ですね」

「ははは、そのようですね。息子を救ってくれたご恩に報いるためにも、お力添えいたします」

そう言うと、弥五郎は話を戻した。

「つまり街道を管制するということは、他国からの侵入を危惧しておられるのですね」

「今、天下は豊臣家の統制の下に治まっていますが、いつ何時、戦国に逆戻りしないとも限りません」

「なるほど。では、どの国を敵と思っておいでか」

藤九郎が絵地図を広げ、地図の下方、すなわち南を指し示す。

「関白殿下が、殿と小西殿を肥後国に配したのは、第一に島津の抑え」

薩摩国を中心にして七十万石余の石高を有する島津氏こそ、最も警戒すべき勢力だった。それゆえ秀吉は島津氏の抑えとして、子飼いの清正と行長を肥後国に配した。とくに清正への期待は大で、秀吉は小西領の南にある葦北郡の半分を、飛び地として清正に与え（残る半分は相良氏領）、島津氏を牽制させることにした。

「第二は北の抑え」

この時、北西の筑後国には立花宗茂が、その向こうの肥前国には鍋島直茂が、北の筑前国には小早川隆景が、北東の豊後国には大友義統が配されていた。それぞれ十万石以上の大名で、豊臣家に忠節を誓っているとはいえ、外様なので表裏は定かでない。

「いかにも北の抑えも、おろそかにはできませんね」

「はい。それでも豊前方面だけは、さほど案ずることもないと思われます」

「黒田殿ですね」

豊前国には黒田孝高・長政父子が配されているので、いざとなれば小早川・大友両氏を牽制してもらえる。

「そうです。しかし肥前方面は侮れません」

鍋島・立花両家は、何の障害もなく肥後国に侵攻できる位置にある。

「つまり加藤様は、豊前街道よりも三池街道を恐れておいでというわけですね」

豊前街道と三池街道は隈本から二里半ほど北の植木（うえき）までは同じだが、そこで豊前街道は北東の山鹿（やまが）方面へ、三池街道は北西に分岐し、菊池川を渡って筑後国を経て筑前国まで通じている。その途次には肥前国に通じる道もある。

「鍋島殿が欲心を起こし、立花殿もそれに同心すれば、隈本まで一気に攻め寄せられるのです」

「この街道図を見れば、その通りとしか言えませんね」

弥五郎が渋い顔でうなずく。

「それで殿は、『変事が出来（しゅったい）した折、街道を封鎖できる要害をどこかに築け』と仰せになりました」

「それが管制ということですね」

「はい。そこで、この山はどうかと思っています」

藤九郎が広げた絵地図の一点を指し示す。

「田原山ですか」

田原山とは、後に田原坂と呼ばれることになる独立丘陵のことだ。

「三池街道は田原山の南面を通り、植木に達していますので、要害を築くには適地ではないかと」

「いや、事はそう容易ではありませんぞ」

「と、仰せになりますと」

「田原山は大きい。それゆえ北から東にかけて要害を築けば、三池街道を管制下に置けるのですが、そうなると南の吉次峠を越えていく支道を管制できません」

三池街道は菊池川右岸の繁根木で分岐し、本道は東の高瀬へ、支道はそのまま南下して菊池川を渡河し、伊倉と原倉を経て吉次峠を越えて木留に至る。

「つまり、田原山の北面に城を築くと、吉次峠越えの支道が管制できないのですね」

「そうです。敵が大軍の場合、二手に分かれることも考えられます」

「では、こうしたらいかがでしょう」

藤九郎が地図の一点を示す。そこには二俣山と書かれていた。

「ここに砦を築けばよいのでは」

「なるほど、それは妙案。しかし――」

しばし考えた末、弥五郎が言った。

「それでは田原山の北面と二俣山の双方に兵を置くことになり、双方の連携は難しくなります」

――その通りだ。

しかも田原山の南を通る三池街道の本道は側面からの攻撃になるので、敵が支道にも兵を分かち陽動策を取ってきた場合、通過を許してしまう危険性がある。

二人は夜半まで話し合ったが、妙案は浮かばず、翌朝、弥五郎の案内で田原山周辺を歩き回ることにした。

十

早朝に木葉を出た二人は、いったん三池街道の本道を通って植木まで歩き、植木の南西の木留を経て、隈本側から田原山に登ることにした。

出発前に又四郎が「一緒に行きたい」と騒いだが、弥五郎は「これは仕事だから駄目だ」と言って許さなかった。そこで藤九郎が「昼時に山頂に飯を持ってこい。そうしたら、その後は付き従ってよいぞ」と妥協案を示すと、親子共に納得した。

木葉を出た二人は境木（さかいぎ）に架かる木橋を渡り、中谷川沿いを南東の植木に向かった。二人の左手には、常に田原山がそびえている。

藤九郎が「結び飯のような形の山ですな」と言うと、弥五郎が「こちらからは、そのように見えますが、逆の方からは、なだらかになります」と答えた。

田原山は急崖を成している北東からは登りにくいが、緩斜面となる南西から登るのは楽だという。

植木は肥後国北部では有数の宿町だ。百軒近い町屋が軒を連ね、飯盛女までいた。

そこから南西に進み、木留を経た二人は田原山を眺めた。

「こちらから見ると、確かになだらかですね」

「北東から見るのとは、大違いでしょう」

眼前にそびえる田原山はゆるやかな傾斜の小丘で、段々畑が幾重にも続き、その頂に多少の木々が生えている。

小半刻ほど上り坂が続き、ようやく頂上に着いた二人は周囲を見回し、この場所が理想的な立地にあることを、あらためて確信した。

二人が昨夜の続きを話していると、又四郎が走ってきた。

「父上、弁当を運んでまいりましたぞ！」

「慌てるな。転ぶぞ」

息を切らしてやってきた又四郎は、小さな竹籠を藤九郎と弥五郎に渡した。

「そなたの分はあるのか」

「はい。こちらに持ってきました」

「腰につるしてきたのか」

「お二人の分を手に持ったので仕方なく――」

「水の入った竹筒と一緒に腰につるしては、結び飯が割れているかもしれんぞ」

そう言いながら、切り株に腰掛けた三人は竹籠を開けた。

「あっ」と言いつつ、又四郎が結び飯を掲げた。

「父上が仰せになられた通り、一つの結び飯が割れていました」

「それ見たことか」

弥五郎が笑い声を上げる。

「それでも、二つに割れただけなので食べられます」

又四郎が、二つに分かれた結び飯に食らいつく。

それを見ながら、結び飯を口に運ぼうとした藤九郎の手が止まった。

——待てよ。二つに割れた結び飯か。

突然、何かが閃いた。

「そうか。その手があったか」

「どうしました」

「分かりました。川の付け替えと同じ要領です」

藤九郎は立ち上がり、結び飯を二つに割った。

「この結び飯と同じく、山を二つに割ればよいのです」

「山を二つに——」

「はい。この山に三池街道を通すのです」

「つまり、ここを——」

「そうです。この山を城とし、街道を城の中に通せばよいのです」

藤九郎は二つに割れた結び飯を持ったまま、四囲を見回していた。

田原山は隈本側の斜面がなだらかな反面、高瀬側の斜面は急崖を成している。つまり北から来る敵には大要害となり得るが、南からは兵の補充も物資の補給もしやすい。

「今の三池街道本道はどうします」

　弥五郎が問う。

「切り崩して、人が通れないようにします。さすれば敵は田原山を通らざるを得なくなる。今ある道を無理に通ろうとしても、田原山の矢頃に入ります」

　矢頃に入るとは、射程に入るという意味だ。

「それは妙案かもしれませんね」

　弥五郎が大きくうなずく。

　藤九郎が飯を頰張る又四郎の頭を撫でる。

「又四郎のおかげだ。こんなに早く恩返しをしてくれるとはな」

　その後、普請小屋に取って返した藤九郎は、丹念に地形図を描き、勘録に仕上げた。

　三池街道本道を田原山に通し、一方、吉次峠越えの支道は、二俣山に砦を築いて管制させるという方策だ。

　――これなら守備兵を二つに分かっても、連携が取れる。

　隈本城に飛ぶように帰った藤九郎が勘録を清正に提出すると、すぐに裁可が下りた。

　小躍りするようにして木葉に戻った藤九郎は早速、具体的な普請計画に取り掛かった。


　天正十七年（一五八九）二月、田原山の普請が始まった。藤九郎は坂を蛇行させ、屈曲点に土塁を伴う陣所を築き、坂を上ってくる敵に陣所が正対するよう縄張りした。

　弥五郎のお陰で近隣農民の協力体制も整い、夫丸の供出も滞りなく行われた。

着手から二月経った四月、後に書かれた『西南記伝』に「一夫之を守れば三軍も行くべからざる地勢たり」、すなわち「一兵で守っても、大軍が進めない地形」と謳われた田原山の陣が完成した。

いまだ細部ができ上がっていないとはいえ、ひとまず街道が貫通したこともあり、藤九郎は清正の実見に供すことにした。

四月半ば、清正は飯田角兵衛、森本儀太夫、大木土佐守兼能といった宿老たちを引き連れ、田原山にやってきた。

南西の山麓で馬を下りた清正は、藤九郎の説明を聞きながら徒歩で坂を上った。

清正も城造りには通じている。藤九郎の話を聞きながら、「ここに土壇を築き、櫓を建てよ」「崖沿いの道は、敵と戦いが始まったら人が一人通れる程度に切り落とせるようにしておけ」「大きな石や木材をここに用意しておき、敵が来たら転がせ」といった細かい指示を下す。

その度に、藤九郎はそれを手控えに書き付けた。

「それで、いかなる手順で、この要害を守るつもりだ」

「はっ」と答えて、藤九郎が自らの考案した策を説明する。

「菊池川を渡ってくる敵を木葉で迎え撃ち、あえて敗走して田原山に引き込みます。田原山では、この最初の大曲がりまでを一ノ坂として敵を邀撃し、しばし戦った後、あえて一ノ坂を放棄し、続く二ノ坂で敵を迎え撃ちます。ここで敵が退き陣に移らなかった場合、続く三ノ坂まで引きます。大半の敵は三ノ坂で攻略をあきらめるはずですが、それでも突破された場合、山頂の陣で敵に決戦を強います。この時、敵は疲弊しているので、大いに勝算はあります。さらに伏兵を木葉山の麓（ふもと）の安楽寺（あんらくじ）に隠しておけば、退き陣に移った敵を横撃でき、菊池川河畔で殲滅（せんめつ）できます」

長い説明が終わり、緊張が解けた藤九郎は小さなため息をついた。

「つまりそなたは、堅き城ではなく、柔らかき要害を築くのだな」

「仰せの通り。城には敵を寄せつけぬものと、敵をあえて招き入れ、敵に損害を与えるものがあります。田原山は隈本の前衛を成す城です。それゆえ敵を寄せつけぬ構えよりも、敵の兵力を漸減（ぜんげん）させる構えの方がよいかと――」

藤九郎は、敵に支道や迂回路（うかいろ）を使わせないために、あえて敵を田原山に引き込み、「もう少しで落とせる」という心理状態に陥らせ、損害を強いるつもりでいた。

話しているうちに、一行は山頂に着いた。

頂上の風に吹かれながら、しばし佇（たたず）んでいた清正が言った。

「そなたは、よき城取りだな」

「いえいえ、まだまだです。すべては父から託された秘伝書のお陰です」

それが藤九郎の偽らざる本音だった。

「そなたの知恵があってこそ、父上の秘伝書も生きてくるのだ」

「もったいない――」

藤九郎は、思わずその場に膝をついた。

「これから、そなたには死ぬ覚悟で働いてもらう。それでもよいか」

「も、もちろんです」

「わしが死ぬ覚悟でと申した時は、五分までは本当に死ぬ」

「構いません。無駄に長く生きるくらいなら、己の才知を使い切って早死にした方がましです」

「よくぞ申した」

清正が大笑すると、宿老たちもそれに倣った。

「それでは、使いつぶしてやるぞ」

「望むところです」

「天晴な心掛けだ」

清正が鉄扇を開くと、沈む太陽に「待った」を掛けるかのように掲げた。

「そなたは、天下一の城を築くことになる」

「て、天下一の城と」

初め藤九郎は、清正が何を言っているのか分からなかった。

「そうだ。何人たりとも寄せつけぬ堅城を、わしは築く。その手伝いをせい」

清正が夕日に誓いを立てるように言う。

「何卒――、何卒、それがしにも、その大事業を手伝わせて下さい」

藤九郎がその場に平伏する。

「わしは、肥後国を万民が安楽に暮らせる天下一の国にする。そなたは天下一の国に天下一の城を築くのだ」

——ああ、何ということだ。

何か途方もないことが始まる予感に、藤九郎は打ち震えた。

第二章　反骨の地

一

天正十七年（一五八九）の晩夏、田原山の普請は山場を迎えた。

藤九郎は弥五郎の屋敷に起居させてもらい、自ら陣頭に立って指揮を執っていた。

一方、菊池川治水に携わる源内と佐之助も現場で力を発揮していた。藤九郎が田原山普請に移ることにより、彼らとの関係は改善し、しばしば何かの土産を持って弥五郎の家を訪ねてくるようになった。

――何かを造るということは、厄介事を造ることだ。だがどのような厄介事だろうと、逃げずに取り組めば、必ず光明が見出せる。われらの仕事は、その繰り返しなのだ。

藤九郎にも、父が担っていた仕事の厳しさが分かってきた。

そうした日々を過ごす中、藤九郎は心に決めたことがあった。

「たつさんを嫁にいただけませんか」

家族が寝静まり、囲炉裏端で弥五郎と二人になった時、藤九郎は切り出した。

「たつを、誰の嫁に――」

予想もしていなかったのか、弥五郎が聞き返す。

「私の嫁にです」

「貴殿の嫁にと仰せか」

弥五郎が唖然とする。

「あのことがあってから、弥五郎さんの家に起居させていただき、たつさんの気だてのよさを知り、ぜひ嫁にいただきたいと思うようになったのです」

藤九郎は、ありのままの気持ちを話した。

「貴殿とたつでは――」

元が武士とはいえ弥五郎は農民なので、藤九郎とは身分に違いがある。

「分かっています。でも、私だって故郷に帰れば百姓です」

「貴殿は将来を嘱望されている。そのうち、ご家中の格式ある家から縁談があるはずだ」

「実は、そうしたわずらわしさから逃れたいのも一つなのです」

「わずらわしさ、か」

弥五郎が苦笑する。

「貴殿は正直だな」

も変な話だ。

確かに嫁にしたい娘の父に、「わずらわしさから逃れたいので娘がほしい」と言うのも変な話だ。

赤面しつつも藤九郎は続けた。

「私は何の取り柄もない男ですが、何かを造ることだけは、多少なりとも心得があります。それがある限り、たつさんを食べさせていけると思うのです」

「それは分かっている。うちにとっては、またとない縁談だ。とくに貴殿が戦いを専らとする武士ではなく、知識と技能によって身を立てようとしている吏僚であることが、何よりもありがたい」

弥五郎の瞳は、感謝の気持ちで溢れていた。

「そう言っていただけると、うれしいです。武士に比べれば出頭も遅く、贅沢な暮らしは望めませんが、それでよろしければぜひ、たつさんを嫁に下さい」

藤九郎が頭を垂れる。

「何を仰せか。こちらこそ、お礼の申し上げようもない。だが本当にうちの娘でよいのか。貴殿が出頭していく上で、わしは何の役にも立てぬ」

妻の実家の引きによって、能力もないのに出世していく輩は多い。だが藤九郎にも意地がある。

「私は至らない者ですが、自分の腕一つで身を立てたいと思っています」

「そうか」

大きなため息をついた後、弥五郎が炊事場に向かって大声を上げた。

「たつはおるか！」

「はい。ここに！」

母親の声がすると、二人が何事かと駆けつけてきた。

たつは水仕事でもしていたのか、手巾で手を拭いている。

「どうかなさいましたか」

何か気に入らないことでもあったと思ったのか、二人は心配そうな顔をしている。

「又四郎はどうした」

「もう、とうに寝ておりますが」

「そうか。では、そこに座れ」

二人が不安そうな顔で、土間を背にした囲炉裏端に座る。

「実はな――」

弥五郎が藤九郎の申し入れを話すと、母親は唖然とし、たつは恥ずかしげに俯いた。

「そんな――、随分と急なお話ですね」

突然のことに、母親はどう判断してよいか分からないようだ。

「こうした話は、いつも急に始まるものだ」

「でも、たつはまだ十と四です。少し早いのでは――」

「女子(おなご)は十と四にもなれば、子も産める」

その言葉に、俯いていたたつは消え入りそうなほど小さくなった。

「母上様」

「えっ、私のことですか」

藤九郎が突然威儀を正したので、母親はどぎまぎしている。

「どうかたつさんを下さい。必ず幸せにしてみせます」

「でも――」

まだ母親は、たつを嫁にやる踏ん切りがついていないようだ。

「遠くにやるわけではない。藤九郎殿は普請方として、隈本城下に住まいを与えられるはずだ」

「はい。そう聞きました」

藤九郎は活躍が顕著なため、足軽長屋の一つを与えられることになっていた。ほかの者たちは雑魚寝(ざこね)の大部屋なので、破格の待遇だ。

「われわれよりも、たつの気持ちが大切だ。たつ、そなたの気持ちを聞かせてくれ」

たつは震える手を膝(ひざ)の上で組んでいる。

――断られるかな。

何といっても、まだ十四歳の娘なのだ。両親と離れるのは辛(つら)いはずだ。

「今、すぐにご返事いただかなくても――」

藤九郎が切り出そうとした時だった。

「そのお話、お受けいたします」

たつが三つ指をついて頭を下げた。

「えっ、それは真か」

今度は、藤九郎が唖然とする番だ。

「はい。ふつつか者ですが、よろしくお願いします」

――見た目では分からなかったが、芯が強いのだな。

藤九郎は心底うれしかった。

「お前、それでいいのかい」

母親が心配そうに問う。

「もちろんです。これほどのお方の嫁になれるなど、これ以上の果報はありません」

「そうかい。お前がいいなら、それで構わないよ」

母親が嗚咽を漏らす。うれしさ半分、寂しさ半分なのだろう。

「よし、これで決まった」

弥五郎が膝を叩く。

「母上様、たつ殿、どうか、よろしくお願いします」

藤九郎も頭を下げた。

「では、祝言は来月の吉日を選んで行おう」

「はい」

藤九郎とたつが声を合わせた。

「もう息が合っておるな。よきことだ」

弥五郎の笑い声が、目通り（直径）一尺五寸はある梁を震わせた。

二

高砂や　この浦舟に　帆を上げて
この浦舟に帆を上げて
月もろともに　出潮の
波の淡路の島影や
遠く鳴尾の沖過ぎて
はや住の江に　着きにけり
はや住の江に　着きにけり

謡が得意という老人の声が、弥五郎の家の中に響きわたる。

それが終わると、夫婦になる二人が酒盃を交わした。続いて肥後国独特の風習に従い、「壽美樽」の儀式が行われる。

これは新郎が新婦の家に、結納品として酒一升と鯛一匹を納めるもので、一升には「一生」の、鯛一匹には「一代」の意味があり、終生新婦を大切にするという誓いの意味が込められている。

祝言の儀式も終わり、弥五郎の親類や友人が次々と挨拶に来る。その度に酒を注がれるので、さほど酒に強くない藤九郎は、目が回りそうになった。

宴もたけなわになった時、何やら外が騒がしくなった。「何事か」と思っていると、「兄者！」という声が聞こえた。

――兄者、だと！

驚いて立ち上がると、表口に弟の藤十郎が立っているではないか。

「兄者、会いたかったぞ！」

「藤十郎ではないか。そなた、なぜここに――」

「詳しい話は後だ。それよりも間に合ってよかった」

「わしが祝言を挙げると知っていたのか」

「あの方に聞いたのだ」

「あの方――」

藤十郎の指す方を見ると、ちょうど厩から出てきた男がいる。

「あの方の馬に乗せてもらったのだ」

暗がりから現れたのは嘉兵衛だった。

「嘉兵衛殿ではないか」

唖然とする藤九郎を尻目に、嘉兵衛は弥五郎たちと、早速挨拶を交わしている。

「何とか間に合ってよかった。夜番が明けてから、すぐに馬を飛ばしてきた」

「嘉兵衛殿の事情は分かったが、なぜ藤十郎がここにいる」

藤十郎が話を代わる。

「わしは加藤家の第二次募兵に応じ、大船に乗せられてこちらまで来た。それで隈本に着いて兄者の消息を聞いたところ、こちらにいるという。しかも祝言当日だと聞いて驚いた。慌てて物頭に事情を話して休みをもらい、こちらに走ってきたのだが、途中――」

今度は嘉兵衛が話を代わる。

「街道を懸命に走る男がいるので、馬の上から『どうした』と問うたら、『兄の祝言に間に合わぬ』と言うのだ」

「それで乗せてもらったのか」

「ああ、嘉兵衛殿と出会えてよかった」

「おかげで馬が疲れて走れなくなり、遅くなったわ」

気づくと、日は西に傾いている。

「嘉兵衛殿には、いつも世話を掛ける」

「まあ、仕方ないな。これも腐れ縁だ。それよりも随分と別嬪をもらったな」

「いや、まあ、そうですな」

表口付近に集まっていた参会者たちが、一斉に笑う。

気がついたように弥五郎が言った。

「さあ、二人とも入って下され」

「かたじけない」

嘉兵衛と藤十郎が中に通された。


その後、藤十郎から母の死を知らされた藤九郎は愕然とした。

「そうだったのか」

「うむ。野良で倒れており、わしが駆けつけた時には、もう息をしていなかった」

「それで里を名主様に預けて、そなたは募兵に応じたのだな」

里とは七歳下の妹のことだ。

「里を連れてきたかったのだが、家族は船に乗せられないとのことで、名主様に預かってもらうことにした。里には『いつか必ず迎えに行く』と約束した。里も最後は納得してくれた」

藤十郎が己に言い聞かせるように言う。

「名主様はよきお方なので安心だ」

むろん里は下女として働かされるのだが、それでもどこかに売られる心配はない。

「里のことも心配だが、母上は無念だったたな」

「ああ、兄者の話を毎日していたぞ」

　めでたい席なので、藤九郎はあまり落ち込んだ様子は見せられないと思っていた。

「旦那様」

　その時、初めてたつが口を利いた。

「いつの日か、里さんを引き取りましょう」

「そうだな。そうしよう」

　――わしは、よき嫁をもらった。

　たつの一言が、藤九郎にはうれしかった。

　やがて一人帰り、二人帰り、夜も更けた頃には弥五郎の家族と嘉兵衛だけになった。先ほどまではしゃいでいた又四郎も、気づくと畳の隅で寝入っている。

「それでは帰るかな」

　嘉兵衛が立ち上がる。

「夜道は暗い。泊まっていきなされ」

　弥五郎の申し出に、嘉兵衛は首を左右に振った。

「祝言の最後は、血縁の者たちだけになるのが通例です。お言葉はありがたいのですが、夜道を走れずして武士はやっていけません。ご心配なく」

「では、そこまで送ります」

　藤九郎が嘉兵衛の後に続く。

外に出てみると、秋の夜空は澄み切っており、冷たい風が吹いてきていた。だが虫たちは、冬が来るのに抗う(あらが)かのように、耳を圧するばかりに鳴いている。

「藤九郎殿、よかったな」

「ああ、わしはよき相手に出会えたが、嘉兵衛殿は嫁御をどうする」

「そのことか。実は、わしにも好いた女子ができた」

「それはよかった」

「そのうち嫁にもらおうと思うておる」

「その時は、何があっても駆けつける」

「当たり前だ」

二人は、虫の声に負けじとばかりに声を上げて笑った。

藤九郎は厩の前で嘉兵衛を待たせ、馬を引き出してきた。

「お気をつけ下さい」

「分かっておる。落馬などで死ぬわけにはいかんからな」

「そうです。嘉兵衛殿は加藤家にとって大切なお人です」

「だがな――」

藤九郎から手綱を受け取ると、嘉兵衛は大きな伸びをした。

「そう言ってもいられないことになりそうだ」

「えっ、それはどういうことですか」

「実はな――」

嘉兵衛によると、この八月、小西行長が宇土城の創築にあたり、天草下島の本渡城主・天草種元と、同じく志岐城主・志岐麟泉に普請役を課した。

これに対して麟泉からは、「われらは関白殿下が薩摩へいらした際、拝謁させていただき、本領安堵のご朱印状を頂戴しております。それゆえわれらは殿下の家臣であり、公儀普請であれば、お下知に従います。しかし小西殿の城の普請に人を出すのは承知できません」と書かれた返書を送りつけてきたというのだ。種元も同様の意見だった。

彼らは秀吉から「行長を寄親とする」という通達を受けており、行長とは寄親と寄子の関係だと思っていた。つまり、「軍役は果たすが、普請役は果たさずともよい」と解釈していたのだ。この解釈は間違っていなかったが、法や掟などあってなき時代だ。秀吉の一存でどうにでもなる。

行長は同じキリシタンということもあり、理を説いて従わせるべく何度か使者を送ったが、二人は言を左右にして承知しない。

ほかの肥後国人が普請役に応じているのに、天草だけを例外とするわけにはいかない。不本意ながら秀吉に報告したところ、秀吉から「さように不届きな奴輩は誅伐せよ」という返書が届いた。これにより行長は陣触れを発し、宇土城下に小西勢が参集し始めているという。

「それでは、小西勢は天草に出陣するのですね」

「ああ、そうなるだろう。ところが、それで済む話ではなさそうだ」

行長から援軍を請われたら加藤家もすぐに出陣するよう、秀吉は命じてきたという。

「つまり、わが家中も戦に行くのですね」

「そういうことだ。いずれにせよ、この地を治めるのは容易でないということよ」

嘉兵衛がため息をつく。

「やはり宇土城を造るということが、国人との軋轢を生んだのですね」

「そういうことになる。残念ながら城は人の心を構えさせる。われらの殿のように、治水と街道整備から始めれば、さようなことにはならなかったものを」

行長は頭の回転は速いが、深慮遠謀に欠けるという噂がもっぱらだ。

――われらの殿とは覚悟が違う。

その点、治水と街道整備から始めた清正は周到だった。

「どうなるかは分からぬが、わしも真っ先に行くことになるだろう」

「その時は陣城の普請もあるでしょう。それがしも――」

「そなたには、今の仕事がある。託された仕事に全力を注げ」

「とは言っても、ご家中が――」

「よいか」

鐙に掛けた片足を降ろした嘉兵衛が、詰め寄ると言った。

「そなたからは何も申し出るな」

「は、はい」

「そなたは加藤家にとって大切な人材だ。命を無駄にしてはならぬ」

嘉兵衛の迫力に押された藤九郎は、うなずくしかなかった。

「分かったなら、それでよい。もう嫁ももらったのだ。己を大切にしろ」

そう言うと嘉兵衛は馬に飛び乗り、去っていった。

闇の中から聞こえる馬蹄の音にしばし耳を傾けていると、それも聞こえなくなり、耳を圧するばかりの虫の声がよみがえってきた。

それを聞きながら、藤九郎の心中に不安の黒雲が広がり始めていた。

三

秀吉から「誅伐許可」をもらった小西行長は、宿老の一人の伊地知文太夫に三千の兵を託し、天草へと向かわせた。むろん伊地知には、天草・志岐両氏に降伏を促すべく、秀吉から討伐令が出ていることを知らせるよう命じておいた。

この時点で行長は、天草・志岐両氏が秀吉の討伐令を知り、平身低頭して許しを請うなら赦免するつもりでいた。行長としては同じキリシタンを殺すに忍びなかったからだ。

天草袋浦に上陸した伊地知文太夫は、まず志岐城に降伏勧告の使者を送った。ところが和談（講和交渉）に応じるどころか、志岐麟泉は夜襲を敢行して伊地知勢をさんざんに打ち破った。この時、船も焼かれ、逃げ場を失った三千の兵の大半が殺された。これに呼応するように、同じ天草国人領主の大矢野、栖本、上津浦の三氏も反旗を翻した。

天草諸島は下島を中心として、上島、長島、大矢野島、獅子島、御所浦島などから成る群島だが、天草・志岐両氏は下島の、大矢野氏は大矢野島の、栖本・上津浦両氏は上島の領主であり、それぞれ独立自尊の気風が強い。そこにきて各島が水軍を駆使して連携すれば、十分に戦えると踏んでいた。つまり天下の兵を率いる秀吉を侮っていたのだ。

伊地知勢壊滅の知らせを聞いた行長は討伐を決意し、領内に陣触れを発した。だが万が一にも敗れるわけにはいかない。そのため清正にも援軍を要請した。

これを聞いた隈本城は色めき立った。


十月、隈本城本曲輪前の広場に加藤家中が整列していた。その数は千五百余――。

集まった将兵たちは、緊張の面持ちで清正の登場を待っていた。

やがて清正が姿を現した。

色々縅に片肌脱ぎの胴具足を着け、小姓に烏帽子兜を持たせた清正が、居並ぶ者たちの前に立つ。

その威厳ある姿を見た将兵からは、咳一つ聞こえない。ただ風に叩かれた背旗の音だけが耳朶を震わせる。

「皆の者、よく聞け！」

　大地が揺らぐかと思えるほどの大音声が轟く。

「此度の戦は、わが家中がこの地で戦う初めてのものになる。それゆえ敵に背を見せることはもとより、小西勢にも後れを取るわけにはまいらぬ。万が一！」

　清正が一拍置いて将兵を見回す。

「一歩でも退く者がおれば、その場で首を刎ねる」

　武将や物頭は眦を決し、兵たちは青ざめている。

「また、物頭の命に反した者や抜け駆けの功名を図らんとした者も、その素っ首を叩き落とすから覚悟しておけ！」

　強風が砂塵を巻き起こす。そこにいる者たちの畏れを形にしているかのようだ。

　――これが将たる者の器なのか。

　その威風堂々たる清正の姿に、藤九郎は圧倒されていた。

「この戦こそ、加藤家の命運が懸かっている。それゆえ力の限り戦うのだ！」

「おう！」

　清正が顎で合図すると、代わって佐々平左衛門政元が進み出た。

　政元は、天草へと出陣する第一陣の大将を任じられていた。佐々という姓からも分かる通り、佐々家旧臣で成政の縁者にあたる。

　第一陣となる先手の大半は、加藤家への忠節を示さねばならない立場の佐々家旧臣団から成っていた。清正は彼らに先手を務めさせることで武功を挙げさせようとしていた。

だが逆に考えれば、捨て石となることを運命付けられた部隊でもあった。

「これから法度書を述べる！」

清正に負けじと、政元が大声を張り上げる。

「一つ。わが家中は厳正な軍紀を旨とする。それゆえいかに寒気が厳しくとも、着衣の乱れは許さん。とくに一手の将や物頭は、指物を背に差したまま陣羽織を着るといったことをしてはならない。常に兵の手本となるよう心掛けよ」

清正は着衣の乱れを嫌う。そこから来る心の緩みは、兵の弱さにつながるからだ。

「一つ。一手の将や物頭は、功を焦って勝手な戦をしてはならない。いかに敵が攻めやすい場所に出てきても、わしの許しがない限り、討ち掛かってはならん」

清正は小さな勝ちを好まず、最終的な勝利を得ることを常に心掛けていた。

「一つ。それぞれの役割をわきまえ、いざという時に疲れて使い物にならないからだ。槍持ちを夫丸に使えば、いざという時に疲れて使い物にならないからだ。同様に馬廻衆が使者として先手陣に派遣された際、兵力と見なしてはならない。使者は使者ということを忘れるな。同様に馬廻衆も、勝手に敵に討ち掛かることを禁じる」

戦では、それぞれが役割を全うすることが大切だと、清正は知っていた。信長以前は、どのような役割があろうと敵を討ち取って首級を挙げれば恩賞がもらえたので、使者は使者の役割を果たさず、夫丸は分捕りに血道を上げる始末だった。清正は、そうしたことをやめさせることが家中の強さにつながると、その豊富な経験から学んでいた。

その後も、様々な掟が告げられた。

最後に再び清正が前に出た。手には采配が握られている。

それをゆっくりと差し上げた清正は、腹底に響くような声で言った。

「命を惜しむな。名を惜しめ。そなたらの行く手には、功名が待っている！」

差し上げた采配が勢いよく下ろされる。

「出陣！」

「おう！」

「よし、勝鬨を上げよ！」

政元が配下を促す。

「えい、えい、おう！　えい、えい、おう！」

それが終わると陣太鼓が打ち鳴らされ、各部隊は整然と隈本城の大手門を出ていく。

——これが戦か。

勝鬨を上げたためか、将兵の顔は紅潮し、戦に向けて逸っているように見える。

やがて最後尾が城を出ていくと陣太鼓の音がやみ、残った者たちは、それぞれの持ち場に戻っていった。

「藤九郎殿」

「あっ、嘉兵衛殿、いらしたのか」

「うむ。それにしても実に見事なものだ」

「何が、でござるか」

「殿の将としての器量だ。殿は、将たる者がどうあるべきかを知っている」

「われらは、よき家中に仕官できましたね」

「ああ、その通りだ。むろん生き残ってのことだがな」

嘉兵衛が皮肉っぽく笑う。

「嘉兵衛殿は、ご出陣なさらぬのですか」

「先手は佐々家旧臣が中心になっておるゆえ、われら尾張衆には、陣触れが掛からなかった。だが二の手はありそうだ。一揆(いっき)は地に足を着けた者どもだ。斃(たお)すのは容易でないからな」

嘉兵衛の顔が引き締まる。その時、一人の武将が近づいてきた。

「嘉兵衛、捜したぞ」

「これはご無礼仕(つかまつ)りました」

「われらは二の手での出陣となった。鉄砲、弾薬、焔硝(えんしょう)などを確かめ、すぐに天草に向かえるようにしておけ」

「承知仕った」

「こちらは知り合いか」

嘉兵衛が藤九郎のことを紹介する。

「どうぞ、お見知りおきのほどを」

藤九郎が丁重に頭を下げる。

「そうか。普請方か。これからはたいへんだぞ」

そう言いながらも、武将の口調は明るい。

「こちらのお方は、わが寄親の和田勝兵衛殿だ。われらと同じ尾張の出だ」

「そうでしたか。よろしくお願いします」

「こちらこそな」

勝兵衛は藤九郎の肩を思い切り叩くと、何事かぶつぶつ呟きながら行ってしまった。

その後ろ姿を見送りつつ、嘉兵衛が言う。

「あのお方は稼げるお方だ」

稼げるとは、有能で功を挙げられるの謂だ。

「よきお方を寄親に持ちましたな」

「ああ、つくづくそう思う」

嘉兵衛も満足そうだ。

「では、ご多忙のようなので、そろそろご無礼仕る」

別れ際に嘉兵衛が耳元で言った。

「これは勝兵衛殿から漏れ聞いた話だが、二の手は殿が率いられ、一万余になるという」

「それは真で――」

「ああ、つまり一揆が降伏しないとなると、われらもほぼ全軍での出陣となる」

——そうなれば、わしも行くことになる。

戦場では、普請方や作事方が活躍する場は多い。とくに敵地に攻め込む場合、兵たちが安心して宿営できるように陣城を造り、川があれば舟橋を架け、道が狭ければ広げるといった作業が必要になるからだ。

「今から案じていても仕方がない。ただ大事なことは——」

嘉兵衛が肩に手を置く。

「己の命は己で守ることだ。わしは守ってやれぬぞ」

そう言うと嘉兵衛は、兵たちでごった返す中に姿を消した。

——いよいよ、戦場に出ることになりそうだな。

藤九郎は武者震いした。

その後、隈本城を出た佐々政元率いる加藤勢の第一陣は、普請半ばの宇土城で小西勢六千五百と合流した。これで天草侵攻部隊は八千の大軍となった。

行長は自らこの軍勢を率いて八代から船に乗り、天草下島の袋浦に上陸した。

最初に目指すのは、天草下島の北半分を領している志岐麟泉の志岐城だ。

この城は標高八十八メートルの志岐山に築かれた山城だが、さほど難攻不落の城には見えない。それでも行長は降伏するなら受け容れる方針でおり、周囲を包囲して無言の圧力を掛けた。だが麟泉は戦う肚を決めており、小西勢の戦意が低いと見るや、断続的に奇襲を仕掛けて小西勢を混乱に陥れた。

城内には志岐勢二千に、天草種元の援軍五百が入っており、戦意は旺盛だ。

行長も討伐と方針を決し、全軍で攻め寄せることにした。

だが志岐城は北から北西にかけて海に面しており、東の谷も深いため、とても北と東からは攻め込めない。それゆえ西から南にかけて平押しに押してみたが、切り立った岩山を登るのは容易でなく、最初の攻撃は徒労に終わった。

続いて南端の谷筋から付けられた大手道を攻め上ったが、そうなると道が狭くて大軍の利点を生かせない。

結局小西勢は城を攻めあぐね、攻略の手掛かりは容易に摑めなかった。

十月末、小西勢苦戦の噂を聞いた清正は陣触れを発し、自ら一万の兵を率いて天草に向かった。

この時、藤九郎にも陣触れが来た。藤九郎にとってこれが初陣となる。

——人の運命など分からぬ。やるべきことをやるだけだ。

藤九郎は、任された仕事を全うすることだけを考えようとした。

四

小西行長の天草志岐城攻めは膠着状態に陥っていたが、加藤清正率いる加藤家主力勢が加わることで、寄手全体の士気はいやが上にも高まってきた。

清正と共に愛宕山(あたごやま)に着いた藤九郎は、清正の本陣造りに精を出していた。

陣所は総大将が起居する場所なので、雨露が凌(しの)げることは最低条件で、敵の奇襲攻撃があった場合でも、十分な抗堪力(こうたんりょく)を発揮できるようにする。

だが少ない人数で一日から二日で造り上げるとなると、簡易なものとせねばならない。

清正に先駆けて山頂に着いた藤九郎は、地元の民から愛宕山の詳細を聞き出して絵図にすると、清正の起居する場所を決め、その周囲に急造の柵列(さくれつ)を張りめぐらせた。日数があれば堀をうがち、その土で土塁を盛り上げるのだが、在陣が極めて短い期間と想定される今回の場合、これで精いっぱいだ。

続いて、飯田覚兵衛や森本儀太夫といった宿老の陣所造りも行わねばならない。大身の宿老は、清正の周囲に独立した陣所を築くのが常だからだ。

藤九郎はここぞという場所を指定し、傾いていれば斜面を削平させ、快適に在陣できるようにした。人は少しでも傾いた場所だと極端に疲労するので、とにかく平地にすることを心掛けた。

藤九郎の許(もと)に、「今夜遅く小西行長一行が来るので、談議のできる陣所を築け」という知らせが入ったのは、すでに日も落ちた頃だった。

藤九郎は走り回って夫丸たちに指示を出し、何とか談議のできる場所を設営した。

そのため行長一行がやってくる頃には、へとへとになっていた。

篝火が風に煽られて激しく揺れる中、二人の男は儀礼的な挨拶を交わしただけで押し黙った。

パチパチと火花が弾ける音だけが、藤九郎の拝跪する陣所の端まで聞こえてくる。

藤九郎は、ひやひやしながら事の成り行きを見守っていた。

しばらく沈黙が続いた後、それに耐えかねたのか、久留子の家紋の入った純白の陣羽織を着た行長が口を開いた。

「加藤殿、なぜ何の知らせもなく来たのか」

「後詰勢を頼んだのは、小西殿の方ではないか」

「いや、貴殿に来てほしいとは一言も言っておらぬ。配下の将を一人でも送ってくれれば、それで十分だったのだ」

行長が苦々しい顔で言う。

「わしが、わしの兵を率いてきて何が悪い」

「では聞くが、貴殿は殿下のお許しを得たのか」

「ははははは」

清正が大笑する。

「なぜ笑う。無礼な！」

「殿下は一刻も早い鎮定を望んでおられる。そのためには、前線の将が臨機応変に動くのは当然ではないか」

「またしても抜け駆けの功名を挙げ、殿下の事後承諾を得ようというのだな。豊臣家の大名掟では、万石以上の大名が兵を率いて他国に出征する場合、殿下の認可を得ねばならぬことになっておる。それを知らぬ貴殿ではあるまい。だいいち貴殿とわしがそろって国を空けては、その間に本国で何があるか分からぬ。不用心ではないか」

「では、聞くが――」

清正が鉄扇で盾机を叩く。

盾机とは、いくつかの盾を合わせて臨時の会議机としたもののことだ。

「もしも討伐をしくじれば、貴殿はどうなる。佐々殿の二の舞ではないか」

「何を言うか。あんな小城、われらだけで明日にも落としてみせよう。手出しは無用だ！」

「それは違う！」

雷鳴のような怒声が、静まり返った本陣に響き渡る。

「もはや、われらは一騎駆けではない。今のわれらは、関白殿下から所領を預けられておる豊臣家の大名だ。天下を静謐に保つためには、皆で力を合わせて逆賊を平らげねばならぬ。それが高所に立つ者の考えだ。仮に逆の立場、すなわち――」

清正が再び鉄扇を叩きつける。

「貴殿がわが後詰に来られたら、わしはその手を取り、言葉を尽くして礼を述べたであろう」

「何を言うか。この戦はわが領内で起こったものだ。形ばかりに後詰勢の派遣を要請したのは、大名掟に従ったまでだ。それも推し量れずに貴殿自ら来られるとは迷惑千万」

「では、わしに帰れと言うのか」

行長が言葉に詰まる。

もしも清正を帰してしまい、討伐に手間取れば、秀吉から改易か減封を申し渡されるのは間違いない。一方の清正も、行長と言い争って帰ってしまえば、何らかの処罰が下される。

「小西殿、今は力を合わせるべきではないか」

しばし唇を嚙んでいた行長が、ため息をつきつつ言った。

「分かった。貴殿の言うことにも一理ある。だが先手は、われらが受け持たせてもらう」

「いいだろう。だが、いかなる策を考えておるのだ」

ようやく議題に入ったので、周囲に緊張が解けたかのような空気が漂う。

行長は絵図の説明を始めた。

「ここが志岐城だ。この周囲にわれらは兵を配している。貴殿が陣を布いておるのはここだ」

行長が絵図の一点を馬鞭で示す。そこには愛宕山と書かれていた。

「ここからは、志岐城が一望の下に見渡せる」

清正が胸を張る。

「そうだ。だが敵は、愛宕山と川を隔てた向かいの山に木山弾正率いる天草勢三百を、さらに志岐城の近くの山に天草主水率いる七百の兵を入れ、われらが動けば側背を突く構えを取っている」

「なぜ、かように優位な位置にある山を先に押さえなかったのだ」

「夜陰に紛れて兵を入れられたのだ。だいいち敵は当初、和談に応じる姿勢を見せており、そのまま城を開くと思ったのだ」

「甘い！」

清正の声音が空気を引き裂く。

「敵をだますのは兵法の常道だ。和談すると見せかけて貴殿を油断させ、その隙に後詰勢を都合よき場所に入れる。貴殿はその手に、まんまと乗せられたのだ」

「致し方なきことだ。敵はこの辺りの地勢をよく知っているが、こちらは何も知らぬ」

「今更、言い訳してどうなる。とにかく次善の策を練らねばならぬ」

「そんなことは分かっている！」

行長が虚勢を張る。

「では、どうなされる」

「まずは城に攻め掛かると見せかけ、天草主水勢を攻める。貴殿は木山弾正勢を牽制してくれ」

清正が考え込む。

——決して悪い策ではない。

おそらく、行長の宿老の誰かが考えたのだろう。志岐城を落とすことではなく、まず孤立させることに狙いを定めているのは、行長とその幕僚の賢さを証明している。

「そうだな。城攻めに先んじて、周囲の敵勢を掃討するに越したことはない」

清正も同意することで、策は決した。

十一月一日の日の出と同時に小西勢が動き出した。城の南東を迂回し、天草主水勢の籠もる山への攻撃を開始したのだ。

だが主水勢は小西勢が手強いと見るや、不甲斐なくも緒戦で一当たりして敗走を始めた。乗ってきた船が係留してある河内の浦まで引こうというのだ。それを見た小西勢は、つい深追いをしてしまい、城攻めの開始が遅れた。


雲間から注ぐ陽光が、清正のかぶる長烏帽子形兜の銀箔に反射する。その兜の前立には、金箔押し日輪に「南無妙法蓮華経」という題目が大書され、その信じるものが何かを強く主張していた。

黒羅紗の陣羽織が風になびくと、黒塗りの桶側二枚胴の中央に描かれた金箔の蛇目紋が姿を現し、見る者の目を射る。袖も咽喉輪も草摺も、小札はすべて金箔押しされ、濃紺の糸で縅してある。

「皆、聞け」

家臣たちがそろうと、清正が床几から立ち上がった。

「此度は、われら加藤家がこの地で初めて戦う口切りの戦となる。皆の心も逸っているだろう。だが此度の宛所（目的）は志岐城の攻略にある。それゆえ、われらは対峙する木山勢を抑えるのが主たる仕事だ。決して焦らず、敵が攻めてくればこれをいなし、また押し返し、小西勢が城を攻略するのを助けるのだ」

「おう！」

将兵が鎧の札を鳴らして同意する。

「では、山麓まで行き、敵の進路をふさげ！」

「おう！」

山麓に陣を布き、城と木山勢を分断する役割を担った部隊が下山していく。

清正は大きくうなずきながら、これを見送った。

それから小半刻と経たないうちに、激しい筒音が聞こえてきた。城攻めを始めた小西勢の動きを知った木山勢が、加藤勢を突破しようと仕掛けてきたに違いない。

ほどなくして使番が駆けつけてきた。

「申し上げます。敵はわが陣を突破して城に向かおうとしましたが、さしたる戦意はなく、軽く当たっただけで逃げていきました」

「何だと」

清正が首をかしげる。

「山麓の陣にいる森本様や飯田様は、天草・木山の両勢は義理で兵を出しただけで、士気が低いからではないかと仰せです」

「さようなことはあるまい。キリシタンというのは、同じ信徒のためとあらば水火も辞さぬものだ。敵が退き陣に移っても、深追いはせぬよう伝えよ」

「承知仕った」と言って使番が山麓に走り去る。

清正の命令は、猪突猛進型の武将が多い豊臣家中では珍しいものだった。

——そうか。このお方は、常に高所から物事を判断できるのだな。

人は多くの要素が錯綜してくると、物事を高所から考えられなくなる。とくに武功によって評価が決まる武士の場合、目先のことしか考えない。それは大軍を率いる大名とて同じだ。

——かつて父上は語っていた。

「上様（織田信長）の倒した大名の中でも、とりわけ強かったのが甲斐の武田勝頼公だった。だが勝頼公は、最強の衆（軍団）を率いながら上様に敗れた。その理由は簡単だ。目先のことに囚われ、大局を見失っていたからだ」

勝頼は信長との無二の一戦を望むあまり、引くべきところで引けなかった。その代償は、滅亡という形で勝頼に返ってきた。

——それほど大局とは大切なのだ。

秀吉が清正を大身の大名にしたのは、単に清正の勇気や強さ、さらに忠誠心だけを評価したわけではない。清正が大局、すなわち目的が何かを常に忘れないからだ。

ところが初めての戦いに逸る加藤勢は、清正の思い通りに動かなかった。

清正は木山弾正勢を攻めずに「牽制せよ」「抑えよ」という命令を出していたが、功を焦った部隊が反撃することで、全軍が秩序なく押し寄せる形になってしまった。だが敵は三百にすぎない。すぐに志岐城の南東の茶屋(ちゃや)峠目指して潰走(かいそう)を始めた。

清正は深追いせずに戻るよう伝えたが、前線の兵たちは功を焦って追撃していった。加藤・小西両勢共に地元の兵と旧佐々家の兵が多いので、功を挙げて自らの地位を確固たるものにしたいという心理が働いているに違いない。

清正は激怒し、「戻らぬ者は斬る」という通達を出したが、討ち取り勝手の追撃戦に入った者たちに伝わるはずもない。

遂に清正のいる愛宕山の陣所は、馬廻衆や旗本を中心にした八百余の兵だけになってしまった。加藤家の両翼を成す飯田覚兵衛と森本儀太夫も、兵を戻すために出払ってしまい、清正の陣所には、一時的な空白が生じていた。

その時、使番が息せき切って山を登ってきた。

「城方が城門を開いて打って出ました」

「何だと」

「すでに小西勢は逃げ散り、わが方の山麓の陣だけでは、とても支えきれません」

耳を澄ますと、確かに凄まじい鯨波が聞こえてくる。

「弥九郎はもう逃げたか。口ほどにもない奴！」

小西行長の仮名は弥九郎という。

「いかがいたしますか」

清正の顔に朱が差し始める。戦いを前にして興奮してきているのだ。

「和田勝兵衛はおるか！」

腹底に響くような声音で、清正が勝兵衛を呼ぶ。

「はっ、ここに！」

陣幕の外にいた勝兵衛が「御免」と言って入ってきた。その傍らには嘉兵衛がいる。

「勝兵衛、五百ほどで敵を防げるか」

「一刻（約二時間）ほどなら」

「そうか。では頼んだぞ」

「殿はいかがなされますか」

清正がにやりとする。

「城方は決死の覚悟だ。このままここにおれば、わしは首となるだろう。だが敵に背を見せるのは嫌だ。それゆえ木山弾正を追っていく」

「さすが殿！」と言って勝兵衛が膝を打つ。

「ここは任せたぞ。頃合いを見計らい、わしを追ってこい」

「承知！」

「では行く」と言うと、清正は立ち上がった。

小姓が甲冑を着せると、馬が引かれてきた。清正の愛馬は、「帝釈栗毛」と呼ばれる馬高六尺三寸（約一・九メートル）もある暴れ馬だ。

その時、傍らに控える藤九郎に気づいた清正が声を掛けてきた。

「藤九郎、わしの馬は何頭かおるゆえ、それに乗ってこい」

「いや、それがしは乗馬が不得手で」

「それでは仕方ない。乗れ！」

そう言うと清正は、鐙から足を外して手を差し伸べた。

「そ、そんな。畏れ多い」

「では、徒士と一緒に走れるか」

清正の周囲にいる徒士たちは、普段から足腰を鍛えており、速足でも半刻以上は走れる。城取りの藤九郎が、徒士と同じ速度で走れるはずがない。

「どうするか早く決めろ！」

「では、お言葉に甘えさせていただきます」

「よし、来い」

藤九郎が鐙に足を掛けると、清正は藤九郎の腕を摑み、軽々と己の後ろに乗せた。

「馬ぐらい習っておけ！」

「はい。そうします」

清正が鞭（むち）を入れると、「帝釈栗毛」は二人を乗せているとは思えない速さで走り出した。止まっている状態から、瞬時に最高速まで加速できる馬など、藤九郎は見たことがない。

「わしの腹に手を回せ」

「よろしいんで」

「遠慮していると、振り落とされるぞ」

「ご、御免」

藤九郎が清正にしがみつく。

清正の胴回りには無駄な肉が少しもなく、堅く引き締まっている。

やがて清正の前後左右には馬廻衆が付いた。不意の狙撃（そげき）に備えているのだ。

「藤九郎、戦は怖いか」

「それはもう」

「此度は勝手な連中のためにしくじったわ。だが、まだ負けたわけではない」

「仰せの通りです」

藤九郎は勝ち負けよりも、さっさとこの場から逃げ出したかった。

五

南東に一里半（約六キロメートル）ほど馬を走らせると、茶屋峠に向かう仏木坂に出た。この坂は道幅が広く、優に二間余（約三・六メートル）はある。

清正一行が坂を登ろうとした時だった。突然、左右の崖上から敵が姿を現した。兵の背旗は大中黒の紋所なので、あきらかに木山弾正の兵だ。

清正が馬を止めると、その周囲を馬廻衆が取り囲み、鉄砲隊が前面に並ぶ。ただし敵が降伏を申し入れてくるかもしれないので、清正はまだ戦闘開始の命を下さない。

――たいへんなことになった。

清正の馬の背で、藤九郎は小刻みに震えていた。ゆばり（小便）を漏らしそうになったが、清正の馬の上で漏らすわけにはいかない。

「何奴だ！」

清正の問い掛けに、後方から一人の武士が進み出てきた。背丈が六尺はあり、その美髯は胸まで垂れさがっている。

「木山弾正に候！」

「そなたが弾正か。武名はかねがね聞いている。わしが加藤清正だ」

清正は普段以上に落ち着いている。

「武名高き加藤公に相見えることができ、武士として、これほどの誉れはありません」

弾正が深々と頭を下げる。どうやら降伏を申し出てきたらしく、藤九郎はほっとした。

「無駄に兵を損じず、降伏してくるとは殊勝である。それゆえそなたら全員を許し、以後、わが手勢に加えてやる」

「ははは」

ところが弾正は、大きな口を開けて高笑いした。

「何を笑う！」

「加藤殿、勘違いもほどほどになされよ。この弾正、降伏するとは申しておらぬ」

「何だと——。では戦うつもりか」

清正の周囲を守る者たちが身構える。

「そうだ。他人の土地を勝手に奪い、領民の糧を収奪する。それが猿関白のやることか。その手先となっている者は、猿以下の犬ではないか」

「よくぞ申した！」

清正の体が熱を帯びてくるのを背後で感じる。

「では、お手合わせ願おう」

小姓から槍を受け取った弾正は、それを数回しごくと崖の下に下りてきた。

「一騎打ちを所望するのか」

「しかり。大将どうしの一騎打ちなら即座に決着がつき、兵を損じることもない」

「ははは、田舎武士にしては見事な心映えだ」

今度は清正が高笑いする。

「筒衆、下がれ」

鉄砲隊に下がるよう清正が命じたが、筒衆頭は動かない。

「わしは下がれと申したぞ！」

雷鳴のような怒声に驚き、ようやく鉄砲隊が後方に下がっていく。

清正が肩越しに命じる。

「降りろ」

「はっ、はい」と答えつつ、藤九郎は転がるように「帝釈栗毛」から飛び降りた。

「して弾正、得物は何がよい」

「加藤殿の得意な槍で構わぬ」

「ははは、よき覚悟だ」

清正は「帝釈栗毛」から降りると、小姓が槍を差し出した。

誰一人として、清正自ら槍を取ることをいさめる者はいない。

――それが加藤家なのだ。

もしも清正が弾正の槍に掛かれば、わしの命もないということか。

――つまり殿が敗れれば、加藤勢は瓦解(がかい)する。

藤九郎は恐怖のあまり下がろうとしたが、背後には兵が満ちておりままならない。

――だが、おかしいではないか。

清正は昨夜、行長との談議で「もはや、われらは一騎駆けではない」と言いつつ、「高所に立つ者の考え」を強調していた。その話とは矛盾していると、藤九郎は思った。

二人が対峙する。

弾正は威嚇するように霞上段の構えを取る。緩やかな坂となっているので、高所にいる弾正の方が有利となる。一方の清正は槍を中正眼に構え、位置を変えようとはしない。

清正が一歩、前へ出る。それに合わせるように弾正が下がる。その顔には、先ほどまでの余裕が失せている。

――そうか。分かった。あれは矛盾ではないのだ。

藤九郎は、ようやく清正の真意に気づいた。

――殿には、絶対の自信があるのだ。

清正がまた一歩出る。弾正が下がる。もはや勝敗は明らかだ。目に見えぬ殺気が周囲に漂う。それに気圧されるように弾正がまた一歩下がる。弾正の顔色は蒼白で、肩が激しく上下している。

「キエーッ!」

突然、弾正は化鳥のような気合を発すると、左上方で槍先を回転させながら突進してきた。位置の優位性を生かし、一気に勝敗を決しようというのだ。

弾正が槍を打ち下ろす。それを清正がかわすと、体勢を立て直した弾正は、清正の胴めがけて槍を突いた。

「キエッ、キエッ！」

九州人独特の甲高い気合を発しつつ、弾正が槍先と石突を交互に繰り出す。

それを払いつつ清正が下がる。まだ攻撃には移らない。

いったん攻撃をやめた弾正は、槍の重みに耐えかねたのか、肩で息をしている。

「それで終わりか」

「何！」

「では、参る」

そう言うと清正は、大地が裂けたかのような気合を発した。

「ぐおーっ！」

弾正が目を瞠る。

清正は右手だけで握った槍を背中に回して回転させると、石突で弾正の顔を突いた。

一瞬、槍が死角に入る目くらましの一種だ。

「がっ！」

弾正の鼻が砕ける。

「まだまだ」

清正がすかさず弾正の裾を払う。

「ぎゃっ！」

足に傷を負った弾正の姿勢が低くなる。それが狙いだった。

清正は左足を踏み出すと、右膝をついて槍を繰り出した。

次の瞬間、弾正の喉仏から鮮血が噴き出した。六尺に及ばんとする体軀が数歩下がると、どうとばかりに倒れた。

一瞬、静寂が訪れた後、木山勢が逃げ出した。

「深追いは無用だ。隊列を組んで茶屋峠に登れ！」

「おう！」

清正の命を聞いた配下の者たちは、隊列を整えて山頂を目指した。藤九郎も遅れじと坂を登る。

清正は自らの手で弾正の首をかき切ると、手を合わせ、「南無妙法蓮華経」と題目を唱えた。

――武士とは何と恐ろしいものか。

とても自分にはできない稼業だと、この時、藤九郎は思った。

その後、殿軍を担った和田勝兵衛の部隊も追い付いてきた。幸いにして敵の追撃はなく、和田隊と無事に合流を果たすことができた。

十一月八日、清正と行長は、志岐城に惣懸りを掛けて落城に追い込んだ。

抵抗をあきらめた志岐麟泉は、わずかの兵を率いて島津領へと逃れていった。

この戦いで、志岐勢は四百六十三もの首級を献上したが、加藤・小西両勢の損害も大きく、三百七十もの死者を出した。

続いて加藤・小西両勢は、天草種元の本渡城に押し寄せた。本渡城は志岐城の東二里半ほどの東海岸にあり、三方が切り立った崖で北方だけが尾根続きとなっている攻め難い城だ。それでも寄手の戦意は旺盛で勝敗は歴然だった。

十一月二十一日に始まった攻防戦は壮絶なものとなったが、二十五日の惣懸りで決着がつき、天草種元は妻子を刺し殺した上で自害した。

この戦いで城方は七百三十、豊臣方は六百三十もの戦死者を出した。いかに城方の抵抗が激しかったとはいえ、加藤・小西両勢が競い合うように攻め寄せたことが、これだけの損害を生んだ原因となった。

これらの激しい城攻めを経て、藤九郎は大軍に攻められた際の城がいかに脆いかを知った。だが難攻不落の城を築くことで、寄手は攻撃をあきらめるのも事実なのだ。

――攻め難い城は籠もっている者たちだけでなく、寄手の生命をも守るのだ。

藤九郎は、そんな城をいつか築きたいと思った。

六

戦は終わったが、まだ仕事は残っている。藤九郎は十二月まで現地に滞在し、遺骸の埋葬や「城割り」と呼ばれる城の破却作業を行った。

埋葬といっても遺骸を大穴に入れ、油をかけて燃やすだけなのだが、これほど辛い仕事はない。雑兵の首までは取らないので、首と胴はつながっているものの、戦で死んだ人々の顔は一様に苦痛で歪(ゆが)んでいた。まれにそうでないものもあるが、それらも疲れ切った顔をしている。そうした顔をできるだけ見ずに、藤九郎は陣頭指揮を執り、ときには遺骸の腕か足を持って大穴に投げ込んだ。

――もう戦はこりごりだ。では戦をさせぬためには、どうしたらよいのか。

その答は一つしかない。

――堅固な城を築くのだ。

十二月中旬、藤九郎たち残務を担っていた者たちも、ようやく帰国を許された。

隈本に戻ってみると、清正は天草攻めの報告をすべく、大坂に向かった後だった。それでも清正は残務処理に携わっていた者たちのことを忘れておらず、藤九郎あてに感状と恩賞が残されていた。こうした配慮を忘れないのが清正のいいところだ。

――ありがとうございます。

恩賞としてもらった砂金を押し頂きつつ、藤九郎は東の空に向かって頭を下げた。

天正十八年（一五九〇）になり、清正の新たな国造りは軌道に乗り始めた。

この頃、秀吉は小田原北条(おだわらほうじょう)氏を攻めるべく配下の大名たちに大動員をかけていたが、清正や行長は「九州の統治に専念せよ」という言葉を賜り、出陣せずに済んだ。だがその裏には、別の含みがあった。

ここに至るまでに治水、新田開発、街道整備、さらに隈本城の修復などに東奔西走の活躍を見せた藤九郎は、その功を認められ、御普請奉行の三宅角左衛門配下の普請組頭にまで出頭した。収入は蔵米取りで四十俵二人扶持という、いっぱしの中級武士並みだ。

二人扶持なので家臣を二人雇えるが、一人は弟の藤十郎を、もう一人は小者の老人を雇った。これにより生活に余裕ができたので、妹の里を呼び寄せることにした。

休みもないほど多忙な日々を送りつつも、肥後国での藤九郎の生活は、徐々に軌道に乗り始めていた。

秀吉は思惑通りに北条氏を滅ぼし、国内で秀吉に敵対する勢力はなくなった。これにより戦雲は去り、戦のない世が到来したと思う者がほとんどだった。ところが天正十九年（一五九一）三月、豊臣大名を大坂城に集めた秀吉は、驚くべきことを発表する。

「唐入り」、すなわち大陸進出計画だ。

この外征を秀吉が本気で考え始めたのは天正十五年（一五八七）五月、豊臣勢が薩摩国の島津氏を屈服させ、九州を制圧した頃だった。

この時の戦いで海路の兵站維持に自信を深めた秀吉は、対馬を治める宗義調・義智父子に、李氏朝鮮国王・宣祖への国書を託し、朝鮮国を服属させるよう命じた。

だが日本と朝鮮の仲介交易で島民を食べさせている宗父子は、事を穏便に済ませたい。

そこで朝鮮国に泣きつき、形ばかりの服属使節を秀吉の許に送り、時間を稼ぐことを勧めた。ところが当時、儒教を国教とした政道を推し進めていた李氏朝鮮政府では、「儒教国ではない〝化外の地〟に使節を送る必要なし」と結論し、「水路迷昧」を口実に宗父子の要請を一蹴する。

この事実を隠し、明日にでも服属使節が来るように言い繕っていた宗父子だったが、いつまでも秀吉を誤魔化すことはできない。

天正十七年（一五八九）三月、痺れを切らした秀吉は宗父子に対し、朝鮮国に赴いて国王を連れてくるように命じた。これに応じて漢城まで行った宗義智は朝鮮政府を説得し、同年九月、祝賀通信使派遣を決定させる。

天正十八年三月、通信使一行は漢城を出発、同年十一月、聚楽第で秀吉に拝謁して国書を手渡した。ところが、この一行が服属使節ではなく、天下統一の祝賀通信使にすぎないことを知った秀吉は激怒する。

秀吉は通信使一行の来日を一方的に従属国の「入朝」とみなし、朝鮮国に対して明征服の道案内、いわゆる「征明嚮導」を命じた。むろん、これを朝鮮政府が受け容れるはずもなく、秀吉の要求を撥ねつけてきた。これに激怒した秀吉は翌天正十九年、朝鮮半島への侵攻を決定する。

秀吉は石高に応じた普請役と軍役を発表し、諸大名はそれに従って準備を始めることになった。

天正十九年四月、三宅角左衛門は、隈本城の一角に普請作事に携わる者たちを集めて大評定を行った。

「という次第で、われらも肥前国の名護屋という地に赴き、普請作事を手伝うことになった」

角左衛門が新たな仕事を皆に告げた。

秀吉は九州諸大名たちに対し、大陸への進出拠点として、玄界灘に突き出た東松浦半島の先端部に大規模な城を築くことを命じた。むろん城といっても単体の城ではなく、城下町も含めた一大城郭都市だ。

角左衛門が声を大にする。

「縄張りは黒田官兵衛孝高殿が決め、普請総奉行職には息子の甲斐守殿（長政）が就く。手伝い普請となるが、むろん気を抜くわけにはまいらぬ」

「東松浦半島の先端部は灌木が生い茂り、道も狭く、木材一つ運ぶのも至難の業です」

地元出身の家臣が言う。

「それは承知しておる。だが――」

角左衛門が厳しい目で一同を見渡す。

「たとえそこが肝も凍るほどの酷寒の地だろうが、煮えたぎった地獄の底だろうが、殿下に城を築けと命じられれば、われらは城を築くだけだ。それができなければ、殿は改易されて切腹。われらは牢人となる」

一同の顔は青ざめ、咳払い一つ聞こえない。

――それが天下人というものよ。

いかなる無理をも通そうとするのが天下人であり、そうでないと人々から畏怖されず、ほどなくして天下は失われる。秀吉は信長から、そうした「天下人の論理」を叩き込まれたに違いない。

清須、小牧、岐阜そして安土と、信長は気まぐれのように本拠の城を移してきた。その度に父をはじめとした普請・作事方は、血のにじむような努力を重ねた。

――この仕事をやる限り、苦労を苦労と思ったら負けだ。

藤九郎は肚をくくった。

角左衛門が声を荒らげる。

「向後、関白殿下は、半島から大陸の中心部に向かって兵を進めるつもりだ。その時、われらは次々と城や陣所を築いていかねばならぬ。その難儀さは、東松浦半島の比ではないはずだ」

それを聞いた一同は息をのんだ。

――天下が定まり、戦のない世が来たのではなかったのか。

藤九郎は唖然として言葉もない。

「しかも先手には、九州大名が命じられるとのことだ。むろんわが殿は――」

角左衛門は一拍置くと声を大にして言った。

「先手を志願した！」

一同からどよめきが起こる。

「だが、それは後々のことだ。まずは名護屋城の普請からだ。黒田家の普請奉行に指示を仰ぎ、必要な人員と資材をそろえるところから始める。北川作兵衛と木村藤九郎はこれへ」

突然名前を呼ばれた藤九郎は、戸惑いながら前に進み出た。

「此度の普請についての談合は、作兵衛を正使とし、藤九郎を副使として派遣する。そなたら二人は、それぞれ二人ずつ補助役を選び、明後日にも豊前中津城に向かい、黒田家の普請奉行らと談合してこい。なお作事に関しては、今のところ未定だ。それは追って沙汰する」

最後に一同を見回すと、角左衛門は言った。

「いかに若輩者でも、木村藤九郎のように懸命に励んだ者は報われる。それが加藤家だ」

「ありがたきお言葉――」

藤九郎が額を地面に擦り付ける。

「よし、それではこれにて散会とする。それぞれ託された仕事に全力で取り組むように」

それで評定は終わった。

――たいへんなことになった。

抜擢(ばってき)された喜びの反面、藤九郎は責任の重さを痛感していた。

――もしも失態を演じたら、殿の顔に泥を塗ることになる。失態を演じぬまでも、何かの不都合が生じるか、他家に迷惑を掛ければ、それだけで腹を切らねばならなくなる。

他家と力を合わせて何かを行うことは極めて難しい。互いに協力し合っているように見せながら、その実足を引っ張り合ったり、陰口を叩いたりするのが常だからだ。

「藤九郎殿、よかったな」

「あっ、作兵衛殿」

「どうした」

戸惑い顔の藤九郎を、作兵衛が不思議そうに見る。

「いや、あまりのことに茫然(ぼうぜん)としていたのです」

作兵衛が皺(しわ)深い顔にさらに皺を寄せて笑った。

「何事も案じていては前に進まぬ。とにかくわれらは、持てる力をすべて発揮するしかない」

「仰せの通りです」

作兵衛の言葉で、随分と気持ちが楽になった。

「まずは中津に行って当家の役所（担当部分）を聞き、経始(けいし)の下ごしらえをしよう」

経始の下ごしらえとは、普請開始前の下準備を指す。この場合、築城にあたっての加藤家の担当区分を聞き出し、そこから必要な石や土の分量を積算することを言う。

それらのことは黒田家の縄張り次第なので、その詳細を聞き出すところから始めねばならない。また絵図面をもらえても、明文化されていない規格などがある。すなわち石垣用の石一つの大きさが他家と違うだけで、秀吉の勘気をこうむることにもなりかねないのだ。

――いずれにしても「競い普請」は、調整が困難だ。

「競い普請」とは、他家と仕事の速度を争いながら行う普請のことだ。

「まずは下働きの者を二名選ばねばならぬ。わしは苦楽を共にしてきた下役らがおるので、その中から一人を、さらに小者一人を連れていくが、藤九郎殿はいかがいたす」

藤九郎の頭には、すぐに弟の藤十郎の顔が浮かんだ。だがもう一人には、全くあてがない。

「二人とも、貴殿の言うことなら一を聞けば十まで分かる者がいいだろう」

藤九郎には思い浮かばない。

「何なら、わしの組から付けてやってもよいぞ」

「お言葉痛み入ります。しかし一を聞けば十まで分かる者なら、あてがあります」

「そうか。それならよい。出発は明後日の日の出としよう」

「承知しました」

旅の支度には一日半ほどしかない。

七

天正十九年（一五九一）五月、藤十郎と又四郎を従えた藤九郎は、豊前国の中津への道を急いでいた。季節は初夏だが、まだ梅雨は終わっておらず、雨の降る日が続いていた。そのため豊前街道は泥道と化しており、歩きにくいことこの上ない。

――こんな道も、いつかは歩きやすいものに変わる。

外征が終わった後、清正は諸街道の整備を進めるつもりでおり、ゆくゆくは、この街道も拡幅されて地ならしが行われるはずだ。

藤九郎の背後には、藤十郎と又四郎が歩いている。

藤九郎が小者に選んだのは又四郎だった。

「又四郎、わしがそなたを連れていきたいと申すと、父上がたいそう驚いておったな」

「はい。でもその後には、藤九郎様のお役に立てると思い直し、喜んでおりました」

又四郎が満面に笑みを浮かべると、藤十郎が汗を袖で拭きながら口を挟んだ。

「兄者にも、よき弟子ができたな」

「何を言っている。又四郎は家を継いで百姓になる。小者をやるのは此度だけだ」

「いいえ、私は藤九郎様のような城取りになりたいんです」

薄々感じてはいたが、又四郎は藤九郎の仕事に強い関心を示し始めていた。

――だが、それでは弥五郎殿に申し訳が立たぬ。

又四郎は惣領息子で、弥五郎の田畑を引き継ぐ身なのだ。

「父上の仕事を継ぐつもりはないのか」

「はい。城取りに田畑は要りません」

「それは、よき考えではないな」

「なぜですか」

「農事こそ国の基だからだ。城などというものは、世が静謐になれば不要になる」

「世は静謐になるのですか」

それについては何とも答えようがない。それを決めるのは秀吉だからだ。

「藤九郎殿、あれが中津の城だ」

先頭を行く北川作兵衛が、手に持っていた杖で前方を指し示した。

「さすが黒田家の城だ。大したものよ」

総石垣造りの堅牢そうな城が見えてきた。城の周囲には無数の高櫓が林立し、城下を睥睨している。そこには、喩えようもない緊張が漂っていた。

――これは戦う城なのだ。

中津城は天正十五年（一五八七）、豊前六郡十二万五千石で入部した黒田官兵衛孝高によって築かれた。中津川の河口近くに築かれた平城なので、川水を引き込んで堀としており、その水が涸れることはない。

高櫓の数はざっと数えただけで二十以上もあるが、その中でも中天にそびえるように建つ天守の威容は、他を圧倒している。

――これが豊臣大名の権威なのだ。

この城を見るだけで、藤九郎には黒田孝高、そして秀吉の真意が分かる気がした。

――右府（信長）様や関白殿下の世になり、城は権力の大きさを知らしめるために築かれるようになったが、この地では、まだその段階ではないのだ。

安土城は、難攻不落の大要害というより「見せる」城だった。だが中津城は籠城戦を想定した城だった。それは豊臣政権が、九州を危険地域と認識しているからにほかならない。

ちなみに大坂城が難攻不落の大要害となるのは、第二次と第三次の追加普請が終わった後で、築城当初は「見せる」要素が強かった。

――わが殿の城も、権威の象徴でありながら、籠城戦にも耐え得る堅牢さを併せ持つ城にせねばならぬ。

外征が始まるので、ここのところ新城構築の話は進んでいない。だが外征が終われば、藤九郎たちは清正の本拠となる巨大な城を築くことになる。

――どのみちわしは下役の一人だろうが、殿の城造りに携われるだけでも城取り冥利に尽きるというものだ。

その時、藤九郎にどのような役割が課されるかは分からない。それでも藤九郎には、清正の城を築くことが楽しみだった。

やがて一行は、中津城の大手門に着いた。

作兵衛が来訪を告げると、黒田家の取次役が現れ、一行を三の丸大広間へと案内してくれた。

すでに名護屋城では、測量や石の切り出しといった経始が始まっているためか、中津城内にも多くの人が行き交っており、戦場のような騒ぎになっていた。

案内された間に入ると、すでに小西、島津、毛利といった大名たちの普請作事方が居並んでいる。

作兵衛はほかの家中にも顔見知りがいるらしく、互いに頭を下げては「お久しぶりです」などとやっている。

――わしには、そうした知己はいない。

何事も人間関係によって便宜や融通が図られる世の中なので、そうした関係を全く持たない藤九郎は、これからそうしたものを作っていかねばならない。それゆえ作兵衛の後に付いて回り、諸家中の同業者に紹介してもらった。

それから半刻ほどして最後の家中が到着し、ようやく普請作事の評定が始まった。

「ご一同、よくぞ参られた」

堂々たる体軀の武将が、戦場錆（さび）の利いた野太い声を発した。

「それがしは、普請奉行の母里(もり)太兵衛(たへえ)と申す。以後、お見知りおきいただきたい」

——これが母里太兵衛殿か。

その名は藤九郎も聞き知っている。

後に『黒田節』という今様で歌われた母里太兵衛友信(とものぶ)は、槍と酒で名を成した豪勇の士だが、普請と作事を専らとしている。

太兵衛は縄張りを決めた孝高と、その子で普請総奉行の長政から、名護屋城の普請作事全般の指揮を託されていた。

「さて、諸士もご存じの通り、此度の名護屋での普請作事は唐土(もろこし)進出の足掛かりとして大切なもの。また関白殿下の御座所ともなるので心して掛かっていただきたい。それでは早速だが、当家で吟味した縄張りをご覧いただく」

太兵衛は、大衣桁(おおいこう)と呼ばれる大型の衣文(えもん)掛けを運ばせると、絵図面を広げた。

——これが名護屋城か。

そこには、本丸を中心に大小の曲輪が描かれていた。

居並んだ諸士からどよめきが漏れ、前後左右から話し声が聞こえる。

「こいつは凄(すご)いな」

作兵衛が隣で呟く。この場には小者は連れてこられないので、加藤家からは作兵衛とその補佐役、藤九郎と藤十郎の兄弟という四人が参座している。

「縄張りを申し聞かせる前に、こちらを見ていただきたい」

太兵衛が絵図面を別のものに替えるよう指示すると、半島が描かれた絵図面が掲げられた。

「この城があるのは、九州の西北端の東松浦半島の先端部だ。この半島は南だけ陸続きで、残る三方は海に囲まれている要害の地だ。言うまでもなきことだが、敵に攻められることを想定して選地したわけでなく、様々な物資を積み出しやすい良港が多いことから、この地が選ばれた」

太兵衛が差し棒で絵図面を叩く。

名護屋城と書かれた場所の東には、深く入り込んだ湾があり、名護屋湾と書かれている。その北西方向に半島の先端が延びていき、さらにその先に玄界灘が広がっている。半島の北東部には加部島（かべしま）と書かれた大きな島が横たわり、ちょうど風波を防ぐ形になっていた。

――物資を集積して積み出すのに適していそうだな。

とくに名護屋湾に面した半島東側の海岸線は入り組んでおり、図面を見る限り、天然の良港らしきものが随所に見られる。

「半島の先端近くに垣添山（かきぞえやま）と呼ばれる小丘がある。ここに関白殿下の御座所となる城を築く」

太兵衛が、その場所を叩きながら続ける。

「さらに、御座所を取り巻くようにして、差し渡し（直径）一里（約四キロメートル）

内に諸大名たちの陣所を築く。その後、博多（はかた）や大坂から商人を誘致して城下町を造り、この地を一大都邑（とゆう）とする」

周囲からは再びどよめきが漏れ、「一両年は掛かるぞ」という声が漏れ聞こえてきた。

「それでは、城の中核部の説明に移る」

太兵衛が顎（あご）で指示すると、絵図面が名護屋城の建地割（たてじわり）（設計図）に戻された。

「ここが本丸となる」

太兵衛によると、名護屋城は秀吉の御座所となる本丸を中心に、西に遊撃丸、二ノ丸、弾正丸が連なり、東には三曲輪、東出丸、上山里丸、下山里丸といった曲輪が配されている。

――これは途方もない城だ。

名護屋城の面積は約十七ヘクタール、外郭の総延長は約六千メートル、石垣部分の総面積は二万平方メートルという巨大さだ。これは大坂城に次ぐ規模で、秀吉の覚悟のほどが伝わってくる。

「ここまではご理解いただけたか」

「お尋ねする！」

小西家の普請役が挙手した。いかにも才走った感じがする行長好みの吏僚だ。

「何なりと」

「この普請役にあたり、どれほどの人数を出せばよろしいのか」

「軍役の三が一と心得よ」

九州諸大名の軍役数の合計は八万二千二百人となるので、その三分の一だと二万七千四百人となる。

どよめきが漏れる。

——わが家中だけでも、三千から四千か。

むろん交代制となるので、常時働いているのは一千五百から二千になる。

「普請作事の方法はどうなされる」

「割普請とする」

割普請とは、それぞれの受け持ちを決めて期日までに仕上げるという、競い合いのような普請作事方法のことで、競い普請とも呼ばれる。

「いつまでに普請作事を終わらせるおつもりか」

「関白殿下は十月の十日、こちらに移座なされると仰せだ。諸将の陣所は半造作でも、城だけは、それまでに完成させておかねばならぬ」

「それは、ちと難しいと思いますが」

「小西家は難しいとお考えか」

「いや、そういうわけではありませんが——」

「関白殿下の御奉行衆、すなわち浅野長政殿、前野長康殿、石田正澄殿らによると、『人が出せぬ』『期日までにできぬ』『費え（資金）がない』といった泣き言を言う大名が出てきた場合、それを了とせよと仰せだ」

「それで――、構いませぬのか」

小西家の差配役が驚いた顔をする。

「構わぬとのお達しだ。その代わり――」

太兵衛が声を荒らげる。

「家中は改易、当主は切腹に処すとのことだ」

周囲からどよめきが起こる。

「何があっても十月十日までに、関白殿下をお迎えできるようにしておくのだ。異存あるお方は今のうちに申し出ていただきたい。今なら改易だけで赦免してもらえるよう、当家が口添えする」

むろん異存のある者などいない。

「割普請の分担については下役から追って沙汰する。それまでは、どこにいて何をしていようと構わぬが、早急に名護屋に赴き、作事小屋の設営に掛かった方がよろしいかと思う。では、名護屋にてお会いしよう」

そう言うと、太兵衛は大股で大広間から去っていった。

「藤九郎殿、たいへんなことになったな」

眉根を寄せる作兵衛を尻目に、藤九郎の頭脳は回り始めていた。

「普請と作事に掛けられるのは約半年となります。石材は黒田家で何とかしてくれるとのことですが、木材の伐（き）り出しは自領で行い、運ぶことになります。普請人足の手配も手間取りそうです。しかしやらねばなりません」

「そうだな。もしできなかったら――」

「われら二人は腹を切ることになるでしょう」

「やはりな」

作兵衛が悄然（しょうぜん）と首を垂れる。

「作兵衛殿、加藤家中の面目に懸けても、やり遂げましょう」

「ああ、もちろんだ」

作兵衛が戸惑いながらうなずく。

――作兵衛殿は自信がないのだ。

だが、できないでは済まされない。

――わしが陣頭に立たねば。

藤九郎は覚悟を決めた。

八

藤九郎たちが名護屋の地に着くと、すでに凄まじい喧騒（けんそう）に包まれていた。黒田家の夫丸たちは曲輪の区画割りや削平といった初期作業を始めており、怒号が飛び交い、そこかしこから重量物を運ぶ時の掛け声が聞こえてくる。

──関白殿下は、本気で諸家中に競わせるつもりだ。

城を造る場合、縄張りや区画割りといった経始の初期段階は、競い普請にするのが難しい。それゆえ黒田家一手に「下ごしらえ」させた上で、諸家中の競い普請に移行させるつもりに違いない。

母里太兵衛の下役の案内で、藤九郎たちは東出丸の北端から玄界灘を眺めた。

この日は快晴なので、壱岐はもちろん、その先の対馬までも見渡せた。

おそらく十万を超える将兵が、この海峡を渡って朝鮮半島に上陸することになる。中には二度と戻ってこられない者もいるはずだ。藤九郎も例外ではない。

──わしは己の意志で加藤家に志願したのだ。もはや運を天に任せるしかない。

藤九郎は不安を抑え付け、自らの仕事のことだけを考えようとした。

「こちらが加藤家の普請場となります」

下役が絵図面を指し示す。

「つまり東出丸と三ノ丸が、われらの役所（持ち場）となるのですね」

作兵衛が問うと下役が「仰せの通り」と答えた。

──城全体の五が一ほどか。それでも広い。

本丸は黒田家が、二ノ丸・遊撃丸・弾正丸は小西行長と相良頼房が、そのほかの曲輪や諸家の陣所は、それぞれ鍋島、松浦、有馬、大村、大友、島津といった九州諸大名が担当することになった。小西家の割り当ては加藤家よりも広いので、相良家が助力するのは当然だが、加藤家と小西家の競い合いになるのは目に見えている。

「すでに曲輪予定地は、すべて削平整地されております。大石も木の根もないはず。それゆえ諸家中は、石垣を積み、指定された上物（建物）を築くだけとなります」

「石材はどうするのですか」

「城の近くにちょうどいい石切り場があったので、そこから切り出しています。諸家中には、おおよそで配分してあります。それで足りなければ、さらに切り出しますので申し出て下さい」

それだけ言うと、下役は行ってしまった。

「作兵衛殿、かような次第ですが、どうしますか」

「まずは役割を分担しよう。石垣造りはそなたに任せてよろしいな」

穴太衆出身の作兵衛は石垣造りが専門だが、今回のような場合、普請作事全体を監督せねばならないので、石垣造りを藤九郎に任せたいのだ。

「はい。お任せ下さい」

「よし。それならわしの方は作事に力を尽くす。十月十日までに、すべてを終わらせるには——」

しばし考え込んだ末、作兵衛が言った。

「石垣造りを二月か二月半で終わらせてほしいが——」

「それは難しいです。三月は必要です」

三宅角左衛門は第一陣として一千人余の夫丸を手配すると言っていたが、着手時には段取りの混乱もあるので、少し余裕を見ておかねばならない。

「それでは作事に二月しか残されていない。少なくとも三月はほしい」

「では、夫丸の追加をお願いするしかありません」

「分かった。わしは領内で木材の手配をせねばならぬので、いったん隈本に戻り、三宅様に掛け合う。そなたは、できることからすぐに取り掛かってくれ」

「分かりました。では夫丸の追加派遣の件、くれぐれもよろしくお願いします」

頼んではみたものの、それがいつになるかは分からない。

――追加の夫丸をあてにせず、算段せねばなるまい。

藤十郎に夫丸たちの掘立小屋の造作を命じた藤九郎は、石切り場に向かった。

石切り場は、すでにたいへんな混雑となっていた。

諸家中も日程が厳しいのは分かっているのだろう。割り当てられた石材を数えている者もいる。

――まずは石の数からだ。

「又四郎」

「はっ」

「隅石（すみいし）を数えて目印を付けておけ。見分け方は教えた通りだ。分かるな」

「もちろんです」

又四郎が加藤家の石置き場に飛んでいく。

石垣造りは切り出された石の区別から始まる。この場合、黒田家が曲輪の大きさを計測し、事前に想定した石の数や種類を割り出しているので、その勘録（計画書）に従って作業を進めることになる。

――又四郎め、張り切っておるな。

又四郎は石材置き場に飛んでいくと、その数を数えて蠟で印を付けている。

藤九郎は作業場に割り当てられた東出丸に戻ると、藤十郎の作業を手伝おうとした。

「兄者の指示通り、普請小屋と夫丸たちの掘立小屋を三ノ丸に造らせるつもりだ。これから修羅も造るのだが、どのくらいの大きさにする」

修羅とは巨石運搬用の橇のことで、コロと呼ばれる転がし丸太を軌道のように敷き詰め、その上に橇を載せて滑らせていく。

藤九郎が石材の大きさから修羅の大きさを指示すると、藤十郎はきょとんとしている。

「どうした」

「兄者、小屋や修羅を造る木材はどこにある」

「えっ、まさか、ないのか！」

「見ての通りだ」

藤十郎が両手を広げる。

「分かった。少し待っていろ」

踵を返した藤九郎は、戻る支度をしていた作兵衛を促し、黒田家の普請場に赴いた。

そこでようやく母里太兵衛の下役に会え、当面の木材を融通してもらえることになった。

だが、それも明日以降にならないと回せないというので、この日の作業は何も進まなかった。


――こうしたことが、これからも続くのだろうな。

それが城造りなのは十分に心得ているが、不安ばかりが先に立つ。

作業場を走り回っているうちに日が沈み、周囲は漆黒の闇に包まれた。

――もう一日が終わったのか。

藤九郎は時間の流れの速さに啞然とした。

藤九郎の危惧をよそに、夫丸たちは支給された米や魚を煮炊きして談笑している。黒田家から鍬入れ祝いの樽酒が贈られたので、今夜だけは飲酒を許すことにした。

ほかの家中も同じらしく、夫丸たちの笑い声が風に乗って聞こえてくる。

――気楽なものだな。

責任を取らされる立場にある者と、命じられるままに作業をする者とでは、意識に大きな隔たりがある。

――それをいかに埋めていくか。

そこが、こうした仕事を成功させる秘訣だと、藤九郎は心得ていた。秘伝書にも、れていた。

「何を措いても、働く者の心を取れ」と書かれていた。

黒田家からは、「物頭の宿泊所を用意する」と言ってきたが、それを丁重に断った二人は、皆と一緒に野宿することにした。

幸いにして夜は蒸すほど暑く、雨も降らなかったため、今夜は野宿も苦にならないが、明日には掘立小屋を造らないと、夫丸たちの体力が持たなくなる。

藤十郎と一緒に横になると、無数の星が空いっぱいに広がっていることに気づいた。

その光の洪水の中を、時折箒星らしきものが横切っていく。

それを眺めつつ、藤九郎は幼い頃を思い出していた。

「昔、こうしてそなたと野宿したことがあったな」

藤九郎が藤十郎に語り掛ける。

「そうだったかな。わしはぜんぜん思い出せん」

「無理もない。そなたは幼かった」

「いつのことか」

「安土から甲賀の里に落ちる途次だ」

「ああ、それなら、わしが覚えていないのも無理はない」

「あの時も、空一杯に星が輝いていた」

「へえ」と藤十郎が生返事をする。

「星は数え切れぬほどあるが、ただの一つも落ちてこない。そこには、どのようなからくりがあるのだろう」

「相変わらず兄者は変わっている」

藤十郎が声を上げて笑う。

「星々には何かのからくりがあるから、落ちてこないのだろう。大風が吹いても、大雨が降っても、星々がびくともしないのはどうしてだろう」

「わしには分からん」

藤十郎が関心なさそうな口調で言う。

「箒星も横に走るだけで、こちらには向かってこない。なぜなのだろう」

「それも分からん」

「実に不思議なものだ。だがそこには、われらの与り知らぬからくりがあるに違いない」

「兄者は、昔から理屈に合わないことが納得できない性質だからな」

「そうだ。何事にも理屈がある。それを突き詰めないと気が済まぬのだ」

「幼い頃も、水に魚がいるのはなぜだとか、魚は水の中でなぜ息ができるのだとか、そんなことばかり問うては、大人を困らせていたな」

「ははは、そうであったな」

「余計なことは考えぬことだ。兄者の考えねばならぬことは、これから山ほど出てくる」

眠気が襲ってきたのか、藤十郎が欠伸をしながら言った。

話をやめて蓆を胸まで引き上げると、すぐに睡魔が襲ってきた。

——何事もやってみるだけだ。星々よ、見守っていてくれ。

藤九郎は深い眠りに落ちていった。

九

翌日になり黒田家から木材が提供され、夫丸たちが屋根の下で暮らせるようになった。

数日後、修羅もでき上がり、いよいよ石の運搬が始まろうという時だった。

東出丸にいると、又四郎が血相を変えて走ってきた。

「たいへんです。石がありません！」

「何だと！」

藤十郎も交えた三人で石材置き場に行くと、前日まであった石のいくつかがなくなっている。しかも隅石にするつもりだった大きめのものばかりが盗まれていた。

「どういうことだ！」

「朝、こちらに来てみたら、なくなっていたんです！」

そこには、石を引きずった跡が残されていた。途中で修羅にでも載せたのか、その跡はかき消され、誰がどこに運んでいったのかは判然としない。

だがその方向からすると、小西家の普請場以外に考えようがない。

——やはり小西家中の仕業か。

藤九郎は天を仰いだ。石が足りなくて盗んだのか、単に加藤家への嫌がらせかは分からない。

「藤九郎様、石には印が付けてあります。誰が盗んだのかは、すぐに分かります」

又四郎が必死の形相で言う。

――だが分かったところで、「知らぬ存ぜぬ」と言われればそれまでだ。

石に付けられた印を確かめるために石に近づけば、喧嘩になるのは目に見えている。他家と揉め事を起こせば、その波紋がどこまで広がるか分からない。

「もうよい」

「兄者、もうよいとはどういうことか」

今度は、藤十郎が血相を変えて問う。

「下手な詮索をしたところで、仕事がはかどるわけではない」

「だからといって、泣き寝入りをするわけにもいくまい」

「不寝番を置かなかったわれらにも非がある」

「なぜだ。悪いのは盗んだ方ではないか」

「聞け！」

藤九郎が藤十郎の胸倉を摑む。

「ここで揉め事を起こしてどうなる。事が大きくなれば、殿のお耳にも入る。そうなれば殿とて引っ込みがつかなくなる。われらが堪えれば、万事は丸く収まるのだ」

「それでは、小西の連中から腰抜けと思われるぞ」

藤九郎の気魄に気圧されながらも、藤十郎が反駁する。

「盗んだのが小西家とは限らぬ。ここは大局に立ち、隠忍自重すべきだ」

藤九郎が己に言い聞かせるように言うと、藤十郎もようやく納得した。

「分かったから手を放してくれ」

藤十郎の胸倉から手を放すと、藤九郎は又四郎を見た。又四郎はその場にへたり込み、口惜し涙に暮れている。

「又四郎、盗まれたものは仕方がない。だが物は考えようだ」

「物は考えよう――、それはいかなる謂で」

「幸いにして黒田家は、石が足りなければ切り出すと言ってくれている。事情を話して頼みに行くことになるが、そうなれば、こちらの指定する寸法に切ってもらえる」

「ははあ、なるほど」

藤十郎は、すぐに藤九郎の真意を察した。

「わしは当初、切り出された石の中から隅石を選ぶつもりでいた。だが、都合のよい寸法のものは少ない。それでどうしようかと思案していたのだ。逆に盗まれたことで、こちらの指定する寸法にしてもらえる」

「まさに物は考えようだな」

「ああ、転んでも、ただでは起きぬ」

そう言うと、藤九郎は黒田家の普請場に足を向けた。

だが事は、そう容易には運ばなかった。石切り場では、石の不足を訴える家中が列を成し、黒田家の差配役は、てんてこ舞いの忙しさだったからだ。それでも事情を説明し、了承してもらったのはよいが、いつまで経っても石が切り出されてこない。

石が盗まれてから五日ほど待ってみたが、加藤家の石はいまだ切り出されず、作業が始められない。その間、夫丸たちは手持無沙汰となって賭け事や酒に興じるようになり、働く意欲が失われつつあった。

藤九郎は黒田家の石切り場に幾度となく足を運び、平身低頭して頼み込んだ。しかし、どういうわけか黒田家の差配役は後から頼んできた家中を優先している。それを指摘すると、顔を真っ赤にして怒り出し、遂には「聞いておらん」とまで言い出す始末だった。確かに口約束なので、聞いていないと言われればそれまでだ。

そこに作兵衛が戻ってきた。藤九郎から事情を聞くと、作兵衛は「任せろ」と言って黒田家へと出向いた。

戻ってきた作兵衛が「明日には、指定した通りの石材が切り出されている」と言うので、藤九郎がその理由を問うと、作兵衛は「袖の下よ」とだけ答えた。

作兵衛によると、物事を円滑に進めるためには、「一に圭幣（賄賂）、二に縁故、三に熱意」だという。

作兵衛は、「厄介なことだが、これが現世だ」と言って苦笑いした。

作兵衛の言う通り、翌日から加藤家の石が切り出され始めた。ところが今度は、現場が混乱していて石をなかなか運べない。割普請にはよくあることだが、互いの石が邪魔をして運搬がはかどらないのだ。

馬場下の石切り場周辺では怒号が飛び交い、夫丸どうしの些細な口論が、大人数の喧嘩へと発展することもあった。

その度に藤九郎は間に入り、いかに相手が悪かろうが、事を荒立てないよう平身低頭して詫びた。

そんなことを繰り返すうちに、藤九郎はほかの家中からも一目置かれるようになり、歩いていると挨拶されたり、言葉を掛けられたりするようになった。

「加藤家の若頭は有徳人（人格者）だ」という評判が立ち、次第に諸家中が自発的に譲り合い、協力し合うようになった。

そうした雰囲気を作れたことが、藤九郎には涙が出るほどうれしかった。

五月末、ようやく指定通りの石がそろい、加藤家の現場にも活気が溢れてきた。

ところが今度は梅雨に入り、作業がはかどらない。藤九郎は陣頭指揮を執り、自ら修羅を引いて石を積んだが、雨が激しくなれば石も滑るので、危険が倍増する。

遂に他家の現場で圧死者が出た。上り坂で石を運んでいる最中、修羅が滑って石が転がったのだという。そのため雨が降っている間は、作業を中断せざるを得なかった。

そうこうしているうちに五月も終わり、六月に入った。五月に比べれば天気のよい日が多くなったが、今度はひどい暑さで、仕事がなかなかはかどらない。

そんな中、清正が現場の士気を鼓舞するために来訪するという知らせが入った。となると清正の休息所を設営せねばならない。休息所といっても屋敷に準じたものになるので、たいへんな手間が掛かる。しかも清正が帰れば、解体せねばならないのだ。

藤九郎たちは寝ずに仕事をし、六月中旬いよいよ清正を迎えることになった。


玄界灘から吹いてくる風に抗うかのように、清正は海を眺めていた。曇天なので壱岐や対馬は雲に覆われているが、それが逆に不穏な雰囲気を醸し出している。

すでに清正は、秀吉から第二軍として半島に進出することを命じられていた。むろん清正とて、この出征が死の危険と隣り合わせなのは覚悟しているに違いない。

――殿は、あの海を渡っていくのだな。

風の音が耳朶を震わせる中、背後に控える藤九郎たちは、清正の胸中を推し量り、口をつぐんでいた。

しばらくして清正は振り向くと、拝跪する夫丸たちに向かって言った。

「大儀」

「はっ、ははあ」

藤九郎と作兵衛が地に頭を擦り付けると、背後に控える者たちもそれに倣った。

「この城は関白殿下の御座所となる。殿下はこの城に入られ、その後、半島に渡られる。

それゆえ、この城は殿下と日本国の新たな出発点となる。その大事な仕事を、そなたらは担っておるのだ。しかも殿下の入城する十月十日までに、大坂城と同等の城を築く。それも、いずれの家中よりも早くだ。だが――」

清正の声音が厳しいものに変わる。

「わしが検分したところ、わが家中が最も遅れておるようだ」

背筋に冷や汗が伝う。

「むろん、まだ競い普請は終わっておらぬ。それゆえ負けと決まったわけではない。だが、どこかの家中に後れを取った時は、誰かが責めを負わねばならなくなる」

その言葉に藤九郎の全身が凍り付いた。

――つまり死を賜るということか。

「わしは負けるのが嫌いだ。わしにとって負けは死と同じだ。幸いにして、これまでわしは負けたことがない。それゆえ命を長らえ、ここまでの大身になった。だが競い普請で負けたとあれば、わしの面目は丸つぶれだ。この海を渡り、大明国の都に一番乗りを果たしたとて、他家に御座所造りで引けを取ったとなれば、わしはここに戻ってくるつもりはない」

――殿は本気だ。

死を覚悟して半島に渡る清正と同じ覚悟を、清正は藤九郎たち普請方に持ってほしいのだ。

「わしにこの国の土を再び踏ませたいなら、他家に負けてはならぬ！」

それだけ言うと、清正は普請場を後にした。

陣羽織を翻しながら去っていく清正の後ろ姿を見つめつつ、藤九郎は何としてもやり遂げねばならないと思った。

「藤九郎殿」という作兵衛の声で、藤九郎はわれに返った。

「殿の覚悟のほどが知れた。もしも他家に後れを取ったら、われらの首が飛ぶ」

「分かっています。死ぬ気で掛からねばなりません」

「果たして勝てるだろうか」

作兵衛の顔には、不安の色が差している。

——自信がないのだ。

それは、作兵衛が他家の普請作事方の腕を知っているからに違いない。

「勝てるかどうかは分かりません。ただし厄介事を丹念に片付けていけば、光明が見出せるのではないでしょうか」

今の藤九郎には、そう答えるしかない。

「そうだな。きっとそうだ」

作兵衛は大儀そうに立ち上がると、悄然と肩を落として作業場に向かった。その後ろ姿には、過度な重荷を背負わされてしまった者の苦しみが溢れていた。

——元来が職人気質(かたぎ)の作兵衛殿には、荷が重すぎる。やはりわしが陣頭に立たねば。

玄界灘から吹く風が強くなった。それは警鐘を鳴らしているようにも、激励しているようにも感じられる。

藤九郎は、これまでにない厳しい戦いに挑む覚悟をした。

十

七月になった。ただでさえ普請は遅れ気味だが、藤九郎は焦らないつもりでいた。こうした場合、最も注意すべきは、焦りから中途半端な仕事をすることだ。とくに常に崩落という危険が伴う石垣の構築は、念には念を入れねばならない。

石積みと石垣は違う。石積みとは「主に土留めを目的とし、ただ石を積み上げたもの」で、石垣とは「面石の奥に裏込石（栗石）が詰め込まれているもの」だ。すなわち石積みは単なる土留めで、石垣はその上に載せた重量物（建築物）を支えねばならない。その違いは大きい。

また石積みは単に石が崩れないように積み上げただけだが、石垣は盛り土をしてから胴木を敷き、根石を並べ、その上に面石を積み上げていく。それだけでは安定しないので、面石の裏側に間詰石（飼石）を詰め込む。さらに面石と間詰石の裏に砂利状の裏込石を入れていく。仕上げとして面石の表側の隙間に間石を入れて石と石を固定させることで、ようやく完成する。

とくに大事なのは、不安定な石と石の間に、ちょうどよい大きさの間詰石を詰めておくことだ。間詰石は小さすぎると、その役目を果たせず、大きすぎるものを無理にねじ込むと、別の箇所にぐらつきが生じる。それゆえ、ちょうどよい間詰石を詰めておく必要がある。

藤九郎は藤十郎と共に面石の裏に入り、一つひとつの石を入念に調べ、その都度、適度な大きさの間詰石を切り出して埋め込んでいった。

そのため、石垣造りに半月ほどの遅れが生じていた。

一方、作事を担当する作兵衛の指示で、肥後国からは良質の木材が次々と搬入されてきた。

ただし木材は、伐ってすぐには使えない。まず乾燥させねばならず、そうした加工を国元で施してから、船で運ばれてくる。基本的には図面に従って製材されているが、設計変更もあるため、余分に運び込まねばならない。そのため曲輪の中央部分には、行き来が不便になるほどの木材が積まれていた。

この頃、肥前名護屋に炎暑が襲ってきた。何とか石垣は造り終えたものの、湿度が高まるにつれ、体調を崩す夫丸が続出し、遂には作兵衛さえも寝込んでしまった。

これを隈本にいる三宅角左衛門に知らせると、作兵衛を隈本に帰し、藤九郎が作事も差配するよう命じてきた。

藤九郎は、作兵衛をはじめとする病人たちを畚(あおだ)(担架)や駕籠(かご)に乗せて隈本へと搬送させた。

それが終わり、ほっとしているところで、たいへんなことが起こった。

突然、大地震に見舞われたのだ。

折悪しく夜中で、しかも暴風雨に襲われている最中であり、被害は拡大した。

滝のような雨が普請半ばの曲輪群を襲う中、藤九郎たちは夫丸たちを率いて近くの寺に息をひそめ、暴風雨が過ぎ去るのを待った。

どれほどの損害が出ているかは、翌朝になってみないと分からない。心配で居ても立ってもいられなかったが、いつしか藤九郎は眠りに落ちていた。

小鳥のさえずりで目を覚ますと、朝日が差していた。急いで起き上がった藤九郎は、藤十郎を促して城に向かった。

城には、すでに多くの武士たちが詰め掛けていた。

——こいつはひどい。

地震の影響は思っていた以上に大きく、石垣の多くで隅石が崩れ、土が剝き出しになっている。

——他家がこの様では、われらの石垣も崩れているに違いない。

しかし藤九郎が役所の東出丸と三ノ丸に行ってみると、崩落は一切見られない。

「兄者、われらの石垣だけが崩れていないぞ！」

藤十郎が興奮して言う。

「どうやら、そのようだな」

――怪我の功名か。

石を盗まれたことで、指定通りの石を切り出してもらったことが功を奏したのかもしれない。

「やはり父上の教えのゆえか」

「おそらくな」

「では、他家と何が違っていたのだ」

「それをこれから調べねばならん」

半信半疑だった藤九郎だが、隅石を中心にすべての石垣を精査した。地盤の問題なのか、土地全体が傾斜してしまい、一部に崩れ掛かったものはあったが、ほぼ隅角部は無事だった。

――上々の出来だ。

心地よい達成感が藤九郎の脳裏を占める。だが喜んでばかりもいられない。

――他家と何が違うのだ。

黒田家も小西家も、豊臣家が穴太衆から聞き出した「石垣造りの極意」を習得しているはずだ。それでもほかの家中の石垣は崩れ、加藤家の石垣だけが崩れなかった。

おそらくほかの家中は、藤九郎以上にその理由を知りたいはずだ。

「兄者、あれを見ろ」

藤十郎の指し示す先を見ると、ほかの家中の普請方が集まってきていた。誰もが腕組みしたり、指差したりしながら、加藤家の造った石垣を眺めている。その中から大兵の武士が供回りを従え、こちらにやってきた。

母里太兵衛である。

「そなたが加藤家の普請頭だったな」

「は、はい」

「此度の大地震に、そなたらの積んだ石垣だけが無事だった」

「そうなのですか」

藤九郎もそれは見知っているが、わざと驚いたふりをした。

「見ての通りだ。われらの石垣も少し崩れた」

それが少しでないのは一目瞭然だったが、藤九郎は口をつぐんだ。

「そこで聞きたいのだが、何が違う」

「何が違うと仰せになられても、それがしにも分かりません」

「そんなはずなかろう」

「いえ、本当です。それがしは習得してきた方法を、忠実に踏襲したまでです」

「では、一緒に来い」

そう言うと、太兵衛は踵を返して本丸に向かった。

――崩れた石垣を見せるのだな。

藤九郎は太兵衛の後に続いた。

崩落現場に着くと、地震が想像以上に凄まじいものだったと実感できた。

「これだ。よく見てくれ」

「はっ、はい」

実のところ崩れてしまったものを見せられても、原因を正確には掴めない。

太兵衛は黒田家の普請頭を呼ぶと、石垣構築の手順を語らせた。

――そうか。前もって石が切り出されていたため、「重ね積み」にするしかなかったのだな。

「重ね積み」とは隅角部に大きめの石を積んでいく方法で、切り出す石の大きさや形状を指定しないので迅速に積める。

――そうか。他家の隅角部には勾配（こうばい）も掛かっていなかったのか。

それを太兵衛に話すと、黒田家の普請方は驚いて顔を見合わせた。

「勾配と申すか」

「はい。詳しく申せば反りのない高石垣は、見た目は美しくとも、大地震には弱い。そこで微妙な反りを入れることで、石垣が揺れを吸収してくれるのです」

「どうして、それに気づいた」

「当家の秘伝書に、そう書いてありました」

「秘伝書だと。穴太衆のほかにも、そうした技を身に付けた者がいたのか」

「いいえ。厳密には穴太衆のものに工夫を加えただけです」

「そなたは、いったい何者だ」

　藤九郎が出自を語る。

「さすが安土の城を造った木村次郎左衛門だ。息子に秘伝書を残すとはな」

　この時代、秘伝書は禄を得るための重要な道具だった。そのため上位者であっても、強引に「見せろ」とは言えない。そのあたりは太兵衛も心得ている。

「勾配のほかに何がある」

「はい。隅石の積み方に違いがあります。諸家中は上方で伝授された穴太積みで、単に大きめの石を隅に積んでいくだけですが、われらは違います」

「どう違うのだ」

　太兵衛が身を乗り出すようにして問う。

「われらが隅石に使う石は、長辺が短辺の二倍ほどのものになります。それらを石垣の隅部に積む場合、根石から天端（頂部）まで、長辺と短辺が互い違いになるように組み合わせて積むのです」

　この工法は、後に算木積みと呼ばれることになる。

「そうすると、隅石が崩れにくくなるというのか」

「はい。こういうことです」

　藤九郎は筆と紙片を懐から取り出すと、石垣の断面図を描いてみせた。

「それだけで、これほどの差が出るのか」

「多少の反りを入れることと隅石の積み方を工夫することで、石垣はより堅固なものに変わります。秘伝とはいえ、この積み方を知っている石工は他家にもいるはずです。しかし石の切り出しからやらないと、この積み方はできません」

「そういうことか」

太兵衛がため息をつく。

今回の場合、あまりの急普請となったため、黒田家に石の切り出しが一任されたことが、「重ね積み」になった一因だった。

「そろそろ、戻ってもよろしいでしょうか」

「いや、待て」

その大きな手で、太兵衛が藤九郎を制する。

「これはたっての頼みだが、諸家中の石垣を、そなたの仕様で直してもらえぬか」

「待って下さい。それがしは、加藤家の割普請を期日までに仕上げねばなりません」

「それは分かっておる」

「だいいち、それがしは加藤家中です。殿のお許しがなければ――」

その言葉を制するように太兵衛が言う。

「加藤殿には、こちらからお願いする。だがこの普請場は、黒田家中がすべての差配権を持っておる。関白殿下のお墨付きもある。つまりわしは、ほかの家中の者へも指図できるのだ」

「それは真で――」

「ああ、間違いない」

そう言うと、太兵衛は懐中からお墨付きを取り出した。

そこにはその通りのことが記され、秀吉の花押も書かれていた。

「畏れ多いことです」

「では、やってくれるな」

「石の切り出しからとなりますが、よろしいですか」

「もちろんだ。石ならいくらでも切り出す」

太兵衛が力強くうなずく。

「もう一つ心配なのは、それがしがいないと、わが家中の仕事が遅れることです」

「当家で助力するので心配は要らん。だいいち東出丸と三ノ丸の建造物には、さほど手が掛かるものはない」

それは事実だった。秀吉がそこまで出向くことはないので、外見がしっかりしていれば内部の仕上げまでは不要だと、藤九郎も踏んでいた。

「いずれにしても、加藤殿へは根回ししておく。明日から諸家の監察として現場を見回ってくれ。そのお墨付きは、すぐにでも書く」

「承知しました」

翌日から藤九郎は諸家の現場を走り回り、自らの仕様で石垣の修復を行った。それにより諸家の石垣も、加藤家と変わらず堅固なものとなっていった。結局、大地震によって競い普請どころではなくなり、諸家は力を合わせながら、十月十日の秀吉の「御成り」を待つことになる。

十一

前年十月の秀吉の「御成り」を無事に終わらせた名護屋城普請・作事方は天正二十年（一五九二）三月、百を超える諸大名の陣屋も完成させた。これにより東松浦半島に、「野も山も空きたるところなし」と言われるほどの一大都邑が出現した。四月十二日、小西行長らに率いられた第一軍が七百艘（そう）の兵船に乗り込み、釜山浦（プサンポ）に向かった。風向きがよかったこともあり、第一軍はその日のうちに釜山浦に到達する。

これにより日本軍の快進撃が始まる。翌十三日には釜山鎮（プサンチン）城を、十四日には釜山鎮の北方一里半にある東莱（トンネ）城を落とした第一軍は、漢城目指して進撃を開始した。十七日、加藤清正勢一万が釜山浦に上陸する。その後方からは、鍋島直茂勢一万二千の船団が続く。彼ら二人に相良頼房勢八百を加えた二万二千八百の軍勢が第二軍となる。第二軍は第一軍を追うように北上を開始した。

そして五月三日早朝、前夜に入城を果たした第一軍に続き、加藤勢が中心となった第二軍が漢江を渡河して漢城に入った。

日本軍は釜山上陸から漢城入城まで、難路も多い百十里余（約四百五十キロ）の行程を、わずか二十日という早さで踏破したことになる。

六月、朝鮮政府軍が最後の拠点とした平壌に向かう途次、日本軍首脳部は軍議を開き、秀吉の「八道国割」の方針に従って袂を分かつことになった。すなわち第一軍と第三軍は、それぞれ平安道と黄海道を押さえるべく平壌に、第二軍は進路を東北に取って咸鏡道に向かった。

難なく平壌に至った行長らは、平壌城に無血入城を果たした。

一方、安城から北東に進んだ清正の第二軍は、険阻な馬息嶺山脈の中でも屈指の峠・老里峴を越え、咸鏡道の安辺に至る。

清正は自らの本陣を咸鏡道の最南端・安辺に定め、そこから二十里（約八十キロメートル）ほど北の咸興を鍋島直茂の本陣とした。

七月初旬、鍋島直茂勢と共に安辺を後にした清正は、進路を北に取った。

途中、敵との小競り合いがあったものの、これを降した清正は、さらに北上を続けて豆満江直前の宿駅・会寧に至った。

ここで二人の朝鮮王子を捕虜とした清正は、意気揚々と会寧を後にし、半里（約二キロ）ほど西方を流れる豆満江を渡河し、明領オランカイへ侵入した。遂に日本軍は明領に達したのだ。それでも八月初旬、半島の厳しい冬が到来する前に、朝鮮領まで戻ることにした。

ここで清正は重大な決定を下す。地味に乏しく、冬期には補給困難となる咸鏡北道の北半分を放棄し、吉州から南に在番役を置くことにしたのだ。

実は、九月以降、義兵の蜂起が相次ぎ、海では李舜臣率いる朝鮮水軍の活動が活発化し、さらに明軍の参戦もあり、日本軍の侵攻作戦は停滞し始めていた。

事態はさらに悪化の一途をたどる。

翌文禄二年（一五九三）正月、行長の守る平壌が明軍の攻撃によって陥落し、日本軍は漢城まで撤退する。漢城目指して攻めてきた明軍を、碧蹄里で撃破したものの、日本軍には厭戦気分が漂い始めていた。

明軍は日本軍に対し、半島からの撤退、二王子の返還、秀吉の謝罪という三条件をのめば、秀吉を日本国王に封じ、勘合貿易を復活させると約束した。

これに対し、行長と奉行衆は咸鏡道から清正らを撤兵させ、和議に応じる構えを見せつつ、漢城から撤退することの代償として、朝鮮南部四道（江原道・慶尚道・全羅道・忠清道）の割譲を迫るつもりでいた。

二月二十七日、石田三成ら奉行衆は、秀吉に現地の窮状を訴える使者を送り、暗に漢城からの撤退許可を願い出た。

漢城からの撤退を了解した秀吉は、ひとまず慶尚南道の沿岸に築かせていた十八城に七万八千余の日本軍を駐屯させ、朝鮮南部四道だけでも割譲させるよう命じた。

秀吉から漢城撤退の了解を取り付けた日本軍は四月十八日、競うように南下を開始した。かくして日本軍の漢城占拠は、わずか一年で終わった。

同月、朝鮮在陣諸将に秀吉から命令書が届く。あくまで秀吉は「久留の計（永遠に在陣すること）」にこだわり、慶尚南道一帯に二十余の番城構築を命じてきた。

これらの城は、後に「文禄十八城」「慶長八城」と呼ばれることになる。

番城群の東端に位置する城の築城を命じられた清正は、国元に五十カ条にわたる命令を発した。これは兵糧・武器・軍需品のみならず生活必需品の輸送まで含めた詳細なもので、とくに陣夫や職人の補充を強く求めていた。

いよいよ加藤家中は、総動員体制で築城に臨むことになる。


その後、名護屋城の拡張普請や諸大名の陣屋造りに従事していた藤九郎だったが、突然、清正の使者がやってくると、半島に渡るよう命じられた。

隈本城下に戻ることさえ許されず、妻へは渡海を書簡で伝えるしかなかった。

しかも北川作兵衛の病が思わしくないので、藤九郎が作兵衛の組も率いていくことになった。

又四郎も共に渡海することを望んだが、藤九郎はそれだけは許さず、名護屋に残ることを命じた。

四月二十五日、藤九郎は弟の藤十郎と普請作事に携わる主立つ者らを率いて渡海した。名護屋港から乗り込んだのは、かつて大坂から九州に渡った時に乗ったのと同じような大きさの安宅船（あたけぶね）だった。

その日のうちに壱岐の勝本（かつもと）浦に寄港して物資を積み下ろした船団は、すぐに出港した。この島には、松浦鎮信（しげのぶ）が築いた本格的な石垣城の勝本城があるが、それを見学する暇もなかった。

すでに日が暮れてきたこともあり、この日は対馬の厳原（いづはら）港に停泊することになった。対馬には厳原港を見下ろせる場所に清水山（しみずやま）城があるが、ここでも上陸は許されず、翌朝になってから船団は一路釜山を目指した。

船団が対馬の北を回った時、対馬最北端の大浦（おおうら）港から何艘もの中型船が姿を現した。大浦の撃方山城（うつかたやまじょう）を根城にする警固隊だ。

朝鮮水軍は亀甲船（きっこうせん）と呼ばれる異形の船で日本の船団に攻撃を掛け、大きな戦果を挙げていた。そのため日本側も対馬最北端に中型船で編制された警固隊を置き、安宅船の船団を護衛させていた。

幸いにしてこの日は亀甲船の襲撃はなく、船団は無事に釜山港に着いた。名護屋から釜山まで三十里（百十キロメートル余）の船旅だった。

釜山に上陸した一行を待っていたのは、三宅角左衛門の下役だ。下役は慶尚道の道都・慶州（キョンジュ）で清正が待っていると告げ、明後日の朝に慶州に向かう船を出すという。

そのため翌日、藤九郎たちは釜山の町を見て回ることができた。

「兄者、こいつはひどいな」

藤十郎が顔をしかめる。

「これが戦というものだ」

釜山鎮城は凄惨な殺戮の爪跡を残していた。城壁は何カ所かにわたって崩れ、中の建物はことごとく焼け落ちている。すでに遺骸は片付けられているが、民は食べるものもないらしく、日本人を見掛けると寄り集まってきては物乞いをする。致し方なく、すがってくる民を藤九郎たちとて、配れるほどの食べ物は持っていない。

をかき分けるようにして城内を見て回った。

釜山鎮城は総延長五百メートル余、高さ四メートルの城壁をめぐらせた朝鮮式邑城だ。

邑城とは主に平地にあり、城下を取り込んだ羅城（一重の城壁）をめぐらせる中国式の城のことだ。山稜を取り込んだ形の東萊、漢城、開城、平壌などの例もあるが、これらの城も山稜を取り込んでいるだけで、自然地形のままで曲輪などは設けていないため、その防御力は脆弱だ。

ここ釜山鎮城も、羅城沿いに甕城・雉城・角楼などの防御施設を備えただけの典型的な邑城のため、虎口を制圧して中に侵入しさえすれば、その防御力はなきに等しい。

ちなみに甕城とは、虎口部分を守るために造られた半円形の櫓門のようなもの、雉城とは城壁の途中に造られた出構のようなもの、角楼とは城壁の隅部分に造られた高櫓のことだ。

　藤十郎が呆れたように言う。

「高麗人は、この程度の城しか築けぬのか」

「いや、この城は政庁だ。初めから守ることなど考えてはいない」

「だからといって、これでは鎧袖一触だな」

　藤十郎が肩をすくめる。

「それぞれの国には、それぞれのやり方がある」

　藤九郎と藤十郎は甕城・雉城・角楼といった防御施設も見て回った。これらの施設は、日本の櫓と同じ役割を果たすものだが、石で造られているので焼け残っていた。

「兄者、邑城では、城壁に近づく敵を、こうした櫓上から矢を射るだけなんだな」

「そのようだな。虎口も平入なので容易に攻め取れる」

「つまり、陣前逆襲は考えていないということか」

　陣前逆襲とは日本の城方の防御法の一つで、寄手の攻撃が弱まったところで城外に打って出て敵を蹴散らす戦法のことだ。この戦法を好む日本の城では、馬出が多く設置されていた。

「兄者、どこもこうした城なのか」

「どうやらそのようだ。だが敵は、城に籠もって戦っても無駄なことに気づき、あえて山戦を挑んできているようだ」

朝鮮の義兵闘争は野火のごとく広まっていた。彼らは山中に拠点を築いて日本軍の補給部隊を襲うといった方法で、神出鬼没の戦い方をしていた。

「そうした敵ほど、戦いにくいものだ」

朝鮮正規軍が壊滅した後、内陸部で日本軍と戦っているのは、義兵だけになっていた。しかもその義兵も、真に愛国のために決起した者は少なく、兵乱によって食べられなくなったため、日本軍の補給部隊を襲って食料を奪うことが目的だった。

「彼奴(きゃつ)らは、どこにいるのかさえ分からぬので、討伐のしようもないという話だ」

「ああ、地の利がある民は強いな」

各地で決起した義兵は、日に日に力を付けていた。

「殿がわれらを呼び寄せたのは、日本軍が攻めることから守ることへの転機に立たされているからではないか」

藤十郎の顔が険しくなる。

「まさか、そんなことはあるまい」

「まずは城を築き、兵たちが安堵して休める場所を作り、さらに次の段階として、占領地の支配体制を固めようというのだろう」

「つまり、これからの戦は容易でないものになると、兄者は見ているのだな」

「ああ、われら普請作事方が呼ばれたのは、そのためだ」

城壁の上に立って釜山港を眺めつつ、藤九郎は苦しい戦いが目前に迫っていることを予感した。

十二

慶州に着くと、すぐに清正から呼び出しが掛かった。それだけ戦況が切迫しているのだろう。

「普請作事方の者ども、よくぞ参った」

慶州城内に設けられた本陣の前庭に控えさせられた藤九郎たちの前に、清正が悠然とした足取りで現れた。

藤九郎とその配下二十人余が平伏する。

清正の顔には厳しい色が浮かんでいた。

「戦況は芳しくない。それゆえいったん半島南端に撤退する。だが、これで戦いが終わるわけではない」

秀吉は漢城から撤退することの代償として、朝鮮南部四道の割譲を条件に掲げていた。だが、これを朝鮮側がのむわけがなく、再び戦乱が起きるのは必至というのが、もっぱらの観測だった。

「われらは敵の攻撃、すなわち明軍の大砲にも耐え得る城を築き、一時的に敵の攻勢を凌ぐことになる」

清正は用心深い。これまでの戦いで、明軍の大砲の威力、義軍の神出鬼没さ、半島の気候の厳しさなどを知り、最悪の事態を想定した備えをしておきたいに違いない。

清正が防衛を担当する地域は、釜山から慶州までの東部戦線だが、慶州の維持が困難と見た清正は、慶州を放棄し、より釜山に近い適地に城を築きたいという。

「卒爾ながら――」

藤九郎が膝を進める。

「これから築く城は一時的な陣城ですか。それとも――」

「七千から一万の兵が籠もれる石垣城を築いてもらう。われらは太閤殿下の『久留の計』の方針に従い、この地に長くとどまるつもりだ」

一万前後の兵力で上陸した加藤勢だったが、戦死や病死で七千余に減っていた。今後、国内からやってくる補充兵を含めて、清正は一万という数字を弾き出したに違いない。

「となると、完成までに半年から一年は掛かります」

「それでは駄目だ。その間に明軍が攻め寄せてくれば、われらは苦戦を強いられる」

――またしても急ぎ普請なのだな。

事情も分からぬ地で、七千以上の兵が籠もれる石垣城を造るなど考えようもない。

「無理なことは分かっている。だが、やってもらわねばならん」

「いつまでに――」

「作事も含めて四月ほどだ」

藤九郎の背後に控える普請作事方の面々から、ため息が漏れる。

「縄張りを描いてみないことには、何とも申し上げられませんが、夫丸にはどれほどの人数を割いていただけますか」

「延べ人数で三千ほどだ。現地からも徴用するが、できる限り日本人の手で造り上げる」

「なぜですか」

「太閤殿下からは、向後の統治を考え、現地の民を使役する場合、給金を払うよう申し付けられている。それゆえ、できるだけ自前の労力で作る」

清正の言う築城の前提条件は、無理なものばかりだった。

「まずは選地からだ」

「ということは、どこに城を造るかも、まだ決めておられぬのですね」

「そういうことになる」

「では、いかなることを重んじて選地なさいますか」

「まずは、海を使って運ばれてくる兵糧や武具を陸揚げしやすく、また安んじて保管できる場所がよい。ほかの城が危機に陥った際にも、海上から後詰できるようにしたい。それゆえ海か大河に面している場所に築く。城内に舟入のある城だ。さらに籠城にも耐え得る城でなければならぬ。それゆえ本丸は山頂か小高い丘に築き、舟入までを城域としたい」

――難しい注文だな。

ここまでくる道すがら、藤九郎は半島南端部の地形を見てきたが、海に近い場所には平地が多く、小高い丘となると少し内陸部まで行かないとないはずだ。

「無理は承知だ。それでもやらねばならぬ」

清正が真剣な顔で言う。それを見れば、清正の危機感が並々ならぬものだと分かる。

藤九郎の答えは一つしかない。

「承知しました」

「うむ。そなたを呼び寄せた甲斐があった」

「もったいなきお言葉」と言いつつ藤九郎が平伏すると、清正が立ち上がった。

「これからも当家のために尽くしてくれ。頼りにしておるぞ」

「ありがたきお言葉」

立ち去りかけた清正が立ち止まる。

「そうだ。そなたは確か、佐屋嘉兵衛と親しかったな」

「あっ、はい」

――嘉兵衛殿がどうしたというのだ。

嫌な胸騒ぎがする。

「佐屋殿に何かあったのでしょうか」

「わしも聞いた話だ。詳しくは和田勝兵衛に聞け」

「はっ、ははあ」

清正はそう言うと、奥に下がっていった。

翌日、周辺の絵地図を広げた藤九郎が配下の者たちと議論していると、勝兵衛の来訪が伝えられた。

慌てて陣屋から出ると、険しい顔の勝兵衛がいた。

「和田様、よくぞお越しいただきました」

「そなたに嘉兵衛のことを知らせるよう、殿から仰せつかった」

「では、これへ」と言って陣屋の中に案内しようとしたが、勝兵衛は首を左右に振り、

「少し歩こう」と言って藤九郎を散策に誘った。

勝兵衛は、活気を取り戻しつつある慶州の町を歩きながら語り始めた。

昨年八月、オランカイから半島の東海岸沿いを戻った加藤清正勢は、九月十日に吉州に着いた。

清正は加藤清兵衛（せいべえ）ら七将を東海岸に残し、翌日には安辺目指して南下していった。この時、勝兵衛や嘉兵衛は、加藤清兵衛率いる吉州守備隊千五百に組み込まれて吉州に入った。

だが清正が去った後、咸鏡北道で大規模な義兵の蜂起があり、義兵軍は清正の後を追うように東海岸を南下して吉州に迫っていた。

十二月初旬、吉州城を囲んだ義兵軍の攻撃が始まった。吉州城は容易には落ちなかっ

たが、飢えと病のために兵力が激減しており、落城は必至だった。

それでも清正の命を受けた後詰勢がやってきて義兵軍を追い払うことで、吉州在番衆は撤退を開始した。

この時、殿軍を担うことになったのが和田勝兵衛の部隊だった。その中の誰かが吉州城内にいる高麗の民間人の安全を確保した上で、義兵軍に引き渡すという困難な役割を担わねばならない。

この仕事を引き受けたのが嘉兵衛だった。

結局、勝兵衛たちが撤退した後、嘉兵衛率いる殿軍は義兵軍との交渉に成功し、民間人を引き渡した。だが高麗人を受け入れたとたん、義兵軍が約を違えて攻撃してきた。その結果、殿軍は全滅の憂き目に遭う。この時、嘉兵衛も討ち死にを遂げた可能性が高いという。

「おそらく嘉兵衛は、もうこの世にいない」

「おそらくということは、まだ生きているかもしれないんですね」

「義兵軍の裏切りを聞いたわれらは、馬を返して救援に向かった。すると馬に乗って、一人だけ逃れてきた者がいる。その男によると、敵は惣懸りを始める前、『降伏すれば命を救う』という投げ文を寄越したという」

「つまり降伏を勧告されたというのですね」

「そういうことになる」

わずかながらも希望の灯がともった。

「それなら生きているかもしれません。で、その男はどうしましたか」

「すでに矢傷を負っていたので、すぐに死んだ。敵の矢はすべて毒が塗ってあるので、かすり傷でも死に至る」

藤九郎は愕然とした。

「敵は、われらの兵力や状況を知るために嘉兵衛に降伏を促したのだろうが、嘉兵衛が口を割るわけがない。もう――」

勝兵衛が一拍置くと続けた。

「殺されているはずだ」

藤九郎に言葉はなかった。

「とにかく、そなたは嘉兵衛のことを忘れ、己の仕事に没頭するのだ」

「はい。そのようにいたします」

勝兵衛は悄然として去っていった。

――嘉兵衛殿、成仏なされよ。

遠く北の空を望みつつ、藤九郎は嘉兵衛が苦しみのない死を迎えられることを祈った。

十三

翌日から城を築く地を探すべく、藤九郎は藤十郎たちを引き連れて旅に出た。

清正の配慮で、護衛として和田勝兵衛の手勢百余を付けてくれた。あまりに厳重な警固なので減らしてもらおうとすると、勝兵衛は「これでも少ないぐらいだ」と言って険しい顔をした。それほど陣の外は危険なのだ。

藤九郎たちは手を尽くして海沿いの地を探したが、清正の望みに適う地は、なかなか見つからない。致し方なく海沿いの地から少し内陸でも、大河に面した地を探すことにした。

選地のために十日ほど費やし、ようやく清正の条件を満たす地が見つかった。城に適した小丘のある西生里という地だ。

河畔近くに小高い山があり、山から八百メートルほど東に下ると、海岸線が広がっている。そこまで城を築くことはできなくても、川を使って迅速に海に出られる。

だが問題もあった。

「兄者、石をどこから運ぶ」

「もちろん城の近くで、石の産地を探さねばならぬ」

石垣城を築く場合、近くに石の産地がないと、遠隔地から石を運ばねばならない。

「石は何とかするとしても、海までは遠すぎるぞ」

「この城の北東を流れる大河までは、さほどの距離でもない。そこに舟入を設ければ、海沿いに造るよりも風波を防げる」

本丸想定地の小丘の五百メートルほど北東を、回夜江と呼ばれる川が東流していた。つまり西生里は、岬状の半島が回夜江に突き出ている形をしていた。

四神相応の地相からすると、東は水の神の青龍にあたり、縁起のいい方角だ。こうした些細なことも、敵地で心細くなっている兵たちにとって心の支えとなる。

「兄者、いずれにしろ河畔まで城域に取り込むとなると、本丸から舟入まで、かなりの距離になるぞ。しかも相当の幅を取るので、城域は自然大きくなる」

藤十郎の言うことは理に適っている。

「ほかに適地はないのだ。ここに築くしかあるまい」

藤九郎とて西生里が理想的な地とは思えない。だが近くに、これ以上の適地が見つからないのだ。しかも早急に決定しないことには、厳しい工期を強いられる。

「わしは縄張りを考える。そなたは石の取れる地を探してくれ」

――いったん決断を下したら、何事も迅速に進めるべし、か。藤九郎は秘伝書に書かれた言葉を思い出していた。人には常に迷いがある。いったん決断しても何らかの障害に突き当たると、後戻りしたくなる。そうならないために、「引き返せないところまで突っ走れ」と父は言いたいのだ。

早速、藤九郎は縄張りの策定作業に入った。五月から経始が始まるので、実際の築城作業は六月からとしても、寒気が訪れる十一月には、人が入れるだけの城を完成させておかねばならない。

まず重要なのは、築城に際しての作業量だ。これが分からないと、どれだけの数の夫丸が必要で、いかなる作業に従事させるかがはっきりしない。

だが、そうしたことも縄張り次第となる。

百三十メートルほどの山頂部分を本丸にするのはもちろんだが、そうなると東西約三百五十メートル、南北約二百五十メートルの城域を取らざるを得ず、広さは優に二万五千坪となる。名護屋城は五万千五百坪で、工期は約六カ月掛かったが、名護屋城は天下普請なので、夫丸はふんだんに供給してもらえた。

――ところが、ここは違うのだ。

西生里では二万五千坪の敷地の城を加藤家だけで築かねばならず、比高百二十メートル余の高さになる本丸から、比高五メートルにすぎない最下段の曲輪との間には、距離と高低差がありすぎる。

――つまり類を見ない縄張りとなる。

藤九郎は幾度となく別の地を探そうかと思った。だが、その度に秘伝書の言葉を思い出した。

――いったん決めたら突っ走るのだ。

数日後、清正が現地視察に訪れた。

三宅角左衛門から一通りの説明を聞いた清正は、本丸予定地に拝跪する藤九郎たちに目を留めると言った。

ここに城を築くしかあるまい」

　藤九郎がこの地の問題点を述べる。

「だが、この地なら理想的な舟入ができる。ここからなら容易に海に出て、いずこの城にも後詰に向かえる。ほかに、そうしたことのできる適地がないとしたら、ここに城を築くしかあるまい」

　回夜江の上流まで見て回ったが、ここのような岬状の突出がある地はなかった。

「しかし、かように広い城が必要でしょうか」

「ああ、必要だ。この地に太閤殿下をお迎えするやもしれぬからな」

　藤九郎は愕然とした。

「それは真ですか」

「うむ。殿下は半島に渡られるつもりだ。その時、最初に上陸するのは釜山で、そこの小丘上に今、毛利輝元殿が城を築いている。だが、ここに比べたら手狭だ。おそらく殿下は、もっと広い城に移りたいと言い出す。その時、近くに大城があれば、殿下は喜ぶ」

　清正は秀吉との長い付き合いから、その気持ちを察するのに長けている。確かに西生里は釜山から十五里（約六十キロメートル）ほど北にあたるが、再度の漢城侵攻作戦が始まれば、本拠とするには理想的だ。

「この地に城を築け。夫丸は何とかする」

清正の命令は絶対だ。

「では、本丸域、城全体を囲繞する城壁、そして舟入周辺の普請を優先いたします。その他の曲輪は削平するのが精いっぱいとなりますが、それでもよろしいでしょうか」

「まずは兵が入れられればよい。本曲輪以外は、年が明けてから普請作事を行うことにしよう。とにかく堅固な城壁を築き、兵たちが安んじて眠れる城にするのだ」

「分かりました。全力で事に当たります」

「うむ。頼りにしておるぞ」

そう言うと清正は背後に回り、自ら着ていた陣羽織を脱いで藤九郎の肩に掛けた。

「こ、これは――」

「普請作事の最中、わしは常にこの地に来られるわけではない。この陣羽織をわしだと思い、そなたの小屋の衣文掛けに掛けておけ。城が完成した時、この陣羽織をそなたに下賜する」

「それは真で――」

「ああ、こうしたものは、本来であれば功を挙げた時に下賜するものだが、当面、そなたに預ける形にする。つまり、わしの身代わりだ」

そう言うと、清正は笑みを浮かべて去っていった。

その後ろ姿を見つめつつ、藤九郎は責任の重さを痛感した。

十四

西生里での築城に向けて、すべてが動き出した。

だが石材の供給地は見つけられなかった。裏込石に使う拳大のゴロタ石は回夜江の河原石を使えばいいので問題はないが、石垣用の石になり得る花崗岩質の石の産出場が、どうしても見つからないのだ。

藤九郎は藤十郎らに海岸沿いを探させたが、地元の農民や漁師に聞いても、石垣に適した石を産出する場所はないという。そのため藤九郎は自ら回夜江の上流に向かって歩くことにした。

城の候補地の西生里には、加藤勢が駐屯しているので安心だが、少し離れると、義兵や野盗が群れを成しているという話も入ってきていた。

むろんこの時も警固兵を二十人ばかり付けてもらっていたが、不安は拭えない。

「兄者、こうして河原を歩いていると、日本に帰ってきたような気がするな」

「ああ、そうだな」

話し好きの弟に空返事をしながら、藤九郎は下ばかり見ていた。というのも河原や沢筋にあるゴロタ石の中には、露頭と呼ばれる岩石が地表に露出している場所があり、その石脈をたどると、良質な石の産出場に行き当たるかもしれないからだ。

「あの辺りはどうだろう」

藤十郎が西に見える小山を指差したので、藤九郎もそちらに顔を向けた。

その小山は川から四半里（約一キロメートル）ほど離れているが、切り立った中腹の岩盤が剝き出しになっている。

「あっ、あれはいいかもしれんぞ」

藤九郎が河原から離れようとすると、警固隊の物頭が後方から飛んできた。

「河原から離れるなと、和田様から命じられております」

河原だと見通しがよいので急に襲われることはないが、山道や雑木林に入ってしまうと、どこから敵が襲ってくるか分からない。

「とは申しても、わしらも必死なのだ」

物頭を何とか説得した藤九郎は、少なくとも山麓まで行くという同意を取り付けた。

一行は河原から離れ、狭い一本道を岩盤の剝き出しになった山に向かった。

先頭は地元の案内人に託しているが、通詞を介して会話したところ、山麓辺りには、大石がごろごろしているという。

警固隊の兵は散開しながら、周囲の警戒を怠らない。

しばらく細道を歩き、ようやく山麓に至った一行は、地中から顔を出している露頭を見つけた。

藤十郎が歓声を上げる。

「兄者、これはよき石だ！」

「うむ。これなら行けそうだ」

「ここから城の予定地までは半里ほどか」

「ああ、陸路でも運べぬ距離ではないが、船を使った方がよさそうだな」

「石切り場はどこにする」

二人は矢継ぎ早に物事を決めていった。

警固の兵が弁当を使うというので大休止となったが、良質な石材が見つかったことに安堵した藤九郎は、石切り場を探しに奥へ奥へと足を踏み入れた。

——これはよい石だ。

おそらく花崗岩なのだろう。日本で見る石とさほど変わらない。

——よし、これで石材は心配要らぬ。

そう思って立ち上がった時だった。背中に何かが突き立てられ、朝鮮語で何かを言われた。もちろん意味は分からない。

反射的に両手を上げると、背後からすかさず大小を抜き取られた。懐も探られ、首に掛けていた藤崎八幡宮（ふじさきはちまん）のお守りも引きちぎられた。続いて前方の藪（やぶ）の中から、数人の男たちが顔を出した。

——しまった。

そのこけた頰と、ぎらぎらした目を見れば、彼らが野盗なのは歴然だ。肩越しに背後を見ると、石弓のようなものを背に突き立てられているのが分かった。

──騒げば殺されるな。

藤九郎は直感的にそう思った。

警固の兵がいるのに安堵し、一人で山深く踏み入ったのは軽率だった。

彼らは口々に何かを言い合っている。藤九郎をどうするか話し合っているようだ。

しばらくして、どこからか「兄者、どこにいる」という声が聞こえてきた。

──来るな！

そう思ったが、背中に石弓を突き立てられているので声は出せない。次第に藤十郎の声は近づいてくる。話し声が聞こえるので警固兵も一緒のようだ。

野盗らしき者たちは藤九郎をひれ伏させると、背後の藪の中に引きずっていった。

「兄者、あっ、これは何だ」

藤十郎が道に落ちていた何かを拾った。

先ほど引きちぎられた藤崎八幡宮のお守りに違いない。

「敵だ！」

藤十郎の声がすると、警固兵が矢を番（つが）えようとした。だがそれより早く、野盗が藪から立ち上がる。その数は優に三十人はいる。

矢を番えたまま、双方はにらみ合った。

野党の頭目らしき男が何事かを喚（わめ）く。それを通詞が日本語に訳した。

「こちらには人質がいるので、武器を捨てろと言っています！」

――わしのことだ。

藤九郎は唇を嚙んだ。

「弓を下ろせ。下ろすんだ！」

藤十郎が兵に弓を置かせる。

野盗の頭目がまくしたてるのを、通詞が訳す。

「すぐに身代金を持ってこいと言っています」

「その前に、人質の姿を見せろ」

野盗の頭目が何か言うと、背中を石弓でつつかれた。

「姿を見せろ」という合図と覚った藤九郎は、ゆっくりと立ち上がると前に出た。

「兄者、無事か！」

「ああ、心配要らぬ。それよりもしくじったわ。皆に迷惑をかけた。わしを見捨て、この場は引くがよい」

「そういうわけにはまいらぬ。兄者は大切な人だ。金ぐらい殿に頼めばいくらでも出してくれる」

「殿に泣きつくのはやめろ」

二人のやりとりに痺れを切らしたのか、頭目が喚き散らす。

「さっさと黄金十斤を持ってこい、と言っています」

それを聞いた藤十郎が色をなす。

「誰が持ってくるか。それよりも、人質を解放するなら命だけは救ってやる、と伝えろ」

通詞が訳すと、頭目は怒り狂ったように何か言って藤九郎の腕を取った。

「すぐに黄金を持ってこないと、こいつを殺すと言っています」

「困った男だな。そんなに死にたいのか」

藤十郎が視線で合図を送ってきた。

――何かある。

その時、背後から焰硝の臭いが漂ってきた。それが何を意味するのか、藤九郎には分かる。

次の瞬間、藤九郎がその場に伏せると、静寂を破るような轟音が響き渡った。

何事かを喚きながら、野盗どもが脱兎のごとく逃げていく。周囲は深い藪なので、一瞬で野盗たちの姿は見えなくなった。

――助かったか。

伏せていた藤九郎が立ち上がろうとすると、腕を取られた。

「兄者、よかったのう」

「すまなかった」

背後の藪から、鉄砲隊を率いた物頭が出てきた。

「ご無事でしたか」

「ああ、何ともない。しかし伏せなかったら、わしも危なかったな」

「いや、空に向けて撃ちましたので、伏せなくても同じでした。彼奴らは鉄砲に慣れていないので、何発か同時に放てば、泡を食って逃げていきます」

朝鮮国には鉄砲が普及しておらず、武器と言えば弓矢しかない。そのため義兵や野盗を脅かす時は、斉射するだけで十分だ。

物頭が続ける。

「それがしは、脅しのために一人ぐらい殺しておいた方がよいと言ったのですが、こちらのお方が無駄な殺生はしたくないと――」

藤十郎が言い訳がましく言う。

「あやつらも人の子だ。われらの侵攻によって野盗となった者もいるだろう」

「そなたは優しいの」

藤十郎が頭をかく。

「それほどでもない」

その照れた顔がおかしく、藤九郎はつい噴き出してしまった。

「さて、これで石切り場も決まった。明日からは仕事だ」

「よし、やろう！」

藤十郎が気合を入れる。

「おっ、そうだ」

藤十郎が、先ほど引きちぎられたお守りを渡してきた。

「ありがとう」

それを見つめつつ、藤九郎は神に感謝した。

――これも藤崎八旛宮のご加護によるものだ。

藤九郎はお守りを天に掲げると、命が助かったことを深く感謝した。

十五

慶尚南道西生里に造られた清正の拠点城は西生浦城と名付けられ、不眠不休の普請が続いていた。

西生浦城の建地割から石垣面積を割り出すと、面石に使う安山岩だけでも五万個は必要となる。そのほかにも膨大な量の裏込石が要る。

まず大量の軽籠を作らせ、河原に転がるゴロタ石を軽籠に載せ、夫丸たちを使って山頂に運ばせた。このゴロタ石が裏込石となる。

続いて、石切り場で剝がし取られた面石用の石材を運ぶのだが、これが一筋縄ではいかない。

石切り場から舟入まで修羅の道を築き、切り出した石を順次、修羅で石舟まで運ぶ。続いて石舟が川を下り、西生浦城の舟入で石を下ろすと、再び修羅に石を載せ、本曲輪に予定している山頂付近まで押し上げるという重労働になる。

面石の大きさは一つあたり六十貫から八十貫（約二百二十五から約三百キログラム）に達し、大の男が五人いても容易には運べない。

そのため傾斜のきつい箇所に軌道を敷き、地車と呼ばれる台車に石を載せて山頂まで引き上げることになる。この作業は極めて過酷で、屈強な夫丸でも日に何個も運べない。

そのため藤九郎は、上役の三宅角左衛門に頼み込み、足軽小者も動員してもらった。

当初は明らかに不貞腐れていた足軽たちだったが、藤九郎自ら夫丸と共に修羅を押し上げる姿を見て、積極的に協力するようになった。

それでも一人が一日に運べる石は体力的に二つか三つなので、藤九郎は巻き上げ（滑車）を使って地車を引くという方法を考案した。これにより夫丸たちの負担は大幅に軽減された。

――どのような難事や厄介事だろうと、考えに考え抜けば道は開ける。

それは、父の手控えに書かれていた言葉だった。

石切り場からは次々と石材が運ばれてくるが、その後の段取り（工程）を考えておかないと、舟入に石材が積み上がってしまう。そうなると人の行き来もままならなくなり、作業全般が滞る。

こうした時こそ、工程全体を管理する普請頭の手腕が問われる。藤九郎は作業工程を頻繁に調整して乗り切った。

石材の搬入作業も一段落してきたので、藤九郎は以後の作業を三つの集団に分かつことにした。作事を含めた工期は約百二十日と見積もっているので、三カ所の普請を同時並行的に進めねばならないからだ。

三つとは、本曲輪と二曲輪を担当する集団、低地の舟入周辺を担当する集団、そして城の周囲を取り巻く石垣の普請を担当する集団だ。

一方、城内の広い場所では、建地割や指図書に合わせて作事に使う木材の採寸と切断、また「ほぞ穴」を開けるといった木材の加工も始まった。これを担当するのは、番匠と呼ばれる作事担当の大工たちだ。

藤九郎の手日記（工程表）は厳密で、行き当たりばったりで何かを行うことはない。

――何事も算段だ。算段さえできていれば、不測の事態が起こっても対処できる。

秘伝書にも書かれていたが、普請作事の基本は算段、すなわち計画にあり、それに従って進めることが何よりも大切だ。

そうした中で最も工夫が必要だったのは、登り石垣だった。国内でもまれな登り石垣は、山頂から城を囲むように二条の竪堀と石垣を築いていき、その内側を城域とするものだ。だが、ただ竪堀と石垣を築くだけでは防御力に乏しいため、何カ所かに小さな出構状の防御施設を築き、横矢が掛かるようにした。

「横矢が掛かる」とは、石垣を登攀しようとする寄手の兵を側面から攻撃すべく、石垣を屈曲させることだ。

またその際、石垣を堀底から立ち上げるのではなく、いったん犬走のような踊り場を造り、寄手が身を隠す場所をなくすようにした。

こうした試行錯誤を繰り返した末の八月、いよいよ西生浦城は普請から作事段階に入った。

まずは天守である。

天守は、この地の支配者が誰かを明確にし、その支配力の強さを知らしめる建築物だ。豪壮華麗な天守が遠目からでも見えることで、被支配民は抵抗することがいかに無意味かを覚る。とくに両班階級による支配に慣れているこの地では、それが有効だと思われた。だが朝鮮国は森が少なく、良材が思うように手に入らない。そのため巨大な天守は築けないと分かった。

藤九郎は熟慮の末、外観三重で内部四階建ての望楼型天守を築くことにした。

望楼型天守とは、入母屋造りの建物の上に望楼を載せた形の天守のことだ。

また西生浦城の場合、搦手にあたる天守背後の尾根筋を伝い、敵が攻め寄せてくることも考えられるので、搦手の防備も怠るわけにはいかない。

藤九郎は本曲輪の端部に多聞櫓を築き、西北の隅部に二階櫓を設けると、本曲輪から一段低い場所に曲輪を一つ築き、先端部に馬出を設けた。さらに巨大な堀切で尾根を遮断した。

西生浦城の作事も峠を越した九月中旬、釜山にいる清正が、進捗状況を見に来るという知らせが入った。それを聞いた藤九郎は急いで城内を清掃させ、清正の見学経路を設定すると、普請作事方と共に舟入で清正を待った。

やがて「南無妙法蓮華経」という題目が大書された旗幟を翻らせ、清正がやってきた。船を下りた清正は眼光鋭く城を見回すと、「大儀」と言って、そこにいる者たちをねぎらった。

「藤九郎、息災であったか」

「はい。おかげさまで。それよりも築城に際しての木材の手配、真にありがとうございました」

清正が木材の手配に尽力してくれたことで、どれだけ助かったか分からない。

慶長期になってから造られた朝鮮半島南端部の八つの新城は、ほぼ同時に普請作事が進められた。そのため事前に木材を押さえ、場合によっては高値でも買い取り、過不足なく普請現場に送る必要があった。

清正はこうした手配仕事に長けていた。だが半島で良材を入手することは難しく、ようやく回されてきた木材も無駄にすることができないので、採寸や鋸挽きを厳密に行わねばならなかった。

城内の案内は主に三宅角左衛門が行い、細かい質問には藤九郎が答えた。飯田角兵衛、森本儀太夫、大木兼能といった重臣連中も一緒なので、様々な質問が飛び交う。

そうした質問にも、藤九郎はよどみなく答えていった。

清正は満足げにうなずきつつ、平伏する番匠や石垣造りたちにも「大儀」「苦労を掛ける」などと声を掛けていった。

やがて本曲輪に至った清正は眺望のよさに満足し、この地を選んだ藤九郎の目が確かだったことを認めた。

一通りの巡検を終えた清正一行は、この日のために設えられた仮御殿に入り、そこで休憩した。

「藤九郎、どうやら、わしの望み通りに進んでおるようだな」

清正が薬湯を喫しながら言う。

「はっ、これも殿が、人も木材もこちらの望むままにお送り下さったからです」

「当然のことだ。これほどの急普請をやり遂げたのは、そなたら普請作事方の大功だ」

「ありがたきお言葉」

三宅角左衛門が恐縮する。

「だが城は、これからも造らねばならぬ」

清正の言葉を聞いた藤九郎は、その意味するところをすぐに察した。

「つまり、別の地に城を築くのですね」

「そうだ。さらに北の地に城を築き、慶尚南道の支配を盤石にしていく」

清正が昨今の情勢を語った。

慶尚南道における日本軍の城普請は順調に進み、堅固かつ壮麗な城が次々と生まれていた。これが日本式城郭群、いわゆる倭城である。この城に総勢四万三千余の日本軍が籠もり、南部四郡の支配を徹底させていくというのが秀吉の新たな方針だった。

これら慶長期に造られた八つの新城は、文禄期に造られた城が東西二十里（約八十キロメートル）内にあったのとは異なり、六十六里（約二百六十キロメートル）内という広範囲にわたっていた。つまり、敵が攻めてきた際の後詰は容易でない。しかし秀吉は、そんなことに頓着しない。

秀吉は「久留の計」という方針を貫徹すべく、城による力の支配だけでなく、硬軟取り混ぜた施策を考えていた。

慶尚南道では、日本軍に恭順の意を示している農民に対し、秀吉は「四つ物成（六公四民）」を許した。秀吉政権では、日本国内でも「七公三民」や「八公二民」が当たり前なので、たいへんな優遇措置だった。

また慶尚南道では、春に種籾を貸し付け、秋の収穫時に利子をつけて回収するという「還上」という制度も実施していた。これにより農民の還住（山に逃げ込んでいた農民が農地に戻ること）が一段と進み、戦乱で荒れ果てた農地も次第に回復していった。

こうした努力の結果、釜山周辺地域では耕作する者が野に満ち、商取引も盛んになり、日本の風俗に倣って「剃髪」や「染歯（お歯黒）」を行う者までいた。

半島南部において、日本軍の支配は浸透し始めており、その軍事力以上に朝鮮政府の脅威となりつつあった。

「太閤殿下は、農民に対する慰撫策が絶妙だ。それゆえ、われらの支配が浸透するのは間違いない。そこで、この城の北東四里（約十六キロメートル）の地に新城を築けという命が下った」

「しかし、この城も半造作（完成していない状態）です」

「それは分かっている。だが殿下は、わしに新たな城を築けと仰せだ。この城の仕上げは、黒田家に代わる」

「いったいどういうことですか」

「奉行から一方的に申し渡されたのだが――」

その後に続く清正の話は、藤九郎を愕然とさせるものだった。

清正によると、秀吉は占領地を広げるべく、西生里の七里半（約三十キロ）ほど北にある蔚山の地に、新城を取り立てろというのだ。しかも秀吉はそこを清正の居城とし、西生浦城を黒田長政に引き渡せと命じてきた。

戦線の拡大は得策ではなく、慶尚南道の支配を浸透させるだけなら、蔚山に城を築く必要はない。

清正は奉行経由で秀吉に訴えたが、秀吉は聞く耳を持たない。

なおも清正は、蔚山の南には太和江という河口付近の川幅が八百メートルにも及ぶ大河が横たわっているので、危機に陥っても西生浦城から救援に赴くのは容易ではないと伝えたが、秀吉を翻意させるに至らなかったという。

明軍の反撃が始まれば、敵は太和江を使った兵員の移動や物資の輸送を行うと想定されるため、秀吉と奉行衆は、先手を打って太和江を押さえておきたいというのだ。

それは戦略的に極めて正しい判断だが、清正としては、西生浦城で敵を足止めできる自信があった。しかし石田三成らの讒言によって秀吉の勘気をこうむったことのある清正には、これ以上の反論はできない。

「もはや殿下には、何を言っても無駄だ。蔚山に城を築くしかない」

「とは仰せになられても、その蔚山という地が城を築くに適しているかどうかは、検分してみないことには分かりません」

「殿下は、その地しかないと仰せだ。確かに太和江河口を押さえるには蔚山しかない。先乗りしている宍戸殿も『城を築くには適地』と伝えてきておる」

宍戸殿とは、毛利家家臣の宍戸元続のことだ。

――つまり西生浦城と違い、選地からやらせてもらえないのか。

藤九郎にとって、誰かが選地した場所に城を築くのは不本意だった。

――選地からできないとなると、様々な制約が出てくるだろうな。

それを思うと気が重くなる。

清正が、その秀麗な面に憂慮をにじませる。

「しかも明・朝鮮連合軍が南下してきているという雑説もある。早急に城を築かねばならぬ」

「して築城期間は、どれほどいただけますか」

「十月には経始を開始し、十二月二十二日には完成させてくれ。われらは年末までに入城する」

「それは作事も含めてのことですか」

「そうだ。中途半端な形ではなく、何年も籠城できるようにしてほしい。でないと、われらに越冬の場がなくなる」

——それは無理だ。

厳密に計算しないでも、藤九郎の経験がそれを教えてくれる。

「ということは、六十日で堅固な石垣城を築けと仰せなのですね」

「そうだ。無理は重々承知だが、やってもらわねばならん。さもないと——」

清正が唇を嚙む。

「わしは国内に召還され、下手をすると改易に処されるやもしれん」

「改易と仰せか」

「うむ。今の殿下に容赦はない」

その言葉の裏には、秀吉が老耄(ろうもう)してきていることがうかがわれた。

——もはや、やるしかないのか。

藤九郎は不可能に挑戦すべき時が来たことを覚った。

十六

蔚山は慶尚南道の東南端に近い位置にあり、東は二里半で海に、南は太和江の支流の東川(トンチョン)に面しているという場所で、朝鮮半島東南部の海陸交通の要衝だった。

太和江は城の南側を東流し、そこから枝分かれした東川が、城の東側を北流している。つまり蔚山城は、南と東に外堀代わりの川が流れているという築城に適した地だった。

現地に先乗りしていた宍戸元続は蔚山の築城予定地を占拠し、加藤家の築城奉行が縄張りを描くのを待っているという。

これを聞いた藤九郎は急いで蔚山に向かったが、その途次に渡った太和江の川幅には度肝を抜かれた。

――これでは海と変わらん。

太和江は朝鮮半島南部一の大河で、この川の北岸にある蔚山への物資の補給は困難が予想された。

舟は太和江から東川に入り、ようやく蔚山の地に着いた。

――見たところ、高さは二十八間（約五十メートル）ほどか。

三つの頂を持つその丘は東川に向かってなだらかに傾斜してきており、どれもさほどの高さがない。その点は西生浦城に近い地形をしている。

——これなら内城からさほど離れていない位置に舟入を築ける。

選地した宍戸元続の目は確かだった。

早速、元続の陣屋に入ると、元続は大いびきをかいて眠っていた。

取次役の近習が「加藤家から城取りが派遣されてきました」と告げると、元続は大儀そうに起き上がった。

「ようやく来たか」

「はい。加藤家中の木村藤九郎と申します。お疲れのところ起こしてしまい、申し訳ありません」

「いや、構わん。実は選地したのはいいが、この辺りは義兵を装った盗賊が多い。夜を徹して急ごしらえで堀をうがち、阻塞を築いていたので、昨夜は寝ていないのだ」

元続は何日も髭をそっていないのか、顔中に剛毛が生え、唇も干からびている。

「何なら、ご案内は後でも構いませんが——」

「いいのだ。一刻も早く城を築かねばならん」

元続が大あくびをしながら手足を伸ばす。そこに盥を二つ持った小姓が現れた。水が飛び散るのも構わず、元続が顔を洗って口をそそぐ。

「それでは案内しよう」

元続の案内で、東川河畔から小丘にかけて藤九郎たちは歩いた。

「石切り場は見つかりましたか」

「ああ、半里ほど奥によき山があった」

それを聞いた藤九郎は安堵した。

「ざっと見たところで構わぬが、惣構に造る堀と石塁の総延長はどれほどになる」

「目分量ですが、千四百間（約二・五キロメートル）余かと」

後に判明するが、実際の総延長は千四百三十間となる。

――西生浦城と同等の大きさの城だ。

丘の頂と舟入を惣構内に取り入れねばならないので、国内に築く城と異なり、どの城も面積が大きくなる。

「そこまでの城を築くとなると、年内には無理だろう」

「仰せの通りです。惣構を全面石垣にするのは来年になるでしょう。まずは堀と土塁を回して城としての体裁を整えてから、順次石垣に換えていきます」

実地検分することで、様々な物事が整理されてきた。

「内城と舟入の間はかなりあるが、どう思う」

「内城を西端とし、このあたり――」

「そこは西部洞（ソブドン）と呼ばれている」

「ここを兵の駐屯地としましょう。それで東端の東部洞（トンブドン）に舟入を守る曲輪を築くのです」

「あそこはどうする」

元続が北方を指差す。そこには蔚山城の予定地よりも、やや高い丘があった。

「あれは厄介ですね」

「あそこは龍城洞（リョンソンドン）と呼ばれている」

「敵に取られると、まずいですね」

「ああ、恰好（かっこう）の陣地とされ、城が砲撃される」

「それでは出城を築きましょう」

藤九郎は、背後に控える藤十郎の持つ手控えに次々と絵を描いていった。

――何とかなりそうだ。

少し歩いただけで、藤九郎は「いい城が築ける」という手応え（てごた）を掴んだ。

翌日、藤九郎は元続の考えを入れた縄張りを描いた。その写しを急ぎ清正の許に送り、清正と三宅角左衛門の承認を得て、いよいよ蔚山城の普請が開始される。

今回の普請作事を担当するのは、先乗りしていた宍戸元続と浅野幸長（よしなが）の部隊だ。というのも、加藤家の夫丸たちは西生浦城の築城で疲れ切っていたからだ。

しかし蔚山城は加藤勢の駐屯する城となるため、縄張りだけは加藤家が担当するという変則的な態勢になった。

藤九郎は山頂部を広く削平して本曲輪とし、その周囲に大小の曲輪を配する、いわゆる梯郭（ていかく）式の縄張りとした。また西部洞との間に堀をうがち、城の中核部（内城）の防御力を強化させた。また出城となる東部洞の微高地にも曲輪を築き、そこだけで独立した戦いができるようにした。

　さらに少し離れた龍城洞にも出城を築き、堀を伴った長塁を築くことで、そこで敵の侵攻を少しでも食い止められるようにした。

　藤九郎は、いつものことながら八面六臂（はちめんろっぴ）の活躍で石切り場と蔚山の間を行き来し、必要な石を切り出していった。

　瞬く間に時は過ぎ、十二月になった。

　全員が必死に働いたこともあり、蔚山城は完成に近づき、二十二日の引き渡しの儀を待つばかりとなっていた。

　二十二日の早朝、藤九郎と藤十郎の兄弟は、清正の目に付きそうな箇所を検分し、不十分なところは応急処置を施すよう命じて回った。

「兄者、あとは惣構堀と内堀に水を引き込むだけだ」

「ああ、東川との間を仕切っている水止め用の堰堤（えんてい）を切り、惣構堀と内堀に水を流し込む。それでこの城は完成だ。よくぞ年内に終わらせられたものよ」

　二人は堰堤に向かって歩きながら、残る段取りを語り合った。

　蔚山城の経始が終わったのが十月末、普請が開始されたのは十一月初旬、そして今日が引き渡しの儀となった。むろん全面に石垣を施したわけではなく、予定していた普請もすべて済んでいるわけではないが、この規模の城をこれだけの短期間で築けたのは、信じ難いことだった。

「これも兄者の段取りがよかったからだ」

「いや、皆が力を合わせてくれた賜物だ」

城造りの基本を心得ている日本人が主力となって働いたことが、西生浦・蔚山両城の築城期間の短さの要因だった。とくに日本から連れてこられた夫丸たちは、実によく働いた。その理由は単純で、城が完成しないことには、自分たちの身が危険に晒されるからだ。

堰堤に着くと、すでに夫丸たちが待っていた。

「よし、これから堰堤を崩していく。まず内堀の堰堤から壊し、続いて惣構堀の堰堤に掛かる。内側から土を削り、最後に石積みを崩して水を引き入れる。一日がかりの作業になるが、皆で力を合わせれば何ほどのこともない」

夫丸たちが鍬を手に取り、堀底に下りていく。

その時、遠方から砲声のようなものが聞こえてきた。

「あれは何だ」

藤九郎の問いに藤十郎が答える。

「どこかで雉か虎でも撃っているのではないか」

「いや、違う。鉄砲の音ではない。あれは――」

次の瞬間、砲声が立て続けに轟いた。

「兄者、あれは大砲だぞ！」

「まさか――」

砲声は絶え間なく続き、その間隙を縫うように豆を炒るような筒音が響く。

夫丸たちも、啞然として音のする方を眺めている。

皆で顔を見合わせていると、「たいへんだ！」と叫びながら、内城の方から何人もの足軽が駆けてきた。

「戦が始まったぞ。敵はそこまで来ている！」

「何だと――」

藤九郎はどうしてよいか分からず、その場に立ち尽くすしかなかった。

この日、宍戸元続率いる部隊は、城の北方約半里の龍城洞に出城を築いていた。夜明けと同時に起き出した宍戸勢が見たのは、北方から隊列を組んでやってくる五万七千もの大軍だった。

夫丸を入れても三百に満たない宍戸勢に敵は気づかず、陣所とすべく龍城洞を登ってきた。そこで山を下りるに下りられなくなった宍戸勢と衝突する。

宍戸勢が山上にいることに気づいた明・朝鮮連合軍は、味方の前衛が戦っているにもかかわらず、凄まじい砲撃を開始した。明軍の前衛は韃靼族などの異民族や被占領民が担っているので、後方にいる指揮官は砲撃を躊躇しない。

防戦一方となった元続は、内城にいる浅野幸長らに急を告げた。

この知らせを聞いた浅野幸長、太田一吉(おおたかずよし)、加藤清兵衛らは、すぐに救援に駆けつけたが、待ち伏せの砲撃を食らって瞬く間に五百余の死者を出した。この戦いで、太田一吉は人事不省に陥るほどの深手(ふかで)を負った。

結局、龍城洞にいた宍戸勢は四散し、生き残った者たちは内城に逃げ込んだ。

ここに蔚山の籠城戦が始まる。


砲声が絶え間なく轟き、風に乗って喊声(かんせい)も聞こえてくる。戦が始まったことが明らかとなり、夫丸たちは浮足立っていた。

「落ち着け。われらはわれらの仕事を全うするのだ！」

声を嗄(か)らして夫丸たちを落ち着けようとする藤九郎兄弟だが、一人が逃げ出すと際限がなくなり、瞬く間に夫丸たちの大半がいなくなった。

「兄者、堀に水を引かぬことには、たいへんなことになるぞ！」

藤十郎が血相を変える。

「分かっておる！」

だが藤九郎の周囲には、普請方の者たちと十人ほどの夫丸しかいない。

「藤十郎、東部洞にいる浅野様の陣に行き、大筒と放ち手を借りてこい」

「どうするのだ」

「大筒で堰堤を崩すのだ」

それを聞いた藤十郎が走り去る。

「残っている者は集まれ。先に内堀の堰堤を崩すぞ」

そう命じると藤九郎は鍬を持って堀底に下り、石垣を補強する土盛り部分を崩し始めた。残っていた夫丸たちも藤九郎を手伝い始める。

だがその間も、敵の砲声は近づいてくる。

「よし、石垣が見えてきたぞ！」

石垣を支える土盛り部分をかき落とせば、残るは石垣を破壊するだけだ。

「兄者、連れてきたぞ！」

その時、藤十郎の声が聞こえたので、慌てて堀底から這い上がると、大鉄砲を抱えた放ち手が一人いる。

「大鉄砲か。大筒はどうした」

「これで精いっぱいだ」

「しかも一人だけか」

「もう戦は始まっておる。一人だけでも頼み込んで来てもらったのだ」

「仕方ない」と答えつつ、夫丸全員を堀から出させた藤九郎は、少しだけ顔を出している石塁めがけて大鉄砲を放つよう依頼した。

耳栓をした放ち手は皆を遠ざけると、腰をためて構えた大鉄砲の火縄に点火し、一発放った。

轟音が聞こえたが、砲煙が晴れた後も石垣はしっかりと残っている。

「大鉄砲では無理です」

放ち手が首を左右に振る。

「上の方を狙って下さい。上の方がもろいはずです」

放ち手がもう一度、大鉄砲を放つ。だが音だけは凄まじいが、石塁は少し欠けただけで、びくともしない。

――大筒でないと無理だ。

しかも敵の砲弾が近くに落ち始めており、舟入付近は極めて危険な状態となっていた。

――もっと近くから放ってもらうしかない。

そう思った藤九郎が、放ち手の方に駆け寄ろうとした時だった。轟音がすると、体が宙を舞った。次の瞬間、大地に体を叩きつけられ、耳が聞こえなくなった。

――しまった。

即座に痛みのある箇所を探したが、どうやら吹き飛ばされただけで済んだようだ。

難聴もすぐに回復し、周囲の喧騒が聞こえてきた。

「兄者、大丈夫か！」

藤十郎が藤九郎の肩を支える。

「心配要らぬ」

「そうか。それはよかった。それなら、あれを見ろ」

藤十郎の示す方を見ると、堰堤が決壊し、太和江の水が内堀に流れ込んできている。

「大鉄砲がやったのか」

だが放ち手も倒れており、ようやく起き上がろうとしている。

「それが違うのだ。敵の砲弾が当たったのだ」

「何だと――」

「われらには、運があるというわけだ」

藤九郎が流れ込む水を茫然と見ていると、藤十郎が「さあ、逃げよう」と言って内城に向かって走り出した。

「惣構堀の堰堤はどうした」

走りながら問うと、藤十郎が首を左右に振る。

「そこまでは無理だ。惣構堀は空堀のままだ」

「それはまずい！」

そちらに向かおうとする藤九郎を、藤十郎が羽交い締めにする。

「兄者、ここで戻ったところでどうにもならん！」

藤十郎の言う通りだった。内堀に通じる堰堤は、補強の土盛りをかき落としていたから石塁が崩れた。だが惣構堀に通じる堰堤は何の作業もしていないので、たとえ明軍の大砲の弾が当たっても、崩れることはない。

「兄者、内堀だけでも水を引き入れられたのだ。それでよしとしよう」
「仕方がない――。皆を引き揚げさせろ」
だが、すでに夫丸たちの姿はどこにもない。
砲煙の中、二人は内城目指して懸命に駆けた。

十七

北方から蔚山城に迫った明・朝鮮連合軍五万七千は、南側の太和江方面を除いた三方から城を包囲した。城から太和江までは四半里もないが、葦が茂っているだけの湿地帯なので、この方面から太和江を渡河するのは不可能に近い。それゆえ連合軍は、南を除く三方面に包囲陣を布いたのだ。

明軍の砲撃は、これまでの敗戦の鬱憤（うっぷん）を晴らすかのように凄まじかった。

天字銃筒（てんじじゅうとう）・大将軍砲・仏狼機砲（ふらんきほう）・震天雷（しんてんらい）といった強力な火器を装備した明軍は、鉄砲を主武器とする日本軍とは比べものにならないほど遠方から砲撃を試みてくる。

天字銃筒に至っては六町（六百五十メートル強）前後の射程を持っており、欧州も含めて当時、最強の火器だった。むろん砲弾は広範囲な殺傷力を持つ炸裂弾（さくれつだん）や榴弾（りゅうだん）ではないため、着弾地点付近にいない限り脅威ではないが、着弾の際の破壊力は、城に籠もる者たちの恐怖心を呼び覚ますのに十分なものがあった。しかも明軍はこの時、六万九千斤と言われる火薬を運び込んでいた。これだけあれば、大きな都市の一つを更地(さらち)にできる。

明軍は日本軍が反撃できない距離から砲撃を開始し、城壁を破壊し、前衛を担わせた異民族部隊を駆り立てて城を制圧する戦法を取っていた。

しかも二千余の日本軍に対して、連合軍は五万七千もいる。これでは「寄手の三分の一の兵力があれば城は守れる」という城郭攻防戦の定理も崩れる。

瞬く間に外郭部分を破られた日本軍は、内城に逃げ込んだ。一方、敵は内堀に張られた水によって、それ以上接近することができないでいた。ぎりぎりのところで堰堤を破壊できたことが幸いしたのだ。

それでも日本軍が追い込まれたことは間違いなく、どこまで籠城戦を完遂できるかは分からない。しかも季節は厳冬期を迎え、着の身着のままで内城に逃げ込んだため、西部洞にある食料倉庫から何も運び出せなかった。それだけならまだしも、内城に井戸を掘っていなかったため、今後の水不足も思いやられた。

やがて天地が覆るほどの砲声が轟き、大地を揺るがすような砲撃が始まった。夫丸たちは身を寄せ合い、恐怖に震えている。

藤九郎は夫丸たちを叱咤(しった)し、前線から怪我人を後方に運び、手当てをした。

やがて二十二日の日が沈んだ。敵は日本軍を内城に追い込んだことで安心したのか、一気に攻め寄せることはなく、城を包囲して夜を明かし、翌日に総攻撃を掛けることにしたらしい。

敵は雲霞のごとき大軍で、この状況を籠城衆だけで乗り切ることは不可能に近い。つまり外にいる日本軍の助けを借りないことには、事態を打開することはできない。

この時、太田一吉を看病する従軍医の慶念は「もし唐人が城を攻め崩したら、めでたく往生を遂げる」と書き残している。

厳しい寒さの中、最初の夜を迎えた。戌の刻（午後八時頃）、昼間の疲れから藤九郎がうとうとしていると、何やら騒がしい空気が伝わってきた。

「兄者、何かあったようだ」

目を開けると、藤十郎が肩を揺さぶっている。

「何かとは何だ」

「わしにも分からん。とにかく行ってみよう」

藤十郎を従え、藤九郎は皆が走っていく方に向かった。

本曲輪の一角には人だかりができており、その間から顔を出した藤九郎は啞然とした。

「殿が、なぜここに――」

藤九郎は言葉を失った。

清正は浅野幸長と宍戸元続と一緒に床几に座り、歓談していた。

人垣をかき分けて藤九郎が進み出る。

「殿、いったいどうして――」

「おう、藤九郎か。助けに来たぞ」

「よくぞ、ここまで――」

あまりのことに、その後の言葉が続かない。

「そなたが決死の覚悟で内堀に水を通したと聞いた。そのおかげで、この城に入ることができた」

「いったい、どういう経緯（いきさつ）で――」

清正によると、今日が城の引き渡しのため、蔚山城に向かうべく準備を進めていたところ、夕刻になって蔚山城から使者が入り、危急を知らせてきたという。

「それでいらしたのですか」

「ああ、急だったので、二十人ばかりの小姓と近習だけしか連れてこられなかったがな」

清正が平然と言う。

実際にこの時、清正に付き従ったのは小姓十五人、使番五人、足軽と船手衆三十の、わずか五十人余だった。

「でも殿は、どうやってここまでいらしたのですか」

「関船一艘なら敵にも見つからないと思い、ここまでやってきたのだが、もしも内堀に水が引かれていなかったら、わしは舟入付近で立ち往生し、討ち取られていたことだろう。またしても、そなたに救われたのだ」

「ああ、何たるお言葉――」

藤九郎が地面に額を擦り付ける。

「しかも、わしがこの城に入れば、西生浦城に残してきた家臣たちは死に物狂いで後詰に駆けつける。そうなれば、釜山にいる諸大名もそれに続くだろう」

無謀な行為にも、清正なりの計算があったのだ。

「すなわち、わしがこの城に入ることで、この城が見捨てられることはなくなる」

「ありがとうございます」

幸長と元続が頭を下げる。

「後詰は間もなくやってくる。われらは、それまでこの城をどう守るかだ」

「実は、この城で長期の籠城をするのは、極めて困難なのです」

幸長が言いにくそうに言う。浅野長政の息子の幸長は弱冠二十二歳の若武者だ。実は出陣前、清正は幸長の父の長政から、「くれぐれも倅のことを頼む」と依頼されていた。その約定もあり、清正は捨て身の入城を果たしたのだ。

「どういうことだ」

「実は城内には、すまし（飲料水）や食い物はおろか玉薬さえ十分に残っておりません。この城の周囲には川が多く、すましに事欠くことはないと思っておりましたが、城を三方から囲まれ、水場への道も断たれたことで、城内に貯めた数日分の水で凌ぐしかないのです」

「井戸はどうした」

「まだ掘っておりません」

「太和江のある南は包囲されていないようだが」

「そちらは腰まで沈むほどの泥湿地が広がっており、水を汲んでくるのは至難の業です」

「兵糧は十分にあったはずではないか」

それには元続が答える。

「加藤殿が大量の兵糧と共に入城すると聞いていたので、食べ尽くしてしまったのです」

「何たることか」

天を仰いだ清正だったが、すぐに気を取り直した。

「どうやら厳しい籠城戦になりそうだな。皆、後詰が来るまで最善を尽くそう。それで水と食い物がなくなれば、城を打って出て死ぬまでだ」

清正が悠揚迫らざる態度で言い切る。

「では城内を見回る」

立ち上がった清正に付き従おうとした藤九郎だが、清正は一人の男を指し示した。

「藤九郎、そなたに頼みがある。この男に言い含めておいたので、話を聞いてやれ」

それだけ言うと、清正は幸長らに先導されて城内の巡検に出かけた。

男がたどたどしい日本語で言う。

「殿から、あなたに力を貸してもらうよう言われました」

その口ぶりといい、服装といい、明らかに現地人だ。蔚山城には五百人を超える現地人がいるので、とくに珍しいことではないが、男は片言の日本語を話す上、着ているもの の質がよいので、学識階級だとすぐに分かる。

「あなたは、いったい誰ですか」

「この国の者です。ゆえあって加藤家に仕えています」

――附逆か。

附逆とは日本軍に協力する高麗人のことだ。その逆に、朝鮮側に降伏した日本人を降倭という。

男が附逆と知った藤九郎は、男のことを軽蔑する気持ちが働いた。

「それは分かったが、わしはただの城取り、つまり城を造る者だ。何に力を貸すのだ」

「今この城には、五百人ほどの高麗人がいます。彼らを解放するよう殿にお願いしたところ許されました」

男は、身振り手振りを交えて拙い日本語で言う。

「で、わしに何をしてほしいのだ」

「彼らを解放するには、どこかの城門を開く必要があります。その時に敵を内部に入れないようにしろと、殿から命じられております」

「だが、それは武将のやることではないか」

「敵を防ぐのは武将ですが、引橋を作るのは、あなたの仕事と聞きました」

――そういうことか。

ようやくこの高麗人の言うことが理解できたものの、藤九郎は少し拍子抜けした。

「引橋なら材があれば作れる」

「殿は、三人が横になっても通れるぐらいのものを作ってほしいと仰せです」

「なぜだ。人一人が通れるほどのもので十分ではないか」

「殿は城を打って出ることも考えた上で、橋を作ってほしいと言うのです」

ようやく藤九郎にも、清正の狙いが読めた。

――この厳しい状況下で、陣前逆襲を考えているとはな。

後詰勢が駆けつけてきた時、清正は城から打って出るつもりなのだ。

「しかし高麗人が解放された後、敵が攻め込んでこないとは限らぬ。それだけ大きな引橋を作れば、敵の大軍を城内に引き入れることにもなりかねない」

「仰せの通り。それゆえ跳ね橋を作れとのことです」

――なるほど、跳ね橋なら心配ない。

普請作事に強い清正は、先回りして様々なことを考えていた。

「分かった。数日掛かるが任せてくれ」

「一日で造れという殿の命です」

藤九郎はむっとしたが、清正の命であれば文句は言えない。

「致し方ないな」

「それでは、お願いします」と言って頭を下げると、男は藤九郎に背を向けた。

「待て。まだ、そなたの名を聞いておらぬ」

「私の名は――」

男は胸を張ると答えた。

「金宦と申します」

「キンカン、とな」

男はうなずくと去っていった。


早速、番匠を集めた藤九郎は、跳ね橋の図面の作成に入った。ただし城内にある木材には限りがあるので、厩(うまや)を一つ壊して何とか材料を工面した。

だが跳ね橋だけでは不安なので、藤九郎は一つの工夫を施すことにした。

二十三日の朝、城の北方にそびえる古鶴山(コハクサン)に本陣を置いた明・朝鮮連合軍は、次々と新手(あらて)を投入し、執拗(しつよう)な攻撃を繰り返した。明軍は雲梯(うんてい)・飛楼(ひろう)・鉄塔などの攻城兵器を使い、韃靼族などの異民族の兵を外城の城壁に取り付かせた。そこに城方の銃弾が降り注ぐ。凄まじい轟音の中、死に物狂いの攻防が繰り広げられた。

だが外堀に水を入れなかったことが災いし、やがて敵の先手部隊は東部洞を占拠し、西部洞を間にして、日本軍と砲銃戦を展開するようになった。

この日の戦いはそこまでで、明軍はいったん城の外へと引いていった。

一方、藤九郎たちは徹夜で作業し、この日の夜、ようやく跳ね橋ができ上がった。

二十四日の朝、夜明けと同時に金宦が惣構堀の際まで進み、高麗人の引き渡し交渉に入った。

金宦が掲げる旗竿の先には、使者の印の朱巾が翻っている。

金宦が朝鮮語と明語で喚く。

「今から高麗人を解放する。しばしの間、攻撃を控えていただきたい」

しばらくすると、返答があった。

「分かった。早くしろ！」

金宦が振り向き、藤九郎に合図を送ってきた。

「跳ね橋を前へ！」

跳ね橋は、四つの車輪が付いた専用台に載せられている。すなわち後方の巻き上げで、上げ下げができる仕組みになっている。

「よし、下ろせ！」

堀際に運ばれた跳ね橋がゆっくりと下ろされていく。

やがて跳ね橋が架けられた。

続いて朝靄の中から、敵の将兵が五人ほど近づいてきた。彼らも朱巾を掲げているので、高麗人を迎え入れるためにやってきたのだと分かる。

「高麗人をここへ！」

金宦の声に応じて、城門内から高麗人たちが列を成して出てきた。彼らはおずおずと姿を現したが、先に立った金宦が朝鮮語で何か言うと急ぎ足になった。

やがて最後の一人が渡り切ると、金宦が叫んだ。

「私が戻ったら、すぐに橋を上げて下さい！」

その時、砲声が轟いた。

次の瞬間、近くに落下した砲弾が土を巻き上げる。

――なんと卑怯な！

敵は人質解放に合わせて総攻撃を仕掛けてきたのだ。

「跳ね橋を巻き上げろ！」

及び腰になっていた夫丸たちが、慌てて縄に取り付き、跳ね橋を引き上げようとする。

藤九郎も縄に飛びつくと、夫丸たちと共に引いた。

「金宦はどうした！」

藤九郎の問いに藤十郎が答える。

「堀に落ちたのではないか！」

堀に落ちたとしたら助けられない。

藤九郎は金宦のことをあきらめ、そこにいる者たちだけで懸命に縄を引いた。だが突然、巻き上げが動かなくなった。

「どうした！」

朝靄と砲煙で、堀の向こうがよく見えない。

「兄者、敵が跳ね橋に鉤縄を引っ掛けて引いておる！」

藤十郎の声が前方から聞こえる。

――しまった！

おそらく降倭から跳ね橋の話を聞いていた敵は、事前に鉤縄を用意していたのだ。

「ここが切所だ。負けるな！」

これを見た日本軍側からも鉄砲隊が前に進み出て果敢に銃撃を試みる。だが敵の砲弾が雨のように降ってくるので、どうしても堀際までは進めない。

跳ね橋の引っ張り合いが始まったが、味方は引き上げることになるので、押し下げる敵に比べると不利になる。敵の中には、引っ掛けた縄を這い上り、全体重を掛けて橋を引き下ろそうとする者までいる。そこに日本軍の銃撃が集中する。撃たれた敵は、断末魔の叫びを上げながら堀底へと落ちていく。

「引け、引くのだ！」

その時、藤九郎の近くで砲弾が炸裂した。

縄を引いていた者たちが尻餅をつく。しかも着弾の衝撃で大半が縄を放してしまった。

それにより敵が跳ね橋を着地させた。敵の歓声が城内まで聞こえてくる。

「兄者、もう駄目だ！」

「何を言う。あきらめるのはまだ早い！」

しかし縄を引いても、滑車はびくともしない。おそらく敵は、縄の端に杭を打つなどして瞬時に橋を固定したのだ。

──致し方ない。城内まで引くぞ！」

「皆、もうよい。城内まで引くぞ！」

そこに残っていた者の背を押すようにして城内に戻ると、城門が閉ざされた。

敵は、橋を渡って城門の外まで迫ってきている。

「藤九郎」

破れ鐘のような声が上方から聞こえた。

「殿、申し訳ありません」

「もうよい。敵は約定など初めから守るつもりはなかったのだろう。それより早く上がってこい」

「分かりました」と答えつつ、多聞櫓から下ろされてきた縄梯子を登ると、清正の「開門！」という声が聞こえた。

突然、門が開かれたので、門前まで押し寄せてきた敵が殺到する。

だが次の瞬間、敵は眼前の光景に戦慄したはずだ。城門を入っても、三方に城壁が立ちはだかっていたからだ。

内枡形である。

枡形とは城門と城門の間に狭い空間を設け、そこに敵を誘い込んで土塁や石塁の上から敵を狙い撃つという日本の城郭固有の仕掛けだ。この時代、四角いものはすべて桝と呼ばれたことから、この空間は桝形と呼ばれるようになった。

常の内桝形は、正面が城壁でも右か左に回れば城門が待っているが、この城の場合、死地として桝形を造ったので門などない。

狭い空間に敵兵がひしめく。しかも後方から押されるので、敵兵は戻るに戻れず、押し込まれるように奥へ奥へと進んできた。

清正の傍らまで行き、この光景を見ていた藤九郎は、次の瞬間に起こるはずの凄惨な光景を想像した。

――南無妙法蓮華経。

思わず法華経の題目が口をついて出る。

「放て！」

清正の命に応じ、門上や土塁上から一斉に鉄砲が放たれる。

一瞬のうちに、桝形の中は阿鼻叫喚の地獄と化した。

敵の屍が積み上がっていく。

――これが桝形の威力か。

それでも事情の分からない敵は、後ろからどんどん押し寄せてくる。明軍の場合、韃靼族などの異民族部隊を先頭に押し立てているため、背後から追い立てるようにするからだ。

枡形内には、死者と負傷者が折り重なるように倒れていた。その数は優に百を超え、すでに地面も見えないほどだ。

――城というのは恐ろしいものだ。

この光景を前にし、藤九郎は全身の震えが止まらなかった。

跳ね橋を奪われた時に備え、藤九郎は城門の中に枡形を造っておいた。その時は万が一に備えてのつもりでいたが、それが、これほどの威力を発揮するとは思いもしなかった。

やがて死者や負傷者が、城門付近にまで溢れてきた。

それを見た清正が命じる。

「討ち掛かれ！」

それまで手ぐすね引いて待っていた日本軍の騎馬武者や徒士が、逆襲に転じる。

敵は橋を渡って戻ろうとするが、橋の前に人が溢れ、それもままならない。中には堀に転落する者までいる。

この時の逆襲戦では、浅野幸長までもが槍を取って戦った。

『浅野幸長家臣某蔚山籠城覚書』によると、幸長は敵を四人まで討ち取ったが、乗馬が斬られて横倒しになったため、やむなく城内に引いたという。

その頃になり、ようやく敵も状況がのみ込めたらしい。退き太鼓が叩かれたことで、無傷だった者たちは、潮が引くように引き揚げていった。だが連合軍の死傷者は枡形の中だけで三百近くにのぼっており、日本軍は数日間、その埋葬に忙殺されることになる。

この日の戦いが終わった。

日本軍の夜討ちを恐れた連合軍は、奪取した全曲輪を放棄し、古鶴山の陣所に引き揚げていった。しかし去っていく際、すべての防衛施設を破壊し、焼き尽くしていったので、たとえ兵を戻しても、西部洞・東部洞の両曲輪で敵を防ぐことはできない状態となっていた。

そのため以後、両軍の攻防は、内城をめぐって展開されることになる。

十八

――喉が渇いた。ああ、水が飲みたい。

口の奥から喉にかけて渇ききっているためか、うとうとしていると、息が詰まって目を覚ましてしまう。だが起きたところで唾も出ず、苦しさは募るばかりだ。

蔚山城内には水源も水甕もなく、渇きを潤す雨も降ってこない。それでも動ける者は雑草を根からむしり、根をかじっては吐き出している。根には水分があるからだ。しかし皆が同じことをするので、その雑草さえ、もはやわずかしか残っていない。

先ほどまで「水をくれ」と呻いていた負傷兵が静かになったので体を揺すると、すでに息絶えていた。周囲には、生きているのか死んでいるのかさえ分からない者たちが所狭しと身を横たえ、「助けてくれ」「けえりてえよ」といった声を絞り出している。

——ああ、日本に帰りたい。

たつや又四郎の笑顔が目に浮かぶ。

——だが、おそらく帰れないだろう。すまなかった。

藤九郎は心中二人に詫びた。

この地に来た時から死は覚悟していた。だが飢えと渇きに苦しみながら死ぬことになるなど、思ってもみなかった。

しかし痛手を負っているのは、籠城する日本軍だけではなかった。

藤九郎たちは知る由もないことだが、寄手の明・朝鮮連合軍も甚大な損害をこうむっており、惣懸り(そうがかり)を掛けられる状態になかった。

それでも十二月二十五日、明・朝鮮連合軍は、最後の力を振り絞って攻撃を掛けてきた。

しばし砲撃を行い、日本軍がひるむのを見計らい、韃靼兵ら異民族部隊が石垣に取り付く。彼らは退却すれば明軍に殺されるので、命を捨てる覚悟で突撃してくる。そのため日本軍の鉄砲攻撃をまともに受け、死傷者で堀は埋め尽くされるほどだった。

そうした光景は至るところで見られ、まさに地獄絵図が繰り広げられていた。

それでも明軍は力攻めをやめない。その攻撃の苛烈(かれつ)さは、日本軍に鉄砲の弾を使い切らせ、死傷者の山で堀を埋め尽くそうとしているかのようだった。

轟音が鼓膜をつんざき、まともに話ができない中、藤九郎たちも必死の思いで鉄砲や焔硝を前線に運んだ。

日本軍の必死の防戦に、さしもの連合軍も夕方には疲弊し、兵を引いていった。

翌二十六日は朝から雨となり、水不足で困っていた日本軍を潤した。

慶念によると、兵たちは「日本は神国なれば、憐(あわ)れみの雨を降らして人を潤す」と言い合い、感涙に咽(むせ)んだという。

一方、明将は、働きの悪い朝鮮軍に乾柴(からしば)を積んで火攻めにするよう命じた。

これを受け容れざるを得ない朝鮮軍司令官は、まず降倭に乾柴を背負わせて城際まで迫らせた。その上で、後方から火矢を射掛けて背負った乾柴に火をつけるので、慌てた降倭は城際まで走っていく。しかし雨で火が消えてしまい、そうこうしているうちに、日本軍の鉄砲攻撃によって次々と斃されるということが繰り返された。

降倭の無残な姿は日本軍将兵の目に焼き付けられ、この戦い以後、降倭の数は減っていく。

だが雨はこの日一日だけで、翌二十七日から城内の水不足は再び深刻化した。常の籠城戦なら、城内に甕や樽といった貯水できる器があるのだが、今回のように、でき上がったばかりの城にそうした備品はなく、せっかくの雨水を十分に貯めることができないのだ。

そのため、渇きに耐え切れなくなった日本軍の雑兵が夜間に城を抜け出し、太和江や東川に川水を汲みに行くのだが、次々と捕らえられて殺されるか降倭とされた。これを知った清正が夜間の水汲みを禁じたため、城内にいる者たちの渇きはいっそう激しくなった。

明軍は降倭を優遇するよう朝鮮軍に命じたので、降倭とされた日本兵は紅色の将校服を着せられ、駿馬（しゅんめ）に乗って堀際を走らされた。降倭が厚遇されていることを示し、さらなる降倭を誘うための策だ。だが乾柴の一件があったので、その効果はなきに等しく、進んで降倭となる者はほとんどいなかった。

ここ数日は、雹（ひょう）が降るほど寒気が厳しく、飢餓と疲労から凍死する兵や夫丸も出始めていた。

この日は連合軍も攻撃どころではなく、身を縮めて一日を過ごした。

二十八日と二十九日も、霙（みぞれ）の降る厳しい天候だった。

二十九日、加藤水軍が西生浦城から救援に馳（は）せつけるも、太和江河口を強行突破しようとした際、河口を封鎖した明水軍と砲戦となり、撤退を余儀なくされた。

これに勢いを得た明将たちは、異民族兵や朝鮮軍に再び火攻めを試みさせるが、二十五日同様、容赦ない鉄砲攻撃に晒され、屍の山を築くだけだった。

それでも日本軍の鉄砲攻撃は次第に衰えを見せていた。玉薬や焔硝が底を尽き始めていたのだ。

日本軍は凍りついた衣服を解かしてその水をすすり、馬を殺して食べ、敵方の砲撃で焼けた兵糧まであさった。こうしたことから蔚山城の日本軍には、厭戦気分が漂い始めていた。

ところがこの頃、西生浦城には、黒田長政、蜂須賀家政、毛利秀元、鍋島直茂ら一万三千の部隊が集結していた。西生浦城に待機していた加藤勢八千と合わせ、二万余の救援軍が編制され、蔚山城に向けて進軍を開始した。


「木村殿、殿がお呼びだ」

大晦日、水のように薄い粥をすすっていると、清正の近習が藤九郎を呼びに来た。

「はい、すぐに参ります」と返事をしたものの、疲労から立ち上がれない。

「兄者、食べてから行け」

「もうよい。おぬしが食べろ」

「いいのか。いただくぞ」

椀の底に少し残った粥を、藤十郎がすする。

「兄者、殿から何か命じられても、夫丸たちは動けんぞ」

「分かっている。わしも動けん」

藤九郎は足を引きずるようにして清正の許に向かった。

「おう藤九郎、大儀であった」

「すぐに駆けつけられず、申し訳ありません」

正面に座る清正の顔にも、憔悴の色が浮かんでいる。清正は「兵が飢えておるのに、わしだけ飯を食べられるか」と言い、兵と同じ薄粥を食べているという噂だった。

そこには、清正と一人の男が対座していた。男は背を向けているので、顔までは分からないが、朝鮮兵の服を着ているので使者だと分かる。

「藤九郎、驚くなよ」

清正が背を向けている男に顎で促す。

「藤九郎殿、久しぶりだな」

その顔を見た藤九郎は愕然とした。

「ま、まさか」

「驚いたか」

「嘉兵衛殿、生きておられたのか！」

あまりのことに、藤九郎がその場に膝をつく。

「いろいろあったが、まだ命をつないでおる」

「よかった。本当によかった」

涙が溢れてきた。

「いったい、どうやって――」

「いろいろあってな」

嘉兵衛が唇を嚙み締める。よく見ると嘉兵衛の頰はこけ、顔は黒々と日焼けしている。

それを見れば、様々な苦労があったことが分かる。

「嘉兵衛、構わぬから話してやれ」

「分かりました」

　ここに至るまでの経緯を、嘉兵衛が語った。

三年ほど前の文禄四年（一五九五）一月二十八日、吉州城から撤退を始めた日本軍だったが、主力部隊が撤退した後、嘉兵衛を将とした殿軍が城内に避難していた朝鮮人の解放を行うことになった。吉州城内には、日本軍相手の商人や、日本軍に協力したとして各地を追われた多くの朝鮮人がいたからだ。

朝鮮人の解放を終え、嘉兵衛たちが城を後にしようとした時、約定を破った義兵軍が突如として襲い掛かってきた。

殿軍はわずかな兵力だったので、抵抗する術（すべ）もなかった。大半は討たれたが、嘉兵衛は捕らえられた。義兵将は日本軍の内情を探るため、殿軍の将を捕らえるよう命じていたのだ。

　捕虜になった嘉兵衛は硬軟取り混ぜた説得をされるが、それでも口を割らなかった。

義兵将は怒って嘉兵衛を殺そうとするが、そこに義兵将の許嫁（いいなずけ）で、金宦の妹が現れ、嘉兵衛の一命を救ったという。金宦は、かつて嘉兵衛に助けられた恩に報いるために義兵将の許嫁となっていた妹を使者に送ったのだ。

「そうでしたか。残念ながら金宦殿は砲撃によって――」

藤九郎が無念そうに金宦の死を告げようとすると、嘉兵衛が笑って首を左右に振った。

「金宦殿は生きています」

「えっ、では今どこに」

「民と共に逃げてきたので、われらが保護しました」

「そうだったんですか」

――でも、「われら」とはどういうことだ。

藤九郎は胸を撫で下ろしたが、嘉兵衛の言葉が引っ掛かった。

嘉兵衛が話を続ける。

その後、捕虜として漢城に送られた嘉兵衛は、明軍首脳部から「使者と一緒に清正の許に赴き、秀吉を日本国王に封じて明との交易を許す代わりに、清正が捕虜としている二人の王子を返還し、日本軍を撤退させる」ことを条件として、和談を進めるよう命じられる。

そんな使者を務めることなど、嘉兵衛は真っ平だった。しかし大局に立って考えれば、それ以外にこの地に静謐をもたらす方法はない。戦乱によって塗炭の苦しみを味わっている民を救うべく、嘉兵衛は使者となった。

だが明使と共に日本軍の軍営に赴けば、降倭とされて日本軍への復帰など許されない。それでも嘉兵衛は、使者を引き受けたという。

この時、嘉兵衛は名前が佐屋嘉兵衛というところから「サヤカ」と呼ばれるようになり、「沙也可」という当て字まで与えられた。

釜山に赴いた嘉兵衛は、小西行長に会って和談を進めようとするが、その時、全羅道の入口にあたる晋州城をめぐる攻防戦が始まり、和睦どころではなくなった。

嘉兵衛は釜山にいた金宦と共に晋州城に赴くが、すでに激戦が展開されており、なす術もない。

この時、晋州城に入って使者を買って出ようとした金宦は、味方から附逆という誤解を受けて行き場を失い、清正と行を共にすることになる。

一方の嘉兵衛は清正の説得に当たっていたが、清正の家臣に戻り、朝鮮軍と戦うことを拒否したため追放される。

結局、晋州城は落ち、多くの兵や民が殺された。

この戦いの後、日本軍は全羅道に攻め入らず、慶尚南道に兵を返した。

晋州城攻防戦において、日本軍の力をまざまざと見せつけられた明軍首脳部が、秀吉の提示した和平七条件が明政府に承認されたという偽りの回答を告げ、日本軍の全羅道への侵入を阻んだのだ。これにまんまと騙された秀吉は、全軍を慶尚南道の番城まで引かせた。

「それで嘉兵衛殿は、いかがなされたのです」

「わしか」と言って嘉兵衛が苦笑いを漏らす。

「わしは行き場を失い、半島をさまよっていた」

同年十一月、日本軍は越冬態勢を整えるべく、新たな城の構築に入る。そして翌文禄五年（一五九六）、小西行長と石田三成の讒言によって、清正は秀吉から帰国を命じられた。

その後、伏見の大地震があり、その時の救助活動によって秀吉の信用を取り戻した清正は再び渡海し、藤九郎を召し出して西生浦城を築くことになる。

清正が、「まずは此度のことからだ」と言って嘉兵衛を促した。

「わしは朝鮮軍首脳部を説き、和談の仲立ちをすることになった」

「ということは、嘉兵衛殿は朝鮮軍の使者として、ここにいらしたのですね」

先ほど嘉兵衛が口にした「われら」の意味が、ようやく分かった。

――嘉兵衛殿は降倭にならざるを得なかったのだ。

嘉兵衛の無念を思うと暗澹たる気持ちになるが、運命に搦め捕られてしまえば、藤九郎も同じ判断を下したかもしれない。

藤九郎は、個人的な思いを押し殺して問うた。

「そこまでは分かりましたが、それがしに何用が――」

築城家にすぎない藤九郎は、講和交渉には関係がない。

「実はな、この城を攻めあぐんだことに衝撃を受けた明の将軍たちが、この城を造った者を和談の使者に立てろと申すのだ」

清正が話を引き取る。

「わしも最初は驚き、断固として拒否すると嘉兵衛に伝えた。だが明将は、そうしなければ和談に応じないというのだ。戦うのは望むところだが、籠城衆だけで勝ち戦に持ち込むことは難しい。つまりわれらは後詰勢が来るまで、時を稼がねばならんのだ」

――そういうことか。

ようやく藤九郎は、自分がここに呼ばれた理由を知った。

嘉兵衛がため息交じりに言う。

「おそらく、城造りに関して様々に問われるはずだ」

「えっ、では答えなければ殺されるので」

「それは分からん」

清正が話を引き取る。

「わしも苦渋の選択をした。そなたのような抜きん出た才覚を持つ者を危地に行かせることは本意ではないが、少しでも時が稼げれば、わが方に勝機が見出せるのだ」

清正の言うことは尤もだった。

「行ってくれるか」

清正にそこまで言われれば、断るわけにはいかない。

「お引き受けいたします」

「よくぞ申した」

嘉兵衛が頭を垂れつつ言う。

「真に相すまぬ。これも双方のためだ。そなたはわしが守り抜く。それでも万が一、不本意なことになったら、わしもその場で腹を切る」

嘉兵衛の決意を聞いた藤九郎は、これが死を覚悟せねばならない仕事だと覚った。

十九

慶長三年（一五九八）の元日、藤九郎は嘉兵衛と共に連合軍の陣所に向かっていた。その道すがら、藤九郎は思い切って嘉兵衛に問うてみた。

「どうして、こんなことになったんですか」

「そのことか」

しばし考えた後、嘉兵衛が答えた。

「わしも好きで降倭になったわけではない。降倭になるくらいなら死んだ方がましだと思っていた。だがな――」

立ち止まった嘉兵衛が天を仰ぐ。

「わしは天命を覚った。この無益な戦いを早急に終わらせることが、天からわしに課せられた使命なのではないかと思ったのだ」

「使命と――」

「そうだ。わしのような一兵士が天命だの使命だの言っても、大げさに聞こえるかもしれん。それでも誰かがやらなければ、この地獄は続く。そのためには卑怯者のそしりを受けようとも、この地を静謐に導くために働こうと思ったのだ」

藤九郎に言葉はなかった。

——嘉兵衛殿は、嘉兵衛殿なりに苦しみ悩んだ末に決断したのだ。

「殿も、かように無益な戦を早くやめたいと思っている」

「それは真で——」

清正が豊臣家中きっての主戦派だというのは、誰もが知っていることだ。しかし嘉兵衛は、そうではないと言う。

「当初、殿はこの戦に乗り気だった。だがオランカイまで行き、この地が農耕に適していない不毛の地だと知り、この戦を続けても得るものがないと覚ったのだ。むろん多くの悲惨を目のあたりにし、この戦いを続ける意義を見失ったこともある」

「そうだったんですね」

藤九郎は、清正には清正なりの葛藤（かっとう）があることを知った。

「嘉兵衛殿は、これからどうするのです」

その問いには答えず、嘉兵衛が言った。

「あそこに見えるのが古鶴山だ。連合軍はあそこに陣を布いている」

二人の姿に気づいたのか、陣所の柵内から石弓を構える兵の姿が見える。

嘉兵衛が両手を挙げ、朝鮮語らしき言葉で何か言うと、門が開けられて中に招き入れられた。

「よくぞ参った。まず盃を取らそう」

対面に座す太った明将が盃を差し出す。

藤九郎は緊張を解すために、その大ぶりな盃を飲み干した。

「見事なものだ。倭人はかような時に、よく酒が飲めるものだ」

嘉兵衛が相槌を打つ。

「日本人というのは、死ぬと分かれば堂々としているものです」

「かような土工までそうだとはな。恐れ入ったわ」

二人の会話は、横にいる降倭の通詞が耳打ちしてくれる。

通詞は「城取り」と訳したが、明将の口調からは軽侮の念が読み取れるので、別の言葉を使ったと察せられた。

「わしが明軍を束ねる楊鎬だ」

「加藤家中の木村藤九郎秀範に候」

緊張のあまり、藤九郎は己の声が上ずっているのに気づいた。

「そなたが、あの城を築いたのか」

「はい。それがしが縄張りを描き、普請作事の指揮を執りました」

「見事なものだ。とくにあの石垣は大砲を撃ち込んでも崩れない。なぜなのだ」

「それには、いろいろな技があります」

楊鎬が腹を揺すって笑う。

「まあ、容易には教えてくれぬと思っていたが、教えてくれたところで、よく分からぬ」

——当たり前だ。

砲弾が撃ち込まれても崩れない高石垣を造る技術は、言葉だけでは説明できない。

基本的な構造も大事だが、石垣造りは微妙なところで細かい調整が必要で、紙に書き残せるものではない。その点については父も、「石の心を読め。さすれば自ずと、どこにどんな石を置けばよいか分かってくる」とだけ記していた。

——石とは収まるべきところに収めれば微動だにしないが、そうでないと騒ぎ出すということだ。

その言葉の意味を完全に理解するまで、藤九郎も時間が掛かった。

「なぜ、そなたを呼んだのか分かっているか」

そのことを藤九郎は聞かせてもらっていないので、嘉兵衛の顔を見た。

「この者には伝えていません」

「そうか。では申そう。今から降倭となれ。褒美は取らす」

通詞からその言葉を聞いた藤九郎は驚いた。

「私に降倭になれと——」

「そうだ。われらのために城を造れ。さすれば、そなたに一郡ぐらいは与えてやる」

――そういうことか。

ようやく己が呼ばれた理由を知った藤九郎は、きっぱりと答えた。

「降倭にはなりません」

「なぜだ。こちらに寝返れば、王侯貴族の暮らしが待っているのだぞ。城に戻れば、飢えと渇きに苦しみながら死を待つだけだ。それでもよいのか」

この時代、どの国の人間も愛国心や民族への帰属意識などなきに等しいものだった。だが日本の場合、島国ということもあり、多少なりとも国家への帰属意識がある。

「藤九郎殿、そなた次第だ」

その言葉を聞いた藤九郎は鼻白んだ。

「嘉兵衛殿、あなたは最初からこういう話をするために、私を呼んだのか」

「そうだ。あの城にいたら明日にも死ぬ。昔の誼で、そなただけでも救えぬかと思うてな。わしの鉄砲技術と同様に、そなたのような城取りはこちらにいない。それゆえ大禄が食める。悪い話ではないと思うのだが」

「呆れたな。かつての友を降倭に誘うとは」

「そうではない。これは、そなたが決めればよいことだ。すぐに返事をしろとは言わない。ゆっくりと考えたらどうだ」

「何だと。つまり私をここに拘束するのか」

楊鎬が腹を抱えて笑う。

「そなたが地獄に帰りたければ帰すだけだ。煮えたぎった鍋の中で死ねばよい」

嘉兵衛が口を挟む。

「楊鎬殿、お待ちあれ。籠城衆が城を捨てて去るなら、攻撃を仕掛けぬという条件で和談を進めるということで、よろしいですな」

「ああ、それで構わぬ。三日のうちに城を出るよう、清正に伝えろ」

「そんなことを急に言われても、それがしの一存では決められません」

「こちらの知ったことか。一月三日まで待つ。それで城を出なければ皆殺しだ」

楊鎬が吐き捨てるように言う。

「それでは、わが主にそう伝えます」

藤九郎には、そう答えるしかない。

「それでよい。もう一度聞くが、われらの国で働く気はないか。そなたの技術を明国に広げていくというのも、土工としての夢ではないか」

楊鎬の言葉が一瞬、胸を打った。

――確かに、ここで死ぬぐらいなら、その方がどれだけよいか。

だが藤九郎には、武士の誇りもあった。

――異国の王のために城が造れるか。わしの技は技を広げるためにあるのではなく、多くの兵や民を救うためにあるのだ。

「城は戦うためにあらず、民を守るためにある」

その言葉を、藤九郎は長らく「当たり前のことではないか」と思ってきた。だが、今なら父がその言葉を書き残した理由が分かる。

——父上は、守るべきは民の命、民の財産、民の暮らしだと言いたかったのだ。

「これが最後だ。悪いようにはせぬ」

「藤九郎殿、ここに残った方がよい。生き長らえれば、いくらでも城が造れるぞ。財を成して安楽な暮らしも営める。ここに残るだけで、夢はすべて叶うのだ」

嘉兵衛が笑みを浮かべて誘う。だが藤九郎は首を左右に振った。

「わが父は同じ状況で、主の信長公が築いた安土の城に殉じました。私がここで主を裏切れば、父の顔に泥を塗ることになります」

「そうか」と言って嘉兵衛が俯く。

「それなら仕方がない。苦しみ抜いて死ぬがよい。この男と一緒にな」

楊鎬が部屋の外に向かって「よし、連れてこい」と命じると、二人の兵士に腕を取られ、猿轡をされた男が、背を押されるようにして現れた。

「まさか。金宦殿か——」

楊鎬が得意げに言う。

「ああ、その通りだ。この附逆も城で死ぬことになる。わしは、ここで見せしめのために殺すつもりでおったのだが、城に入れて殺した方が見せしめになると嘉兵衛が言うのだ。確かに倭城は、附逆のような犬の死に場所にはもってこいだ。それで城に戻すことにした」

「嘉兵衛殿は戻らぬのか」

「嘉兵衛はここに残る」

「何と卑怯な――」

藤九郎が憎悪の籠もった視線を嘉兵衛に向ける。

「わしのことはもう忘れろ。わしは降倭だ。もはやこの地で生きていくしかない」

「私は、あなたのことを見損なっていた」

「何とでも言えばよい。わしの気持ちは、そなたには分からぬ」

嘉兵衛が寂しげに苦笑いする。

「あなたは、それでも武士なのか」

楊鎬がうんざりしたように言う。

「もうよい。連れていけ」

藤九郎が兵士に腕を取られて立たされる。

「嘉兵衛殿、この恨みは忘れぬぞ」

「ああ、ずっと覚えておけ。これが運命なのだ」

嘉兵衛が涼やかな笑みを浮かべる。

この後、金宦は猿轡をされたまま、藤九郎と共に蔚山城に戻された。

藤九郎の報告を聞いた清正は、「分かった」とだけ答え、それ以上のことは何も言わなかった。

二十

一月三日も曇天の上、霙が降る厳しい天気だった。

城外に設えられた和談用の亭子に、少ない供を連れて清正が向かった。それに藤九郎も付き従う。

敵方からは、楊鎬が大きな腹を誇示するかのようにして近づいてくる。

双方は型通りの挨拶を交わすと、それぞれの座に就いた。

「さて、城を退去せず、その代わりに、わしを呼び出すとは何事ですかな。よもや鬼上官と呼ばれた加藤殿が、全軍で降倭になると仰せではあるまいな」

楊鎬が余裕の笑みを浮かべたが、清正は平然と言い返した。

「城を出れば襲ってくるのは分かっている。そなたらは幾度となく約定を破ってきたからな」

通詞から清正の言葉を聞いた楊鎬が色をなす。

「心外なお言葉ですな。では、遠慮なく城を攻撃してもよろしいですね」

「構わん。攻めたければ攻めろ」

清正の態度に、楊鎬が痺れを切らす。

「それでは何のために、わしをここに呼んだのか！」

「そなたらに退却の機会を与えようと思うてな」

「退却だと」

「そうだ。わしは無益な殺生を好まぬ。そなたらが大人しくここから退くなら、追わないことを約束しよう」

楊鎬が腹を抱えて笑う。

「われらは五万の大軍。貴殿の兵は二千。血迷うたとしか思えん言葉だ」

「いかにも、城内にいる兵の数はそんなところだな」

「そなたは、どちらが主導権を握っているのか分かっているのか！」

「それは今に分かる」と言うや、清正が背後に手を振った。

何が起こるのかと楊鎬たちが茫然としていると、城内から一筋の狼煙が上がった。

すると西方の山々に、次々と日本軍の旌旗が立てられていくではないか。それは山を覆わんばかりの数になっていく。

――これは、いったいどういうことだ。

何も知らされていない藤九郎は唖然とした。

「見ての通り、わが方の後詰勢が参った」

「えっ」と言って楊鎬の目が見開かれる。

「太和江の船はすべて北岸に寄せたはず。日本軍は、いかにしてあの大河を渡ったのだ」

「戦に思い込みは禁物だ。われらは筏をすぐに造れる」

河川が多い日本では、渡河のための筏を造る技術が発達していた。

清正が鉄扇を大きく掲げる。

「わしがこの鉄扇を振れば、あの山から万余の日本軍が駆け下る」

「清正、騙したな！」

「騙してはおらぬ。これが兵法というものだ！」

「かくなる上は目にもの見せてやる」

後ずさりしつつ、楊鎬が指揮棒を振り上げた。

「筒先をすべてあの山に向けろ。敵が山を下る前に殲滅してやる！」

「楊鎬殿、すぐに撤兵するなら追撃はしない。武士に二言はない」

「何を申すか！」

指揮棒を振り上げたまま、楊鎬の手が止まった。

「砲口を開けば、必ず後悔することになる」

楊鎬の額に汗が浮かんでいる。

それに引き換え、双方の陣にいる嘉兵衛と金宦は平然としている。

――そういうことか。

藤九郎は清正が二人の要望を容れ、「連合軍が戦わずに撤兵すれば追撃しない」と約束したのだと分かった。しかし楊鎬が、ここで引くとは思えない。

「ええい、知るか！」

遂に楊鎬の指揮棒が振り下ろされた。

「この馬鹿者め」

清正は鉄扇を大きく振ると、近習と共に城内に戻っていった。それを見た藤九郎も慌てて清正に続く。金宦と嘉兵衛は目配せをすると、それぞれの陣営に分かれていった。

次の瞬間、明軍の砲口が火を噴いた。轟音が空気を切り裂き、大地が揺らぐ。振り向くと、硝煙が周囲に満ちてくるのが見える。

ところが案に相違して、硝煙が晴れた後に見えた西の山は最前と同様、何事もなかったかのように静まり返っていた。

その時、かすかに法螺貝(ほらがい)の音が聞こえ、山麓の旗幟の移動が開始された。

腑(ふ)に落ちない思いを抱きつつ、清正と共に城に戻ると、皆が無事を喜んでくれた。

「藤九郎、来い」

清正に促され、大手門近くにある三階櫓に登った藤九郎は、敵陣を眺めて啞然とした。

明軍の誇る大将軍砲の筒先が裂け、そこかしこに砲兵の手足が吹き飛んでいたのだ。

「これはいったい――」

藤九郎は息をのんだ。

「金宦、からくりを藤九郎に教えてやれ」

「承知しました」

「わしは後詰に来た連中と共に敵を蹴散らしてくる。ただし約束通り、蹴散らした後の追撃はしない。金宦、それでよいな」

「ありがとうございます」

　金宦が頭を下げる。

「では、行くぞ！」

　そう言うと清正は長烏帽子に見立てた兜をかぶると、駿馬にまたがり、大手門から飛び出していった。清正の馬廻衆がそれに続く。清正は蜂須賀・黒田両勢に「追撃無用」を伝えに行ったのだ。

　その時、明軍が布く砲列の背後で大爆発が起こった。それは次々と誘爆を起こし、人の体が吹き飛ぶのも見える。

　六万九千斤と言われる明軍の火薬は荷車に載せられ、一カ所に集められていた。ところが火薬が次々と爆発し、狂ったように逃げ惑う明兵の体を宙に飛ばしていく。これを見た明軍は、日本軍が押し寄せる前に潰走を始めた。ほぼ同時に、続々と山を下りくる日本軍の旌旗が遠望できた。かすかに喊声も聞こえる。

　先手に蜂須賀勢、二の手に黒田勢、三の手に鍋島勢と、陣列を整えた蔚山救援部隊が敵に襲い掛かる。

　日本軍に追いまくられた明軍は、瞬く間に総崩れとなった。

　東に東川、南に太和江を控え、西から攻め寄せる日本軍から逃れるには、北に逃げるしかない。しかしどこに逃げればよいかなど、硝煙の満ちた戦場では分からない。逃げ惑う明兵は東川に追い立てられる者や、太和江を泳ぎ渡ろうとする者たちで大混乱に陥った。

一方の日本軍は鉄砲を放ちつつ明軍を追い回した。

藤九郎は眼前で繰り広げられている合戦絵巻が、現世（うつしよ）のことのようには思えなかった。

「お分かりいただけたか」

「何も分からん」

「これで、この城をめぐる戦は終わりました」

金宦が拙い日本語で、ここまでの経緯を語った。

降倭となった嘉兵衛と附逆となった金宦は、朝鮮の民を引き渡した後の明軍の裏切りによって久しぶりに再会を果たし、この戦を早急に終わらせることで一致した。そこで嘉兵衛が使者となって清正の許に赴き、連合軍の包囲を解く代わりに、追撃を行わないという条件で説得すると、清正もそれに同意した。続いて連合軍の陣中に戻った嘉兵衛は、配下の者や手なずけた降倭を使って大砲の奥深くに泥土を詰めておいたのだ。

これにより連合軍の大砲が腔発（こうはつ）を起こし、そこに日本軍の反撃が始まった。さらに嘉兵衛は、火薬にも火をつけるよう命じていた。

清正はいち早く前線に押し出し、後詰にやってきた日本軍に、いったん蔚山城まで引くよう伝えた。その結果、連合軍は追撃を受けずに撤退できた。

「そうだったのか。だがなぜ、そのからくりをわしに教えてくれなかったのだ」

「万が一、明軍に囚われの身となれば、厳しい尋問を受けるからです」

「わしは口など割らん！」

藤九郎が色をなしたが、金宦はいなすように言った。

「それは分かっていますが、明軍は薬草を使って捕虜となった者を酩酊（めいてい）させ、どのように口が堅い者でも事実を語らせるのです」

「何だと――」

「彼奴らは拷問などせずに雑説を摑みます。それゆえ捕虜となった日本兵も闘志を挫（くじ）かれ、心の底から降倭となるのです。かようなからくりを伝えなかったことをお許し下さい」

そう言うと金宦は苦い顔をして続けた。

「嘉兵衛殿と私は、双方の犠牲を最小にする方策を話し合い、この結論に達したのです。私は祖国を裏切ることになりましたが、これしか方法はなかったのです」

嘉兵衛と金宦の策は見事に奏功したが、金宦は肩を落としていた。

「殿は、自ら出張って楊鎬殿に兵を引くように申し聞かせると仰せでした。しかし楊鎬殿はあのようなお方ですので、聞く耳を持ちませんでした。あそこで楊鎬殿が兵を引けば、明軍の砲術隊を犠牲にせずとも済んだのですが」

――それは無理というものだ。

いかに日本の援軍がやってきたとはいえ、あの状況で明軍が包囲を解くとは思えない。

「そなたの苦衷は分かった」

それ以外、慰める言葉はなかった。

『明史』によると、この戦いで命を落とした明兵は二万という。しかし朝鮮側の史料では、明兵の死者千四百、負傷三千と記録されている。

その後、蔚山北方の古都・慶州に逃れた明軍は、日本軍の追撃がないことを知ると、陣形を整え、まるで勝ったかのような姿で漢城まで帰還した。

やがて清正を先頭に、日本軍が城に戻ってきた。望外の大勝利に皆の顔は明るい。この夜は一部の警戒部隊を除いて、飲めや歌えの大宴会となった。

そうした中、敵陣に消えた嘉兵衛のことを思い、藤九郎は一抹の寂しさを覚えていた。

二十一

蔚山城は明軍の大砲攻撃によって石垣などが崩壊し、短期間で修復するのは困難だった。そのため清正は蔚山城を放棄し、西生浦城への撤退を独断で決定した。結局、蔚山城が使用されたのは、籠城戦の開始から終わりまでの一ヵ月にも満たない間だけだった。

——城取りとは空しいものだな。

内城の本曲輪から眼下の城を見下ろしつつ、藤九郎は感慨にふけっていた。蔚山城は内城を除いて明軍によって蹂躙(じゅうりん)され、見るも無残な有様となっていた。

──それでも内城だけでも守り抜いた。

無念の思いの中にも、藤九郎はわずかながらの達成感を抱いていた。

「兄者、どうした」

藤十郎が背後から声を掛けてきた。

「いや、この城を捨てることが無念でな」

「そのことか」と言って藤十郎もため息をついた。

「わしとて同じだ。せっかく丹精込めて造った城を、こんなに早く捨てることになるとは思わなかった」

「城とは百年以上使われるものもあれば、この城のように、たった一月(ひとつき)で捨てられるものもある」

「だがな──」と言って、藤十郎が天を仰ぐ。

「城は人のためにある。それゆえ、この城に運がなかったとは言えない。百年以上使われていても、さして人の役に立たない城もあれば、短くとも人の盾となり、十分に役割を果たしたものもある」

「たまには藤十郎もいいことを言う」

二人は寂しげに笑った。

──われら城取りは、つい「人のための城」ということを忘れてしまう。あくまで城は人のためにあり、その役に立てば、十分に命を燃やしたと言えるのだ。

藤九郎は手近の石垣に手を置き、心の中で「ありがとう」と声を掛けた。

「兄者、もはやわれらは、この城に来ることはあるまいな」

「おそらくな」

それについては全く分からない。秀吉の思惑通り、今年の雪が解けた頃、漢城への侵攻作戦が成功すれば、再びこの城を取り立てることも考えられる。

「で、兄者、めぼしいものは、すべて運び出したのだな」

「ああ、もう何もない」

「では、火をつけてよいな」

藤十郎の背後には、枯木を満載した荷車がいくつも連なり、夫丸たちが指示を待っている。

「ああ、頼む」

そう言うと藤九郎は、天守に向かって深々と頭を下げた。

藤九郎が内城を下りて舟入に向かっていると、退去の支度をしている足軽や夫丸たちが、口々に何か言いながら内城の方を指差している。すでに内城の建物が焼ける臭いは漂ってきていたので、それが何を意味するのか、藤九郎には分かっていた。

藤九郎は振り向くことなく、舟入に向かった。

撤退の支度をしていると、船着場の辺りが騒がしくなった。藤九郎がそちらに顔を向けると、狼の革で作った袖なしの上掛けをまとい、女真（じょしん）族が使うような毛皮靴を履き、革製のつばなし帽をかぶった男が、船から降りたところだった。

——まさか、嘉兵衛殿か。

嘉兵衛はかつての傍輩たちに取り囲まれ、笑い合っている。

藤九郎も嘉兵衛に会うべく駆け出したが、嘉兵衛は清正のいる陣所に向かったので、追うのをあきらめた。

嘉兵衛の後ろ姿を見送り、仕事に戻っていると、清正の使番が呼びに来た。

舟入の近くに清正は仮陣所を構えている。そこに駆けつけると、清正、嘉兵衛、金宦、そして援軍としてやってきた和田勝兵衛が、車座になって談笑していた。

「藤九郎、嘉兵衛が来たぞ」

清正が空いている座に座るよう指示する。

「先ほど大手の辺りでお見掛けしましたので、後で挨拶しようと思っていました」

「藤九郎殿には危うい目に遭わせてしまい、申し訳なかった」

嘉兵衛が頭を下げる。

「いや、それがしの方こそ、嘉兵衛殿を誤解しておりました」

「では経緯（いきさつ）は、聞いたのだな」

「わしが話した」と金宦が言う。

「嘉兵衛殿、何も知らなかったとはいえ、ご無礼の段、平にご容赦を」

「そのことはもうよい。すぐに誤解は解けると思っていた」

　嘉兵衛は涼やかな笑みを浮かべていた。

　勝兵衛が涙ぐみながら言う。

「嘉兵衛と金宦のお陰で、この城に籠もった者たちは救われた。明や朝鮮軍の方にも、命を捨てずに済んだ者が多くいるはずだ」

「そうだな」と言いながら、清正が苦い笑みを浮かべる。

「だが追撃戦を行わなかったことは、太閤殿下の耳にも入るはずだ。帰国してから、わしは大目玉を食らう」

　清正が「やれやれ」と言った調子でため息をつくと、金宦が気の毒そうに言った。

「殿には、ご迷惑をお掛けすることになりますが、人の命には代えられません」

「その通りだ」

　清正が背後に合図すると、小姓が脇差を持ってきた。

「これは、わが秘蔵の名刀だ。これを嘉兵衛に下賜する」

「ははっ、ありがとうございます」

　嘉兵衛が片膝をついて、それを受け取る。

「金宦には扶持二百石を取らす」

「えっ、それは真で」

「もはや、この国にはいられぬだろう」

「はい。附逆とされた今、殿に従って日本に参るしかないと思っておりました」

「その覚悟ができておるならよかった。わが家中を支える柱の一つになってくれ」

「ああ、何とありがたい――」

金宦が涙ぐむ。

冷徹で意志堅固な金宦も、さすがに祖国を捨てることになり、心中穏やかではなかったのだ。

「して、そなたのことだ」

清正が嘉兵衛に向かって言う。

「すでに布告した通り、いったん降倭になった者でも、もう一度わしに仕えたいという者がおれば、すべてを水に流して帰参を許す」

清正は此度の戦いで降伏してきた降倭に対し、そういう布告を出していた。もちろん捕らえられた降倭は全員、清正に付き従うと誓っていた。

「殿、ありがとうございます」

嘉兵衛が深く頭を下げた。

――嘉兵衛殿が帰参するのか！

藤九郎はうれしくて飛び上がりたかった。

「嘉兵衛殿、よかった。共に日本に帰ろう」

だが嘉兵衛は、わずかに笑みを浮かべると、首を左右に振った。

「帰るわけにはいきません」

「何を仰せか。殿が帰参をお許しになられたではないか」

嘉兵衛の口の端に、寂しげな笑みが浮かぶ。

「それがしは降倭です。降倭になると決意した時、二度と日本に戻らぬ覚悟をしました」

「嘉兵衛」と声を掛けつつ、よろよろと勝兵衛が近づいてきた。

「共に帰るのではなかったか」

「それは叶わぬことなのです」

「何を申すか。首根っこをひっ摑んでも一緒に帰るぞ！」

勝兵衛が嘉兵衛の肩を揺すったが、嘉兵衛は唇を嚙んで黙り込んだ。

なおも何か言おうとする勝兵衛を、清正が制した。

「勝兵衛、嘉兵衛の気持ちを察してやれ」

「しかし、殿――」

「嘉兵衛がどれほど故郷に帰りたいか、わしには分かる。しかし男には、どうしても曲げられぬ節があるのだ」

「殿、よくぞ分かって下さいました」

嘉兵衛が肩を震わせる。

「そなたの妻には、討ち死にしたと伝えよう」

「いえ、真のことをお伝え下さい」

嘉兵衛が声を詰まらせる。

「それでよいのか」

「はい。それがしには息子もいます。とくに息子には真を伝えておきたいのです」

「そうか」と言うと清正は立ち上がり、嘉兵衛に鉄扇をかざした。

「嘉兵衛、天晴な心映えだ」

「ありがとうございます」

嘉兵衛はその場に手をつき、頭を垂れた。

「わしは嘉兵衛を失い、金宦を得たというわけか」

金宦が胸を張って言う。

「われらは不思議なる縁に操られ、互いの立場が入れ替わることになりました。しかし、その心は一つです」

「その通りだ。国を思う気持ちは、立場が入れ替わっても変わるものではない。嘉兵衛は朝鮮のために尽くすがよい。金宦は日本のために尽くせ」

「はっ」と、二人が同時に返事をする。

──まさか、こんなことになるとは。

意外な展開に、藤九郎は茫然とした。

「藤九郎殿、短い間だったが、そなたと知り合えてよかった」

「こちらこそ――」

その場に膝を突き、藤九郎は男泣きに泣いた。

やがて蔚山城を去る時が来た。

殿軍となった加藤家中は、船上から蔚山城に別れを告げた。いまだ煙の上る内城には、一つの影が立ち、船団に向かって手を振っていた。それが誰であるかは言うまでもない。

「嘉兵衛殿！」

藤九郎が声の限りに叫ぶ。

「嘉兵衛、元気で暮らせよ！」

勝兵衛も喚くと、そこにいた皆が口々に惜別の言葉を叫んだ。

藤九郎は万感の思いを抱きつつ、嘉兵衛に別れを告げた。

その後、加藤家中は西生浦城に戻り、冬を越す支度に入る。朝鮮半島に残った諸将も、慶尚南道に散る諸城に籠もり、春が来るのを待つことになった。

一月二十六日、清正をはじめとする朝鮮在陣十三将の連名で、秀吉に戦線縮小案が提出された。

それは東端の蔚山、北端で内陸部の梁山（ヤンサン）、さらに西端の順天（スンチョン）と南海（ナンヘ）の四城を放棄すべしという内容だった。東西の距離は陸路で六十六里半（約二百六十キロメートル）、海路で八十二里（約三百二十二キロメートル）にも及び、五万に満たぬ軍勢では、互いに連携した防御ができないというのが、放棄の理由だった。

これを聞いた秀吉は激怒した。しかも許しを得ずして蔚山を放棄したのを「曲事」と断じ、軍目付の福原長尭を現地に送り、清正の責任を追及させた。

さらに蔚山攻防戦での勝利後の追撃を怠った廉で、清正は蜂須賀家政と黒田長政と共に一部所領の召し上げを申し渡された。さらに、これを認めた軍目付の早川長政と竹中重隆らには、改易処分が下された。

一方、そうした動きとは別に、春になっても日本軍は慶尚南道にとどまり、進軍も撤退もする気配を見せなかった。

実は、この頃から秀吉の体調が悪化し、しばしば人事不省に陥っていたからだ。その情報が朝鮮在陣諸将にももたらされ、諸将はあたかも秀吉の死を待つかのように、それぞれの城にとどまり続けていた。

一方、日本軍が動かぬことを知った連合軍側は大攻勢を掛け、曲がりなりにも最後は大勝利という形で、この凄惨な戦いに終止符を打とうとした。

七月、十万に上る連合軍が四道に分かれて南進を開始した。

いよいよ両軍が最後の決戦に臨まんとする矢先の八月十八日、秀吉が死去した。五大老は即座に全軍の撤退を決定するが、秀吉の死は連合軍側にも知れわたり、撤退戦が行われるのは避け難い情勢となった。

　それでも、この後に勃発する順天・泗川両城攻防戦において、鉄砲を主力とした日本軍の攻撃力は衰えず、連合軍に付け入る隙を与えない。

　とくに泗川城攻防戦では、敗走すると見せかけて敵を城近くまで引き寄せた島津勢が、反転逆襲に転じ、三万八千七百十七という首級を挙げるほどの大勝利を収めた。

　最後の撤退戦となる露梁海戦では、順天城に釘付けにされた小西勢を救うべく、順天に向かった島津水軍が、狭隘な水路で待ち受ける敵水軍に突入し、明水軍に壊滅的な打撃を与えた上、朝鮮水軍を率いる名将・李舜臣を討ち取るという殊勲を挙げた。

　ただし島津家の記録である『征韓録』では、この戦いで戦死した士分二十六名の名を挙げて「其外戦死の人々多し」とし、決して日本軍の一方的勝利ではなかったことを伝えている。

　その結果、十一月から十二月にかけて、撤退は大きな混乱もなく行われ、前後七年に及ぶ不毛な戦いは終わりを告げた。

　藤九郎がまどろんでいると、肩を激しく揺する者がいる。

「兄者、見えたぞ」

「何がだ」

「日本だ。対馬が見えてきた！」

　皆、舳の方に走っていく。

――日本に帰ってきたのか。

　藤九郎には実感がわいてこない。

　皆、歓喜の声を上げ、互いに抱き合ったり、肩を叩き合ったりしている。中には、その場に座り込み、涙ぐむ者さえいる。

「兄者、あれだ」

　藤十郎に促され、藤九郎もはるか彼方に見える点を見つめた。

　それは青々としており、明らかに半島の島々とは違っていた。

「間違いない。対馬だ」

　突然、万感の思いが押し寄せてきた。

「われらは帰れたのだな」

「ああ、殿と一緒に帰ってきたのだ！」

　歓喜の輪はほかの船も同じで、誰もが激しく手を振り、口々に何事か喚いている。

　――日本に帰ってこられたということは、また城が造れるということだ。

　たつの顔が脳裏に浮かぶより前に、藤九郎はそのことを思った。

　その時、曇天の隙間から日が差し、海を照らした。

「無量光だ。仏がわれらの帰還を祝福しておられるのだ！」

　誰かが大声で叫ぶ。

　続いて「南無妙法蓮華経」という題目を唱える声が聞こえてきた。

藤九郎と藤十郎も遅れじと題目を唱えた。その声は幾重にも重なり、船に当たるうねりの音を凌駕(りょうが)するほどになっていった。

――わしは日本一の城を造ってみせる！

藤九郎は喩えようもない感激に包まれ、懸命に題目を唱えた。

第三章　日之本一之城取

一

慶長三年（一五九八）十二月、隈本百貫石の沖合に錨が下ろされると、群がるように伝馬船が押し寄せ、武士たちを乗せていく。

差配役から「普請作事方はあの船に乗れ」と指示されたので、藤九郎は配下の者たちと一緒に指定された伝馬船に乗った。

船が陸に近づくと、港に人が溢れているのが見えてきた。

「おーい、帰ってきたぞ！」

「わしじゃ、わしじゃ！」

船上にいる者たちは、口々に何かを喚いては港に群がる人々に手を振っている。

藤九郎も人の頭の間から群がる人々を見たが、距離があるので顔など判別できない。

その時、隣にいた藤十郎が「あっ」と声を上げた。

「兄者、あれを見ろ」

「えっ、どこだ」

藤十郎の指差す方を見た藤九郎は、あんぐりと口を開けた。

そこには幟（のぼり）が掲げられ、風に揺れていた。

「まさか『日之本一之城取』、と書いてあるのか」

「ああ、どうやらそのようだ。つまり兄者のことだぞ！」

その幟は上下に激しく揺れている。幟の竹竿（たけざお）を持つ者が飛び跳ねているらしい。

「ということは――」

二人が声をそろえる。

「又四郎か！」

桟橋が近づくと、先ほどまで豆粒ほどにしか見えなかった人々の顔が、次第にはっきりしてきた。

伝馬船が桟橋に着けられ、最初の一歩を踏み出すと、感激が押し寄せてきた。

――ここは日本なのだな。

人垣の向こうには、緑溢れる山々が見えている。それは半島で見慣れた禿山（はげやま）とは明らかに違う。

「兄者、あの幟はやはりそうだ！」

藤十郎が人をかき分け、幟の方に向かっていく。藤九郎もそれに続いた。

すでに前後左右では、悲喜こもごもの人間模様が渦巻いていた。というのも足軽小者は書簡を出すことを許されていないので、誰が帰国できて誰が帰国できないかは、事前には分からない。すなわち身分が低い者の縁者は、港で夫や息子の安否を確かめるしかないのだ。

妻子との再会に歓喜している者もいれば、親兄弟や妻子の姿を捜す者もいる。

人垣の向こうで「又四郎、ここだ。ここにおるぞ！」という藤十郎の声が聞こえた。藤九郎が人垣をかき分けて進んでいくと、藤十郎が又四郎を肩車している。又四郎は満面に笑みを浮かべ、先ほどの幟を振っている。

藤十郎がおどけて言う。

「おっ、『日之本一之城取』が参ったぞ」

「あっ、義兄上！」

「又四郎、出迎え大儀」

その時、又四郎たちの向こう側に、嫁のたつと妹の里の姿が見えた。

「たつ、里、帰ったぞ」

二人が目頭を押さえながら近づいてくる。釜山から「無事」を伝える書簡を出していたので、二人は落ち着いていたが、実際に藤九郎の姿を見て安堵したのだろう。手を取り合って泣いている。

藤九郎の前に立ったたつが、腰を折って挨拶する。

「お帰りなさいませ」

「ああ、帰ってきた。わしは帰ってきたぞ！」

肥後国の山野に向かって、藤九郎は大声で帰還を告げた。

その後、隈本城下の家に戻ると、近所の人々が歓呼をもって迎えてくれた。藤九郎が普請作事に辣腕を振るったことが、家中にも知れわたっていたのだ。

その一方、すべての船が着いたことで、自分の身内が帰らないと分かった人々の家は、ひっそりと静まり返っていた。加藤家中からは、「正式な通達があるまで待て」と言われているが、個々の消息は明らかだった。

隈本城下は、見事なまでに明暗が分かれていた。

そのため木村家では祝い酒を控えめにし、静かな夕餉となった。

そこにやってきたのは、かつて一緒に仕事をした源内と佐之助だった。二人は朝鮮に渡ることなく、国内の街道の整備などに携わっていたという。

この時、二人から北川作兵衛が亡くなったと聞いた。名護屋城の普請作事以来、作兵衛の体調は優れず、寝たり起きたりの生活だったという。半島に渡る際に挨拶に行ったが、少し見ぬ間に作兵衛は衰弱しており、「もう長くはない」と思ったことを覚えている。ただ作兵衛には十代後半になる息子がおり、同じく作兵衛を名乗って跡を継ぐことになったという。

祝いに駆けつけた知人たちが帰り、身内だけになった時、藤九郎が「義父上の許に挨拶に行かねば」と言うと、たつと又四郎が寂しげな顔で、弥五郎の様子を教えてくれた。それによると弥五郎は半年ほど前に体調を崩し、床から起き上がれなくなっているという。

清正から新たな仕事を言いつけられる前に、藤九郎は木葉村に行こうと思った。

木葉村に向かう前に、藤九郎には、どうしても行っておきたい場所があった。

加藤清正の入部以前は農家が点在するだけだった隈本城下に、清正は商工業者を集めようとしていた。そのため坪井川と白川の間に碁盤の目のような町を造る計画があった。それが後に細工町、米屋町、紺屋町、呉服町、魚屋町、塩屋町といった業種ごとに整理された町になっていく。

一方、武家屋敷は塩屋町から後に新町と呼ばれる一帯に広がっていた。その一角に下級武士を集住させた長屋がある。長屋といっても、一つの区画が七十坪ほどある庭付きの一軒家だ。

通りすがりの人に聞きつつ、ようやく場所を探り当てると、頬かむりをした女性が一人、大掃除をしていた。それを手伝っているらしき少年が藤九郎の方を指差し、女性に何か言っている。

「ご無礼仕ります」

「あっ、どちら様ですか」

そのあどけなさの残る女性は、いまだ二十代前半のように思われた。

藤九郎が名乗る。

「あなた様が木村藤九郎様ですね。夫からよく話を聞いておりました」

「これまでご挨拶に来られず、申し訳ありませんでした」

藤九郎が深く頭を下げる。

「今日は夫のことでしょうか」

藤九郎がうなずくと、女性は家の中に通してくれた。

「散らかっていて申し訳ありません。お役人様から嘉兵衛の死が正式に伝えられ、この家も明日には空けねばならないのです」

厳しい措置かもしれないが、こうした長屋は、主人が死ぬと立ち退かねばならない。

「そうでしたか。それで掃除を――」

「はい。それが次に入られる方への礼儀ですから」

――嘉兵衛殿は、ここに住んでいたのか。

それを思うと感慨深いものがある。

「こちらが息子の勘一郎です」

「息子さんがいることは嘉兵衛殿から聞いていました。こんなに大きくなったのですね」

「はい。もう七つになります」

「佐屋勘一郎と申します」

少年は威儀を正して一礼した。

「そうか。嘉兵衛殿もよき息子さんを持たれたな」

「ありがとうございます。この子が生まれたばかりの頃、嘉兵衛が渡海してしまったので、この子は嘉兵衛のことを覚えていないんです」

「そうでしたか。でも嘉兵衛殿によう似ている」

勘一郎は嘉兵衛同様、目鼻立ちがはっきりし、いかにも聡明そうだ。

「それで藤九郎様は、嘉兵衛の最期をご存じなのですか。上役の和田様からはどこで死んだのか、どうして死んだのかなど、何も教えていただけないんです」

「今日は、そのことで参りました。実は和田様から、嘉兵衛殿のことを伝えるよう仰せつかっております」

「そうだったんですね」

「まずはこれを――」

藤九郎が嘉兵衛から預かった書簡を渡す。

「これは嘉兵衛の――」

そこに書かれた文字を追いながら、嘉兵衛の妻の顔色が変わる。

「嘉兵衛は――、嘉兵衛は生きているんですね」

その言葉に、傍らで畏まっていた少年も身を乗り出した。

「はい。その通りです」

藤九郎が顚末を話すと、嘉兵衛の妻の瞳から大粒の涙がこぼれた。

「どうして――、どうして帰ってこなかったのですか」

「嘉兵衛殿には矜持があります。たとえ殿が赦免したとはいえ、一度でも味方を裏切ったことが許せなかったんでしょう」

「でも、私たちがいるのに――」

「嘉兵衛殿も断腸の思いだったはず」

嘉兵衛の妻が嗚咽を堪えながら言う。

「しかもここには、『お前はまだ若い。どこぞの家に再嫁し、新たな果報（幸せ）を見つけてくれ』と書かれています」

「そうでしたか」

――もう戻るつもりはないのだな。

嘉兵衛の決意が堅固なのは間違いない。たとえ気が変わっても、国交が断たれた状態の両国間に船便はなく、もはや帰ってきたくとも帰ってこられない。

「これも運命なのでしょうか。それではあまりに――」

嘉兵衛の妻がその場に突っ伏す。その背を勘一郎と名乗った少年がさすっている。

その悲痛な姿に、藤九郎は慰めの言葉一つ掛けられなかった。

「悲しい話をしてしまい、お詫びいたします。ただ嘉兵衛殿から『生きていることを伝えてくれ』と頼まれたので、ここまで足を運びました」

藤九郎が一礼して去ろうとすると、嘉兵衛の妻が涙を拭いて言った。

「取り乱してしまい申し訳ありませんでした。でも、もう心配は要りません。私には、この子がいます。この子が一人前になるまで、どんなに苦しくても頑張ります」

「その意気です。嘉兵衛殿も――」

藤九郎が力を込めて言う。

「きっと、それを望んでいるでしょう」

「この度はお越しいただき、ありがとうございました。これで嘉兵衛の様子もよく分かりました。この子に――」

嘉兵衛の妻が、勘一郎を前に押し出すようにして言う。

「何かありました時は、木村様を恃みとしてもよろしいでしょうか」

「もちろんです。何なりとご相談下さい」

「何とお礼を申し上げてよいか――。どうか、よろしくお願いします」

嘉兵衛の妻が深く頭を下げる。

藤九郎が立ち上がると、勘一郎が「そこまでお送りします」と言って先に立った。

二人で表口まで来た時、勘一郎の肩に手を置いた藤九郎が、「父上の名に恥じぬ立派な武士になれ」と言うと、勘一郎が「はい」と答えて強くうなずいた。

「よし、それでよい。ただし戦がなくなれば、武士という仕事だけでは食べていけぬ。

その時は、土地を耕して糧を得ることになる。その覚悟だけはしておくのだぞ」

嘉兵衛は世襲が認められていない足軽階級なので、勘一郎の身分は保証されていない。

「実は此度の戦いで、武士の過酷さがよく分かりました。それで私は、武士をやめて百姓になろうと思っています」

「そうか。それも一つの道だ」

「でもうちには、耕したくとも土地がなく、豪農の小作になるしかないのです」

それが、此度の戦いで親を亡くした下級武士の子弟の現実なのだ。

「そうだな。わしにはどうしてやることもできないが、何かあれば相談してくれ」

「はい。そうさせていただきます。父がお世話になり、ありがとうございました」

「こちらこそ嘉兵衛殿には世話になった。また会おう」

藤九郎は勘一郎の肩を叩くと、佐屋家を後にした。

二

「義父上、お加減はいかがですか」

藤九郎の声に、弥五郎がわずかに目を開けた。

「まさか――、帰ってきたのか」

「はい。何とか帰り着けました」

「よかった」

ほっとしたようにため息をつくと、弥五郎が続けた。

「向こうは、地獄のようだと聞いたが」

「はい。とても帰れるとは思いませんでした」

渡海した者の約四人に一人、加藤家中は約三人に一人が半島に骨を埋めることになった。しかも戦死ではなく、大半は凍死や風土病でこの世を去っていた。

「よくぞ生きて――」

弥五郎が咳き込む。それを見た妻が、弥五郎の上半身を起こして水を与えた。それで咳は治まったが、弥五郎の目の下には青黒い隈ができ、肌も土気色をしている。

――これが死相というものか。

精悍そのものだった弥五郎の変わり果てた姿に、藤九郎は言葉もなかった。

弥五郎がたどたどしい口調で言う。

「藤九郎殿が帰ってこられたのも、神仏のご加護のお陰だ」

「はい。たつからもらった藤崎八旛宮のお守りが、私を守ってくれました」

藤九郎が首から下げた守袋を示す。すでにそれは汗と汚れで、「藤崎八旛宮」と書かれた文字さえ判別がつかなくなっていた。

「よかった。本当によかった。こちらでも菊池川の付け替えがうまくいき、溢れ水がなくなり、新田が増えた。皆は藤九郎殿のことを神仏のように崇めている」

「私などは一介の職人です。職人は託された仕事を全うするだけです」

「見事な心映えだ」

　弥五郎の瞳から一筋の涙が流れる。

「積もる話は山ほどある。だが、わしは長くはない」

「何を仰せで──」

「いや、慰めは要らん。自分の体は自分が最もよく分かっている。ただ心残りなのは、又四郎の行く末を見られぬことだ」

「そのことなら、心配は要りません。私が後見して義父上の跡を継がせます」

「いや、そうではない。又四郎をこれへ」

　藤九郎の背後に控えていた又四郎が、膝をにじって前へ出る。

「父上」と言ったきり、又四郎が言葉に詰まる。

「又四郎、そなたは百姓になるのが嫌だと言っていたな」

「いえ、そんな──」

「本心を隠さずともよい。そなたは藤九郎殿に付き従い、城取りになりたいのであろう」

　唇を嚙んでうなだれた又四郎を見て、藤九郎が諭すように言う。

「又四郎、そなたは義父上の跡を継ぎ──」

「いや、待ってくれ」

　弥五郎が藤九郎を制する。

「わしもよく考えた。子が可愛ければ、好きな道を歩ませてやるのが、親ではないかとな」

藤九郎が唖然とする。

「義父上、ということは、又四郎が跡を継がずともよいと仰せですか」

「うむ。すべてを子に押し付け、この世を去るのも気が引ける」

「しかし菊池川の付け替えによって、この周辺の収穫は安定してきました。それでも、この土地を他人に譲られるのですか」

「ああ、構わぬ。わしの死後、あちらで死んでいった足軽小者の方々の次三男に田畑を分け与えてやることで、少しは皆の役に立てる」

「そこまでお考えだったのですね」

その時、藤九郎の脳裏に嘉兵衛の遺族のことが浮かんだ。

「義父上さえよろしければ、以前、わが婚礼に駆けつけてくれた佐屋嘉兵衛殿のご遺族を、この地に入れたいのですが」

「そうか。あの御仁は、あちらでお亡くなりになったのか」

「いや、それには事情が――」

藤九郎が嘉兵衛の消息を伝える。

「見事な覚悟だ。それほどのお方のご遺族に、この地を耕していただけるなら本望だ」

「ありがとうございます」

藤九郎が又四郎に向き直る。

「又四郎、義父上はそなたの望みを聞き入れて下さるそうだ。しかしそなたの気持ち次第だ。やはりそなたが家を継ぎ、この地を耕して生きるというなら、それはそれでよいことだ。そなたの気持ちを聞かせてくれ」

又四郎は正座し、両手を膝に置いている。俯いているので表情までは分からないが、その両手の甲が震えている。

弥五郎がかすれた声で言う。

「又四郎、構わぬ。忌憚のないところを聞かせてくれ」

「はっ、私は――」

又四郎は顔を上げると決然として言った。

「城取りになりとうございます」

「そうか」と言って弥五郎の顔に笑みが広がる。

だが藤九郎は、又四郎に言っておかねばならないことがいくつかある。

「又四郎、城取りは技によって禄を食む仕事だ。しかし此度の唐入りで、わしは幾度となく危うい目に遭った。つまり死と隣り合わせの仕事でもある。それでもよいか」

「構いません」

又四郎がきっぱりと言う。

「それだけではない。いかなる無理難題を申し付けられても、いかなる厄介事（難問）

が立ちはだかっても、城取りは設けられた期限までに城を築かねばならぬ。言い訳もできないし、他責にもできない。石の切り出しが遅れても、大工の頭数がそろわなくても、すべては城取りの責になる」

「分かっております」

又四郎の目を見れば本気なのは分かる。だが藤九郎は、念だけは押しても押し足りないと思っていた。

「城取りはたいへんな重荷を背負っている。万が一、地震で建物や石垣が崩れれば、城取りが責を負うことになる。ましてや敵に攻められ、落城ともなれば――」

藤九郎が言葉を切る。そうした言葉を口にすることで、藤九郎も初めて自分の仕事の責任の重さを痛感したのだ。

「城取りは、城と命運を共にせねばならぬ」

「はい。覚悟はできております」

又四郎が言い切る。

「分かった」と答えた藤九郎は、弥五郎に向かって言った。

「又四郎はかように申しております。城取りになることをお許しいただけますか」

「ああ、許す。藤九郎殿の迷惑になるかもしれんが、又四郎を頼む。もしも才覚がないと見抜いたら、また覚悟が足りないと感じたら、どこにでも放逐してくれ」

「分かりました。又四郎の一身お預かりしました」

「ああ、煮るなり焼くなり好きにしてくれ」

弥五郎が笑った。だがその拍子に咳き込んだので、弥五郎の体を横にして背をさすってやった。

「藤九郎殿、すまぬな」

再び弥五郎が涙ぐむ。

「わしは又四郎が一人前になる姿も見られず、また、そなたとたつの子の顔も見られずに死なねばならん。だがこれも運命（さだめ）だ。男なら胸を張って運命を受け容れる」

藤九郎の背後からはすすり泣きが聞こえる。嫁のたつと藤九郎の妹の里だ。時折、洟（はな）をすするのは藤十郎に違いない。

「義父上――」

藤九郎が感極まったように言う。

「いつか又四郎と日本一の城を造ってみせます」

「そうか。それを一目見たいものよの」

そう言うと弥五郎は目を閉じた。

翌日、皆に看取（みと）られ、弥五郎は冥府（めいふ）へと旅立っていった。

三

文禄・慶長の役も終わり、誰もが国内に静謐が訪れると思っていた。しかし朝鮮陣での豊臣家中に入った亀裂は、海を越えて国内に持ち越された。

十二月二日、博多に着いた清正は、本国の肥後にも寄らず上洛の途に就いた。

この時、一足先に帰国していた石田三成が、博多に着いたばかりの諸将に「明年入京すれば茶会を開いて慰労しましょう」と告げたところ、清正は立腹し、「わしなど他国で七年も苦労したが、一文の金ももうからず、茶や酒さえない中で過ごしてきた。それゆえ、ただ稗粥をもって答礼するのみ」と答え、険悪な雰囲気が漂った。

これが大きな波紋となっていくが、それでも清正は、隈本の城下町の建設を忘れてはいなかった。

すでに清正は、武家屋敷となる新町を囲むように土居と堀による惣構を造るよう三宅角左衛門に命じていたが、「商人町の建設を急げ」という新たな命を出した。これにより藤九郎たちは、新町に隣接する古町一帯に本格的な商人町を造ることになった。

古町にすでに集住していた商人たちを、いったん末町に移住させて区画整理を行った藤九郎は、新たな商人町の建設に着手した。

ところが慶長四年（一五九九）の正月が明けると、風雲は急を告げてきた。

「なんと、殿に呼ばれて大坂に行くだと！」

　藤十郎が驚く。

「ああ、すぐに来いとの仰せだ」

「でも、何をしに行く」

「殿は大坂屋敷と伏見屋敷を、より堅固なものにしたいらしい。それ以上、詳しいことは聞かされておらん」

「そうか。いずれにせよ大坂に行くということは、大坂の城が見られるではないか」

「そうなのだ」

　大坂城第一期工事は天正十一年（一五八三）九月頃から開始され、翌年八月、秀吉が本丸御殿に入ることで終了する。

　第一期工事は、内堀に囲まれた本丸地区の普請と作事が主であり、残存していた石山本願寺の石垣や堀を再利用したため、規模の割には短期間で終わっている。この時、外観五層・内部八階の望楼型天守も上げられた。

　天正十四年（一五八六）二月、秀吉は第二期工事を開始した。この工事は本丸地区を取り囲む二之丸の構築が目的で、二之丸堀は堀幅八十メートル、石垣の高さは三十メートルという途方もないものとなった。

　天正十六年（一五八八）三月頃までに第二期工事を終わらせた秀吉は、天正十八年

（一五九〇）の小田原城で見た惣構の有用性に目を付け、第二期工事の終了から六年も経った文禄三年（一五九四）、第三期工事に着工する。

第三期工事は全長八キロメートルにも及ぶ惣構を構築し、三之丸と呼ばれる城下町地区を囲繞（いにょう）することを目的としていた。これにより大坂城は、八キロメートルに及ぶ惣構堀に囲まれた総面積四百万平方メートルという前代未聞の規模の城となった。

これまで大坂城を見たいと思ってきた藤九郎だが、一度もその機会は訪れなかった。だが、ようやくその機会がめぐってきた。上方の情勢が緊迫したものになりつつあるので、どうなるかは分からないが、遠くから眺めるだけでも構わないと思っていた。

藤十郎が鼻息荒く問う。

「それで出発はいつだ」

「次の船便なので、二日後だ」

「それまでにやっておかねばならないことが、山ほどあるな」

「それはそうなのだが――」

藤九郎は思い切って言った。

「此度は、わしだけで行く」

「えっ、どういうことだ」

「そなたには、わしの代わりを務めてもらう」

「つまり、隈本に残れと言うのか」

「そうだ。わしの代わりが務まるのは、そなたしかおらぬからな」

藤十郎が浮かし掛けた腰を下ろす。

「そいつはうれしい言葉だが、側役（補佐役）がおらぬと、向こうで苦労するのではないか」

「うむ。だから此度は又四郎を側役として連れていく」

「又四郎を──。奴に側役が務まるのか」

「何事も経験だ。そなたに大坂城を見せられないのは残念だが、こちらにも仕事が山積している。それをすべてそなたに託したい」

藤十郎が満面に笑みを浮かべる。

「分かった。兄者の目はわしの目だ。兄者が大坂城を見れば、わしが見たも同じだ」

「そう言ってくれるか」

藤十郎はすぐに気持ちを切り替えてくれた。それが藤九郎にはうれしかった。

「こちらのことは任せてくれ。兄者のようにうまくやれるかどうかは分からんが、できる限りのことはやる」

「分かっている。そなたを信頼している。好きなようにやれ」

藤十郎が涙ぐむ。

「われら兄弟、初めて別々の仕事をするんだな」

「ああ、そうだ。そなたが一人前になったからだ」

「よし、やってやる！」

藤十郎が胸を叩いた。

「その意気だ。早速だが——」

藤九郎が図面を開く。

「城の中核部を造る前に外辺部の守りだ。殿は『外から造れ』と仰せだからな。そこで白川の南の加勢川に治水を兼ねて大きな江丸（堤防）を造ろうと思う」

「つまり土塁兼江丸だな」

「そうだ。さらに南の緑川は御船川と合流させて水量を豊富にする。さすれば外堀の役割を果たしてくれるはずだ」

「いわゆる島津対策だな」

「そういうことになる」

二人の談議は深夜にまで及んだ。藤九郎は自らの考えを懇切丁寧に藤十郎に伝えた。

翌日、大坂に連れていくことを又四郎に告げると、又四郎は口をあんぐりと開けた後、飛び上がらんばかりに喜んだ。

数日後、藤九郎は又四郎を従え、百貫石から船に乗り、一路大坂を目指した。

四

——これが大坂城か。

慶長四年正月下旬、大坂を初めて訪れた藤九郎は、その城の巨大さに足がすくんだ。

それは又四郎も同じらしく、天守の方を眺めて息をのんでいる。

「藤九郎さん、これが城なのですか」

「ああ、城だ。間違いなく城だ」

「大坂の町全体が城なんですね」

藤九郎は、その燦然と輝く天守を茫然と眺めるしかなかった。

やがて一行は外曲輪に着いた。

大坂城内とくに二之丸内に入るのは容易ではない。だが藤九郎たちが行くのは、大坂城外曲輪の内町にある加藤屋敷なので、外曲輪に入る時、惣構にある内町門で一度だけ過書（通行手形）を提示するだけで済んだ。

着到の報告をすると早速、清正が会いたいという。藤九郎は旅装を着替えただけで荷も解かず、清正が待つという対面の間に駆けつけた。

「木村藤九郎、参上仕りました」

「よくぞ参った」

清正の顔はいつになく憔悴していた。

「殿、お顔に心労が表れているようですが、いかがなされましたか」

「やはりそうか。久しぶりに会う者は、誰もがそう言う。よほど疲れているように見え

「それがしに政（まつりごと）は分かりませんが、いったん国元に引き揚げ、しばし養生なされたらいかがでしょうか」

「心配は要らん。それより、そなたを呼びよせた理由を教えてやる」

清正は帰国後の情勢変化を詳しく語った。

慶長三年十二月、清正をはじめとする朝鮮在陣諸将の引き揚げが完了した。博多に戻った諸将に対し、石田三成は「いったん帰国し、年が明けたら伏見に来てほしい」と告げたが、得るものが全くなかった外征の結果と石田三成ら奉行衆への不信感から、双方の雰囲気は最悪だった。

翌慶長四年正月、大老と奉行は秀吉の置目（遺命）を奉じて秀頼を大坂城に移し、後見の前田利家もこれに従った。

一方、徳川家康は伏見にとどまって豊臣家の執政として政務を統括し、奉行衆は大坂と伏見を往復して双方の調整に努めるという新体制、いわゆる「秀吉遺言覚書体制」が発足した。

だが半島で芽生えた豊臣家中の軋轢は、新体制下でも続いていた。

「弥九郎（小西行長）や治部少（石田三成）が、わしを陥れようとしたのは事実だ。しかしわしは弥九郎を救いに順天城（順天倭城）に向かった。幸いにして弥九郎の脱出が成ったと聞き、途中から引き返したが、帰国すると、あたかもわしが弥九郎を見捨てきたかのように吹聴する輩がいる。しかも弥九郎は帰途に寄った釜山の本営が焼き払われていたことに怒り、わしの嫌がらせだと騒ぎ出した。引き揚げに際して城を焼くのは定法だ。わしは弥九郎が釜山に寄るとは聞いていなかったからな」

清正の話を冷静に聞いていると、双方には抜き難い憎悪の念があり、互いの行動を悪意から出ているものと誤解しているのに気づいた。

「僭越ではございますが、なにぶん戦の時は誤解が生じやすいもの。帰国して時を経れば、小西殿とも奉行衆とも力を合わせていけるのではないでしょうか」

「そうであればよいのだがな。治部らは徒党を組み、前田殿を担いで内府（徳川家康）を政権から追放しようとしている。内府は亡き殿下が生前、執政に任命されたのだ。それを排斥するということは、殿下の遺命に背くことになる」

「はあ」

政治状況は日々刻々と変わっており、最新の情勢に疎い藤九郎は相槌を打つしかない。

「それだけならまだしも、大坂城内に不穏な動きがあるという雑説も入ってきている。それゆえわしは内府を守るべく、明日にも兵を引き連れて伏見に移ろうと思っている」

「伏見に――」

「そうだ。福島（正則）、浅野（幸長）、黒田（長政）らと力を合わせ、大坂方の攻撃に備えるつもりだ」

「そこまで事態は緊迫しているのですか」

「うむ。もはや抜き差しならないところまで来ておる。そこでだ――」

清正が鋭い視線を藤九郎に向ける。

「わしが不在となれば、この屋敷もいつ何時、奉行らに押さえられるか分からぬ。しかし何の抵抗もせずに、明け渡すわけにはまいらん。そこで、わしが戻るまでに屋敷の堀を深くし、塀を高くし、多数の櫓(やぐら)を建てるなどして、構えを厳にしてほしいのだ」

「それは分かりましたが、もしも普請作事が終わらぬうちに、敵が来たらいかがいたしますか」

「この屋敷には、留守居役とわずかな兵しか残さない。その時は屋敷を焼いて退去せよ」

「承知しました。それで留守居役には、どなたを指名なされるのですか」

「ああ、そのことか」

清正がにやりとする。

「そなたに任せたい」

藤九郎が息をのむ。

「ここにいる宿老(おとな)どもは伏見に連れていく。飯田、森本、大木らは国元にいる。ここで留守居役が務められそうなのは、そなたしかおらん」

「しかし、それがしは一介の城取りです」

「ははは」と清正が高笑いする。

「城取りに留守居役が務まらぬという理屈はあるまい」

「まあ、そうですが――」

「案じずともよい。奉行どもも馬鹿ではない。よほどのことがない限り、戦にはならぬ」

「それを聞いて安心しました」

清正が持っていた扇子で脇息を叩く。

「そのうちわしは大坂に戻る。その時、そなたは伏見に移り、同様に屋敷の構えを堅固にしてほしい。その時は伏見屋敷の留守居役も任せたい」

「承りました」

藤九郎と背後に控える者たちが深く平伏する。

「いずれにせよ、太閤殿下亡き今、何が起こるか分からん。気を引き締めて事に当たれ」

「はっ、留守居役を承ったからには、つつがなく仕事を全ういたします」

「任せたぞ」

清正の瞳は、藤九郎に対する信頼に溢れていた。

朝鮮陣で生じた清正ら武断派と石田三成ら文治派の対立は、帰国後さらに深刻になりつつあった。その混乱は徳川家康と前田利家を巻き込み、豊臣家中の分裂へと進んでいった。

だが事は、それだけでは済まなかった。

家康が秀吉の遺命を破り、諸大名との間に婚儀の話を進めていたのだ。これには前田利家も立腹し、双方の間に大きな疑心暗鬼が生じ始めた。

正月十九日、利家ら大老と五奉行による詰問使が伏見に下向する。本来なら、この使者たちに家康が謝罪すれば済む話なのだが、逆に家康は激怒する。

家康は婚姻を進めていたことを棚に上げ、「異心ありと言われても全く身に覚えがない。どこの誰が家康謀反を言い立てているのか。はっきりさせてほしい」と詰問使を叱責した。

この剣幕に驚いた五奉行は二月二日、そろって頭を丸めた。さらに家康を除く四大老と共に、豊臣家の執政である家康に忠節を尽くすという起請文を提出する羽目に陥った。結局、家康が武力を背景にして押し切ったのだ。

その後、家康と諸大名の子弟間の婚儀は滞りなく進められ、奉行衆は屈服を余儀なくされた。

一連の騒動は家康の勢威の大きさを示すことになり、三成ら奉行衆は面目を失った。

このままでは亀裂が深くなるばかりと思った利家は二月二十九日、伏見に赴いて家康と面談し、豊臣家の行く末を語り合った。さらに三月十一日、今度は家康が大坂に赴き、病床にあった前田利家を見舞うなど、事態は沈静化に向かっていた。

ところが三月下旬、大坂屋敷の普請作事を終えた藤九郎が伏見に赴こうとしている矢先、何の前触れもなく清正が大坂屋敷にやってくると、「明日登城する。わしに従え」

と告げてきた。

五

清正によると三月二十六日、家康が大坂方と対立する意思のないことを明らかにするため、伏見城から向島城に移ったという。

向島城とは秀吉在世時に別荘として造られた小城で、巨椋池の中にある向島に築かれていた。この城は豊後橋と呼ばれる橋だけで伏見とつながっており、その橋を落とせば防御力は高まるものの、周囲から孤立する位置にあり、大坂方を安心させるには理想的な立地だった。

清正が言う。

「内府が一歩引いたことにより、奉行どもは面目を保つことができ、一息ついていることだろう。それゆえこの機に登城して上様（秀頼）に拝謁し、内府への誤解を解こうと思う」

「しかし城内には、石田殿もおられるのでは」

「もちろんだ。太閤殿下健在の頃から、拝謁したいと申し出ても断られてきたわしだ。此度もそうなるだろう」

「では、いかがなされるおつもりか」

「わしには策がある」

清正が薄く笑う。おそらく成算があるのだろう。

だが清正の供をするということは、ただの物見遊山ではない。いつ何時、藤九郎も槍（やり）を取って戦うことになるかもしれないのだ。

「むろん、そなたの身の安泰は約束できない。取り囲まれて討ち取られるかもしれない。もし嫌なら嫌と――」

「いえ、お供させていただきます」

「それがよい。この機会に大坂城をじっくりと見ておけ」

「はい。あれほどの城の本丸に入れる機会など、めったにありません。万が一、城内で死んでも悔いはありません」

「よくぞ申した。そなたも加藤家中だな」

清正が高笑いする。

加藤家の武士は清正の名に恥じない出処進退をせねばならず、少しでも怯懦（きょうだ）の心を持ったり、卑怯（ひきょう）な振る舞いがあったりすれば、腹を切らねばならなくなる。

「よろしくお引き回しのほどを」

「よし、登城は明日だ」

この夜、藤九郎は興奮し、なかなか寝つけなかった。

翌朝、清正一行五十人余が外曲輪の内町にある屋敷を出た。本町（ほんまち）橋から西惣構堀を渡り、二之丸に通じる大手門で過書を示すと、門衛たちは「しばし待たれよ」と言って奥に消えた。

駕籠を降りた清正は床几に座り、小姓に大扇子であおがせていると、甲冑姿の一団が駆けつけてきた。

「加藤殿、久方ぶりですな」

「おお、速水殿か。これは話が早い」

大手口の警備に当たっていたのは、秀頼の身辺警固を担う大坂城七手組頭の速水守久だった。

守久は清正より八つ若く三十歳になる。清正は武辺者の守久を可愛がり、守久も清正を慕い、二人は良好な関係を築いていた。

「本日、ご登城とは聞いておりませんが、いかがなされましたか」

「臣下たる者、いつでも登城する心構えが必要だ」

「それはそうですが、大名の不時登城は許されておりません」

守久が弱り顔で言う。

「かつてわしが近習で、そなたが小姓だった長浜城時代、城内で小火があった。皆は不時登城できぬと言って、大手門前で門が開くのを待っていた。だがわしはそなたを誘い、築地塀を乗り越えて城内に入った。その時、城内の警固に当たっていた足軽が、われらを曲者と勘違いして襲ってきた。わしとそなたで三人まで叩き伏せ、そのまま小火を出した厩まで走って火消しに努めた。幸いにして火を消し止めることはできたものの、皆は怒り、わしら二人に腹を切らせようとした。その時、殿下は『武士たる者、主の危急を知れば何があっても駆けつける。天晴な心掛けだ』と仰せになり、われらに脇差を下賜された。それを忘れてはおるまいな」

守久が迷惑そうに言う。

「それとこれとは、話が違います」

「いや同じだ。武士たる者、何かあれば真っ先に主の許に駆けつけねばならん。かつて伏見で大地震があった時――」

「分かりました。お通り下さい。しかし本丸に行けるかどうかは分かりませんぞ」

守久が合図すると、音を立てて門が開いた。清正はさも当然のように、意気揚々と大手門をくぐっていく。大手門から入ると三之丸を経ずに二之丸に入れる。

一行は西之丸四重天守を左手に見ながら、本丸に通じる桜御門口に出た。

――これが大坂城か。

藤九郎は視線を左右に走らせながら、すべてを記憶にとどめようとした。

石垣に使われている石の大きさ、建物の豪壮華麗さ、そして何よりも考え尽くされた縄張りの妙に、藤九郎は息をのんだ。横を歩く又四郎も、陣笠の下の目をぎらつかせながら左右に視線を走らせている。

やがて一行は桜御門に達した。そこで待っていたのは、誰あろう石田三成だった。

六

三成は百名余の武装した配下を引き連れ、険しい顔で門の前に立っていた。

「これは治部少、大儀」

清正がゆっくりと駕籠を降りる。

「主計頭(かずえのかみ)殿、これはいかなることか！」

三成はその才気走った顔を赤くしていた。

「見ての通り、上様にお目通りいただこうと思うて罷(まか)り越した」

「上様はご多忙だ。何の前触(さきぶ)れ（予約）もなく訪れた者とはお会いにならぬ」

「では問うが、貴殿は敵が城に迫っておる時に、前触れがないので会わぬと言うのか」

「敵が迫っているのか」

三成が顔色を変える。

「たとえ話だ」

清正が鉄扇(てっせん)をあおぎながら笑う。

「火急の用がない場合、不時登城でのお目通りは叶(かな)わぬ」

「それでは逆に問うが、向島に退いた内府の真意をいかに解く」

「それは——、公儀に対して畏まったからだろう」

「違うな」

そう言うと清正は、一歩二歩と三成に近づいていった。三成を取り巻く兵たちが身構える。

三成と一間（約一・八メートル）ほどの距離まで近づいた清正は、懐に手を入れると何かの巻物を取り出した。

「これが何だと思う」

「知らぬわ」

「徳川内府が上様にあてた書状だ」

三成が横柄に言う。

「分かった。では預かっておく」

三成が手を出したので、清正は持っていた巻物を引いた。

「そうはいかん。この書状は、わしの手から直に上様に渡すよう内府から申し付けられている」

「何だと――」

三成が口惜しげに唇を震わせる。

「ここを通してもらおう」

しばし考えた末、三成が答えた。

「いいだろう。だが、わしも同座させていただく」

「好きにしろ」

三成が兵を左右に分ける。

――これで殺されることだけは避けられた。

安堵からどっと汗が出た。だが隣に立つ又四郎は、平然とした顔で桜御門の造りを見つめている。

――世間知らずなのか。はたまた、わしよりも図太いのか。

又四郎は何かに熱中すると、ほかのことに配慮しないことがある。その点、次々と立ちはだかる難題を解決していく城取りのような仕事は、藤九郎以上に向いているかもしれない。

清正一行が本丸内に足を踏み入れた。

――ここが大坂城の中核部か。

本丸は東・北・西の三方が水堀で囲まれ、南部の表御殿地区と南西部の米蔵地区を基部にして半島状に北に延び、奥御殿地区が中央部に鎮座し、さらにその北の一段低い部分に、二之丸へと通じる山里地区が配されていた。

桜御門を入ってすぐ目に入るのは、壮麗な造りの表御殿だ。秀吉健在の頃、秀吉は表御殿で執務し、諸大名や奉行たちと政治向きの話をしていた。つまり表御殿は公的空間として使用されていた。

それが秀頼の代になると、公的なことも私的空間の奥御殿で行われるようになる。淀（よど）

殿が秀頼を奥御殿から出したくないからだ。

　三成が先導する形で表御殿の一間に通された清正一行は、ここで秀頼の「御成り」を待つことになる。

「藤九郎さん」と又四郎が小さな声で呼ぶ。

「何だ」

「本丸部分は東・北・西の三方が水堀ですが、西と南に空堀があります。どうしてでしょうか」

　本丸の拡張部分のように造られた米蔵地区の西側は空堀で、また表御殿地区の南側も空堀だった。

「堀底の掘削が足りなかったのではないだろうか」

「というと――」

「掘ってみたが、地水が湧いてこなかったのだろう」

　山城などでは、堀底が湧水層に達しにくいため空堀が多い。

「ははあ」と感心した後、又四郎は問う。

「天下人ともあろうお方が、水が出ないからといって堀の掘削をあきらめるでしょうか」

「そうだな。もう一つ考えられることは――」

　藤九郎がためらいがちに言う。

「あくまで推察だが、敵に損耗を強いるため、あえて空堀にしたとも考えられる」

「どういうことですか」

「籠城戦はただ守っているだけではだめだ。空堀にすれば、そこに寄手は兵力を集中する。城方がそこを守る自信があるなら、あえて攻めやすくしておくのも手だ」

「なるほど、空堀で寄手に出血を強い、戦意を阻喪させるのですね」

「そうだ。そして城方が陣前逆襲を掛ける際も、空堀なら兵を一気に押し出せる」

籠城戦を自力で打開するには、陣前逆襲を仕掛けるしかない。その時、効果的に兵力を奔出させるためには、水堀よりも渡りやすい空堀の方がいい。虎口に桝形などを設けて狭くしている城ならなおさらだ。

その時、石田三成が現れた。

「お待たせいたした。上様は奥御殿でお会いすると仰せだ」

「取次苦労」

清正が横柄な態度で言う。それを苦々しい顔で見ていた三成は黙って先に立った。

表御殿と奥御殿をつなぐ井戸曲輪を経て、詰之丸御門を通った清正一行は、奥御殿の表口を入ってすぐの場所にある大広間に通された。

その途次、藤九郎らは詰之丸の北東隅に上げられた天守を子細に見ることができた。

――少なくとも二十間（約三十六メートル）以上はあるな。

天守の外装は、屋根には金箔瓦を使い、壁は鼠色の漆喰に黒い腰板をめぐらせている。その豪壮華麗さは比較する対象さえないほどだ。

――外観は五層の望楼型か。

天守には望楼型と層塔型の二種がある。望楼型は入母屋造りの屋根の上に望楼を載せたもので、層塔型は五重塔のような塔建築を発展させたものだ。大坂城は望楼型で、その後に続く聚楽第、肥前名護屋城、伏見城も望楼型の天守が築かれたことで、望楼型天守が豊臣家の標準のようになっていく。

大坂城の天守は外観五層・内部八階で、入母屋になっている一層目の上に層塔型の二層目を載せ、三層目を一層目と同じ南北方向の入母屋にし、その上に四層目と五層目から成る望楼を載せるという複雑な構造を取っている。そのため初層は庇状に大きく搦手（北側）に出張り、地震による倒壊が起こらないよう配慮されていた。

指月伏見城や方広寺大仏殿の崩落など、地震に痛い目に遭わされてきたことから、秀吉は地震に強い城を望んだに違いない。

――この城は落とせない。

藤九郎の知識と経験がそう教える。藤九郎がいかに考えても、この城を落とすには士気の高い百万の軍勢が必要だと思われた。

――つまり十万程度の兵力では、この城を落とすことはできない。ただし本丸だけの裸城にすれば話は別だ。

そんなことを考えつつ畏まっていると、「御成り」という近習の高らかな声がした。清正をはじめとする一行が深く平伏する。

「こちらへ」

三成に先導され、秀頼が座に着いたようだ。最後列にいる藤九郎の位置からでは、顔を上げない限り秀頼を仰ぎ見ることはできない。

「大儀」という秀頼のものらしき甲高い声がすると、清正が青畳に額を擦り付けた。

「上様におかれましては、ご気色も麗しいようで、何よりに存じます」

「そうだな」

秀頼を前にして、清正は明らかに硬くなっていた。

――それほど太閤殿下の遺児を、殿は大切に思うておるのだ。

その時、女性の声がした。

「それで主計頭、上様に何用ですか」

ちらりと見ると、秀頼らしき人影の横に女性が座している。

――淀殿だな。

「これはお袋様、ご無沙汰いたしておりました」

やはり秀頼の隣にいるのは、その生母の淀殿だった。

「挨拶は結構です」

「これは申し訳ありません。まずはこれを――」

清正が懐から出した家康の書状を近習が受け取り、淀殿に渡す。

それを黙読すると、淀殿が威厳のある声音で言った。

「内府に異心などないことは、ここにいる誰もが知っています」

「仰せの通り。内府も当初、『讒言などする者は放っておけ』と仰せでした。しかし加賀大納言(前田利家)まで内府を疑っておると聞き、身をもって赤心を示すため、伏見城から向島城にお移りになられたのです」

「内府にそこまでさせてしまったか」

淀殿が苦々しい顔をする。淀殿は家康を腫物のように扱っており、そこをつくようなことをする三成らとは、決して一枚岩ではない。

「お袋様、心卑しき者たちにより、豊臣・徳川両家の絆が断たれようとしております」

三成に視線を据えながら、清正が続ける。

「これまで内府は、豊臣家千年の礎を固めるべく粉骨砕身してきました。それを『野心あり』などと讒言する輩こそ逆臣というもの」

「主計頭殿、何が言いたいのか」

三成が憤怒の形相で口を挟む。

「黙れ!」

戦場錆の利いた清正の声が大広間に響き渡る。それは背筋が凍るかと思えるほどの鋭さだった。

「それがしは今、上様と語らっておる。それを遮る者は何人たりとも許さん!」

その剣幕に、さしもの三成も口をつぐむ。

「内府は、『もしわが赤心が信じられぬなら、向島に兵をお送りあれ。向島には堀らしき堀もなく、石垣らしき石垣もないので、手もなく落ちましょう』と仰せでした」

淀殿が震える声で言う。

「なんと――、そんなことは毫も考えておらぬ」

「では上様は、内府に対して一切の疑心はないと思ってよろしいですか」

淀殿がうなずくのを見てから、秀頼が言う。

「ああ、ない」

「これにて、わがこと終われり」

清正が威儀を正して平伏すると、それに合わせて供の者たちも深く頭を下げた。

淀殿が威厳のある声で言う。

「主計頭よ、そなたの赤心もよく分かった。これからも頼みますぞ」

「ありがたきお言葉。豊臣家千年のためなら、この命、いつでも捨てられます！」

「分かっておる。そなたは忠義専一の士だ」

清正が目頭を押さえる。

淀殿が秀頼に言う。

「上様、脇差を――」

「うむ」とうなずき、秀頼が近習に合図すると、近習が脇差を一振り持ってきた。秀頼はしばしそれを見つめると、突然立ち上がり、下段に降りて清正の眼前まで進んだ。

「これをそなたに下賜する」

「こ、これは豊臣家の家宝の『國廣』ではございませぬか。それがしごときにもったいない」

淀殿が口を挟む。

「そんなことはありません。豊臣家にとってそなたは柱石。これからも当家と徳川家の間を周旋して下され」

「ああ、何というお言葉――」

清正は涙で顔をくしゃくしゃにしながら、「堀川國廣」の名刀を拝領した。

それを三成が苦々しい顔で見つめている。

「最後にもう一つお願いがあります」

「何でしょう」

「この城の天守の指図を見せていただけないでしょうか」

――何と！

藤九郎は息が止まりそうになった。

すかさず三成が口を挟む。

「主計頭殿、たわけたことを申すでない。天守の指図を見せるなど秘中の秘を明かすも同じではないか」

「そなたに頼んでおるわけではない。御袋様――」

清正が青畳に額を擦り付ける。

「それがしが肥後国にこれから造る城は、豊臣家のものも同然。万が一、大坂に何かあれば、わが城に上様を迎え、この清正、死を賭して戦う所存。そのために、上様を守る堅固な天守を造らねばならぬのです」

三成が口角泡を飛ばして言う。

「そなたが豊臣家を裏切れば、天守指図を見せたことが仇となるではないか」

「ほほう、それがしの赤心を疑うと申すのだな」

そう言うと清正は左手を広げて畳に押し付けると、右手だけで袖から小刀を取り出し、その鞘を払い、左手の甲に突き立てた。

――あっ、何ということを！

瞬く間に血の染みが広がる。もちろん清正は平然としている。

女房たちの間からどよめきが起こり、家臣たちは「殿」と言って色めき立つ。

「騒ぐな」と言って家臣たちを制した清正は、秀頼に向かって言った。

「上様、この血の色をご覧いただけますか」

清正の手の平から湧き出した血は、すでに朱色の帯を畳の端まで伸ばしている。

「この色は、わが心の色です。この色を見て、それがしに疑心を抱きますか」

秀頼は呆気に取られ、言葉もない。

淀殿が喚く。

「主計頭、上様の御前で何ということを。上様は血を見るのがお嫌いなのだぞ！」

「よい」

その時、淀殿の言葉を遮るように誰かの声が聞こえた。皆の視線がその声を発した者、すなわち秀頼に集まる。

三成が困ったように言う。

「上様、天守指図というのは城の死命を決するもので――」

「黙れ」

「えっ」

「主計頭に城の図面を見せてやれ」

その一言で、すべては決した。

――ああ、何というお方だ。

清正の命懸けの嘆願と、それを即座に了承した秀頼の度量に、藤九郎は感極まった。

「主計頭、痛いか」

「朝鮮で死んでいった者たちの苦しみを思えば、この程度の痛みなど、物の数ではありません」

淀殿が非難がましい声で言う。

「上様もご了解のことなので、天守指図をお見せします。後でしかるべき者を遣わしなさい」

三成が「御方様、お待ちを」と言ったが、淀殿はそれを制するように首を振った。

「主計頭を信じられなければ、もはや豊臣家は終わりです」

そこまで言われれば、三成も引き下がらざるを得ない。

清正が苦痛を堪えながら言う。

「ありがとうございます。それではこの場に、大工頭を残していきます」

三成が憎々しげに問う。

「そなたは、さような者を連れてきていたのか」

その言葉を無視して清正が平伏した。

「上様、お袋様、主計頭はこの大坂の城にも劣らない城を国元に造り、万が一の際には、お迎えに参上いたします」

「うむ」と秀頼が力強くうなずく。

「上様、そろそろ行きましょう」

淀殿が秀頼を促し、対面の間を後にした。三成も「ふん」と言うや下がっていった。

三人の姿が見えなくなるや、清正は左手から小刀を抜き取った。

「殿！」と言って近づいたお側衆が、清正の手に白布を巻き付ける。清正はお側衆に抱えられるようにして対面の間を後にした。それに続こうとした藤九郎と又四郎に、清正が言った。

「そなたらはここに残れ」

かくして藤九郎と又四郎は、天守指図を見せてもらうことになる。それが後に、どれだけ役立ったかは分からない。

家康が向島城に入ったことで、大坂城内には安堵の空気が広がっていた。しかしそれも束の間のことだった。

この年、すなわち慶長四年は三月の後に閏三月が挟まるため、十三ヵ月ある年だ。その閏三月三日、前田利家が大坂で死去したことにより、事態が動き出す。

伏見屋敷の普請作事も終わろうとしていた閏三月十日、突然、清正がやってきた。清正は「戦になる」と言い、兵たちに甲冑を着けさせると、伏見城目指して出陣していった。

次々と入ってくる雑説により、伏見城をめぐって戦いが始まろうとしていることが明らかになった。清正は、細川忠興、蜂須賀家政、福島正則、藤堂高虎、黒田長政、浅野幸長らと共に、伏見城治部少丸に籠もった石田三成を攻撃しようというのだ。

――これはたいへんなことになる。

伏見の町は昼夜を分かたず兵が行き交い、商人たちは家財道具を車に載せ、いずこへともなく去っていく。まさに町全体が騒然となっていた。

だが翌日の夜明け前、徳川家康が停戦命令を発し、城を囲んでいた諸将は兵を引いた。まさに一触即発の危機だったが、何とか衝突は回避された。

三成は家康の次男の結城秀康に伴われ、本拠の佐和山城へと去っていった。

一方、家康は「人心を安心させるため」という理由で向島城から伏見城へと戻った。

結局、三成は佐和山城に退隠して奉行の任を解かれたが、この程度の手ぬるい措置では、清正は納得できない。それゆえ家康は清正を懐柔すべく、水野忠重の娘を養女とした上で清正に嫁がせた。

こうした慌ただしい動きの中、伏見屋敷の強化を終えた藤九郎に帰国命令が下る。

清正は藤九郎に帰国を命じるや、こう言った。

「これから天下に大乱が起きる。群雄割拠の時代に戻るやもしれぬ。その時のために、隈本の城を堅固なものとしたい。いや、堅固どころか大坂城にも勝る城を築きたい。その陣頭指揮をそなたが執れ」

その命を奉じた藤九郎は一路、帰国の途に就く。

――大坂城にも勝る城か。

帰途の船中、清正のその言葉が何度も脳内に響いた。

だが天守指図を見せてもらった藤九郎には、あれだけ精巧な建築物を自分が造れるとは思えなかった。

――わしでは無理だ。

だがその反面、造ってみたいという思いも強くなってきた。

――それがいかに困難なことでも、やらねばなるまい。

藤九郎は燃えるような闘志を胸に、隈本へと戻っていった。

七

慶長四年四月、隈本に戻った藤九郎は頭を悩ませていた。清正から「大坂城にも勝る城を築け」と命じられたことが重圧になっていたのだ。

——わしの力で、それが成せるのか。

大坂城は、無限に近い財力を持つ秀吉だからこそ造れた城だ。肥後半国十九万五千石の清正では、できることにも限りがある。ざっくり見積もっても、清正の実入り（収入）は秀吉最盛期の実入りの十分の一もないはずだ。全体の入前（予算）をどの程度考えているのか藤九郎には見当もつかないが、上役の大木兼能は、藤九郎が提出した縄張図を見て渋い顔をしていた。

——だがそれは、わしが案ずることではない。

入前を調整していくのは兼能や算用方の仕事で、藤九郎は理想的な縄張りを描けばよい。しかし大坂城は、何人もの一流の城取りが分業して縄張りし、それを黒田如水（孝高）が監督して造った城だ。ところが隈本の新城は、藤九郎が一人で縄張りし、現場の差配も含めてやらねばならない。

——わしにできるのか。

自らを鼓舞し、不安を無理に捻じ伏せようとするが、次の瞬間には再び不安が頭をもたげてくる。

城の建設予定地は様々な要件を勘案し、茶臼山南麓に築かれた隈本城の城域を広げることに決まった。そうなると茶臼山全域を城に取り込むことになる。

藤九郎の茶臼山通いが始まった。

茶臼山の頂上にやってきた藤九郎は、懐に入れてきた縄張図を取り出した。

――城は東向きにし、本丸の中央からやや北西寄りに天守を置く。天守は大坂城に倣って望楼型がよいと思うが、場合によっては層塔型にする。本丸の北東隅に不開門を設け、本丸の北西隅から通路を延ばして平左衛門丸（宇土櫓）に達するようにする。平左衛門丸の南には頰当御門から通路でつながる飯田丸（西竹ノ丸）を配置する。西竹ノ丸の東に東竹ノ丸を設ける。ここから鉤形に折れた大手道を通す。本丸の西には西出丸を設け、その北から西にかけて三ノ丸が取り巻く。三ノ丸の西には城の本尊の藤崎八旛宮にご鎮座いただく。

目の前は鬱蒼とした叢林だが、伐採され、整地され、完成した後の城の姿が、藤九郎の目には浮かんでいた。

なお各曲輪の名称は、それぞれの曲輪の普請作事を担当する重臣たちの名を仮に入れている。

その時、背後で「やはり、ここにいたのか」という声が聞こえた。

「藤十郎、どうしてわしがここにいると分かった」

「兄者が見つからなければ、ここしかないだろう」

「それもそうだ」

二人は声を上げて笑った。

「今、浮かない顔をしていたが、何を考えていた」

「もちろん新城のことだ」

藤九郎は持っていた縄張図を藤十郎に見せた。

「この縄張図は穴の開くほど見ているが、何度見ても非の打ちどころがない」

「ああ、父上の教えを守り、あらゆることを勘案して描いたものだからな」

「父上、か」

藤十郎がその場に腰を下ろしたので、藤九郎もそれに倣った。

「何か気になるのか」

「いや、われらは幼い頃に父上を亡くしたが、父上が書き残してくれたもので城取りとなれた」

「その通りだ。父上が残してくれた笈いっぱいの秘伝書が、われらを城取りにしてくれた。そして兄弟で今、日本一の城を築くことになった」

藤十郎と話しているうちに、藤九郎の胸を占めていた黒雲が少しずつ晴れてきた。

——わしには此奴と秘伝書があるのだ。

それが藤九郎の自信を呼び覚ました。だが今度は、藤十郎が浮かない顔をしている。

「兄者の言う通りだ。すべては父上の秘伝書あってのものだ。だがな――」

藤十郎は何か言い掛けてためらった。

「何が言いたい。われらは兄弟ではないか。腹蔵なく話してくれ」

「ああ、分かっている」

それでも、藤十郎は何かを考えているようだ。

「言いたくなければ、言わなくてもよい」

「いや、そうではない」

「では、何だ」

「実はな、われらは父上の秘伝書に囚われすぎていないか」

「囚われすぎているとは、どういうことだ」

藤十郎が勇を鼓すように言った。

「何か壁に突き当たる度に、われら二人は、父上の秘伝書に何か手掛かりがないか調べることを繰り返してきた」

「そうだ。そして大半の厄介事は、それで片付いた」

「それについて異論はない。だがな――」

藤十郎が首を傾げつつ言う。

「それでいいのだろうか」

「そなたの言っていることが分からん」

「つまりわれらは、すべてを父上の教えに依存してきた。だが父上の秘伝書がなかったら、もっとよい形で難題を片付けられていたやもしれぬ」

「何を言っている。秘伝書があったからこそ、どのような厄介事でも片付けられたのだ」

藤九郎は、藤十郎の言うことを頭から否定せねばならないと思った。

「よいか藤十郎、父上は総見院様（信長）に重用された城取りだ。安土の城も、つまるところは父上が造ったのだ」

一般的に築城者としては、普請作事の奉行を務めた者の名しか残らない。安土城の場合、普請作事の奉行を務めた丹羽長秀が築城者となる。だが実際に縄張りを描いたのは、二人の父の木村次郎左衛門忠範のような名もなき城取りだ。長秀はそれを承認し、普請作事全体の監督を行ったことになる。むろんそれもたいへんな仕事で、長秀ほどの器量者でないと務まらないのも確かだ。

「いかにも父上は、城取りとしても武人としても非の打ちどころのない男だった」

「その父上が書き残した秘伝書だ。これほど貴重なものはない」

「分かっている。だがそれにこだわりすぎて、逆にそれに縛られているような気がするのだ」

「縛られているだと。そんなことはない」

「そうだろうか。もう兄者は、自分で厄介事を片付けていける力を備えている。それをいつまでも秘伝書に頼っていては、新しい方法を編み出せないのではないか」

藤十郎の言うことが分かってきた。

「そう言ってくれるのはうれしいが、やはりわしは秘伝書がないとだめだ」

「本当にそうなのか。秘伝書は昔の技を前提として書かれたものだ。今は石垣一つ積むのも日々、新たな方法が編み出されている」

「それはそうかもしれんが、基本は変わらない。此度の新城の普請作事の差配をお受けしたのも、秘伝書があるからだ。それがなければ到底、わしなどの担える仕事ではない」

「でもな――」

藤十郎がため息交じりに言う。

「われらもいつかは、秘伝書から離れていかねばならぬと思うのだ」

「父上の秘伝書が古びていくというのか」

「むろんすべてではない。これからも大切な教えが大半だ。しかし武将たちの嗜好は変わる。しかも工期短縮の要求は日増しに高まっている。そうした情勢変化に合わせた城造りを、われらも考えていかねばならんと思うたのだ」

「だからといって、父上の秘伝書が不要ということにはつながらないだろう」

「それはそうだ。だがそこから離れないと、浮かんでこない発想もある」

「そんな話は聞きたくない！」

藤九郎にとって自信の源泉は秘伝書にあった。秘伝書のお陰で、ここまでやってこられたと言ってもいい。それを否定されることは、自分の存在意義を否定されるに等しいことだった。

「そこまで秘伝書のことを大切に思っていたのだな。兄者、すまなかった」

それだけ言うと藤十郎は立ち上がり、その場から去っていこうとした。

「待ってくれ」

藤九郎の言葉に、藤十郎が立ち止まる。

「わしがどれほどの重圧の中にいるか、そなたに分かるか」

「ああ、分かっている」

「本当にそうか。もしも城を攻められて落城となれば、すべての責はわしに来る。その重圧がどれほどのものか、本当に分かるのか！」

「兄者――」と言って振り向いた藤十郎の目には、涙が浮かんでいた。

「わしは、いつでも兄者と一心同体だと思ってきた。それなのに――」

「口では何とでも言える。だが大工頭はわし一人なのだ。その責の重さを分かち合うことなどできない」

「いや、できる。兄者が腹を切る時は、わしも切る覚悟はできている」

「それは真か」

「うむ。落城の時は、城に火をつけて兄者と共に腹を切る。わしはそう決めている」

藤十郎の瞳には、真摯な光が溢れていた。

「そこまで考えていてくれたのか」

「当たり前だ。われらは――」

藤十郎が大きく息を吸うと言った。

「兄弟ではないか」

――そうか。兄弟だったな。

藤九郎は、この時ほど藤十郎を大切に思ったことはなかった。

「そなたの言う通りだ。わしが間違っていた」

藤九郎が頭を垂れる。

「よせ、兄者らしくない」

「そなたは大切な弟だ。そなたと秘伝書があってのわしなのだ」

「いいや、もう兄者一人でもやっていける。わしと秘伝書は添え物だ」

「何を言っている。その添え物があってこそ、わしはここにいる」

藤十郎が力を込めて言う。

「そこまで言ってくれるのか」

「当たり前だ。そなたとわしの二人で城を築いていくのだ」

「そうだな。わしら二人には城を築くことしかできないからな」

藤十郎が幼い頃のように満面に笑みを浮かべる。その顔は涙でくしゃくしゃになっていた。

「藤十郎、二人で隈本の新城を造ろうな」

「ああ、われらなら日本一の城が造れるぞ」

「藤十郎、来い！」

藤九郎が駆け出すと、藤十郎もそれに続いた。二人が茶臼山の端まで来ると、そこから隈本の町が一望の下に見渡せた。

「兄者、この町に日本一の城が建つのだな」

「そうだ。日本一の町に日本一の城が建つ！」

「やるぞ。やってやるぞ！」

藤十郎が雄叫(おたけ)びを上げる。

——父上、見ていて下さい。われら二人は必ずやり遂げます。

抜けるような青空に向かって、藤九郎は誓いを立てた。

八

慶長四年七月、清正が隈本に帰ってきた。家康の養女を娶(めと)ってから初めてのお国入りとなる。

二人の乗る輿(こし)だけでも一目見ようと、百貫石から隈本までの沿道は人でいっぱいになった。

三日三晩続いた祝宴も終わり、いよいよ清正は本格的な城造りに着手した。

まず大木兼能と藤九郎から縄張りの説明を受けた後、現地視察となった。

茶臼山では、縄張りを描いた藤九郎が主となって説明した。

「ここに天守を上げようと思っております」

藤九郎が茶臼山の最高所を指差して言う。

「どのような天守を築くつもりだ」

「大坂城に倣い、望楼型の大天守を考えております」

秀吉に倣い、豊臣大名たちも同型の天守を築いた。宇喜多秀家の岡山城、毛利輝元の広島城、そして犬山城や丸岡城と、次々と望楼型天守が上げられた。その結果、望楼型天守は豊臣大名の証しになった。

「ということは、入母屋の大屋根が必要になってくるな」

「はい。茶臼山は地盤が弱いので、どっしりした天守がいいと思います」

「しかしそれでは最上階の高さも取れぬ上、上層階の防御力が弱くなる。それだけではない。安土城のように大きな体の上に小さな頭が載っている姿は、美しいとは言えぬ」

清正は美的感覚にも優れているため、すでに天守の想像図ができ上がっているのだ。

「望楼型でも構わぬが、下層階と上層階の大きさがほとんど変わらぬ天守を造れないか」

「つまり先細りの割合を小さくしたいのですね」

先細りの割合とは逓減率のことだ。

「そうだ。上層階も大きいものが望ましい」

──それを実現するには、何か画期的な工夫が必要になるな。

清正の要求は常に厳しいが、建築技術に詳しいので、いつもぎりぎりで可能な線を突いてくる。

「できぬか」

「いえ、工夫してみます」

「それでは答えになっておらん。できるかできないかだ」

「やってみます」

清正が苦笑する。

「致し方ないな」

「ありがとうございます」

──秘伝書には「天守には望楼型と層塔型の二種あり。ただし層塔型を築くには、正確な矩形（直角四辺形）の天守台を築かねばならぬ。それには、たいへんな手間がかかる」と書かれていた。

藤九郎は「矩形の天守台の造り方」を、後でじっくり検討しようと思った。

「殿、場合によっては層塔型の天守でも構わないでしょうか」

「それはどうだろう。層塔型では天守一つが独立した形になる。敵に攻められた時、相互に助け合って守るためには、小天守との連携が必要ではないのか」

「つまり大天守と小天守をつないだものを、お考えなのですね」

「そうだ。大小の連結天守なら、大地震があっても倒壊しにくいと聞く」

「それは、その通りですが――」

藤九郎が兼能の方に視線を向ける。要は入前が問題なのだ。

兼能は渋い顔をしているが、何も言わない。

清正が続ける。

「まず防御力に優れたもの、続いて大地震にも耐えられる頑丈なもの、そして美しきものだ」

美しい城は威権の象徴となり、それほどの城を築ける領主権力の大きさに国衆や民はひれ伏し、謀反や一揆（いっき）を起こそうという者はいなくなる。

「分かりました。早速、考えます」

清正が出した条件は厳しいものには違いない。だが藤九郎は、秘伝書と藤十郎の協力があれば、やり遂げられると思った。

その時だった。清正が鉄扇を前方に差し出して言った。

「ん、あれは何だ」

周囲にいた者たちが一斉にそちらを向く。そこには、一筋の煙が上がっていた。

――あれは煙ではないか。まさか！

突然、胸騒ぎがした。皆もそうらしく、周囲がざわつき始めた。

その時、使番が走り込んできた。

「ご注進、ご注進！」

「どうした」

清正の声は落ち着いている。

「はっ、新町から火の手が上がりました！」

——何だと！

新町には、藤九郎たち普請作事方の長屋が軒を連ねている。

「見晴らしのいい場所に出よう」

そう言うと清正は、着物の裾をたくし上げて駆け出した。それに供の者たちが続く。

清正の筋張った脛を見ながら、藤九郎も懸命に駆けた。

やがて眺めのいい場所に出た。

——やはり新町か！

炎は見えないが、新町方面に黒々とした煙が立ち込めている。

「藤九郎、そなたの家は新町にあったな」

「は、はい」

「すぐに行け」

「いや、しかし——」

「わしのことは構うな。早く行け！」

「ご無礼仕る」と言って駆け出そうとする藤九郎の背に、清正の声が掛かる。

「わしの馬に乗っていけ」

「ありがとうございます」

「どこに乗り捨てても構わん。わしの馬を盗む者などおらんからな」

「申し訳ありません」

引かれてきた馬に乗ると、清正が馬鞭（ばべん）を渡してくれた。

「では！」

「待て」と言って清正が手綱を押さえる。

「何があっても慌てるなよ」

「あっ、はい」

「そなたの命は、そなただけのものではない。加藤家のものでもない。これからの天下に必要なものなのだ」

「天下に――」

「そのことは、いつか話す。それより今は行け」

「はっ、そうさせていただきます」

清正が手綱を放すと、藤九郎は矢のように飛び出した。乗馬は得意ではないが、もはやそんなことを言っている場合ではない。

風を切って走る中、妻や係累の顔が次々と浮かぶ。

──たつ、又四郎、里、そして藤十郎、どうか無事でいてくれ！

新町の手前の古町に入ると、新町方面から逃げてくる人々で通りがいっぱいになっていた。

──これでは前に進めない。

やむなく馬から下り、馬の頭を城の方に向けて尻を叩くと、馬は引き返していった。

それを見届けた藤九郎は、人の波に逆らうように進んだ。だが思うようには進めない。

その時、血相を変えて走ってくる一人とぶつかったので、藤九郎は問うた。

「火元はどこだ！」

「新町だ」

「大火なのか」

「ああ、新町が焼き尽くされようとしている」

家財道具を背負い直し、男は走り去った。

──たいへんなことになった。

再び人の波をかき分けるようにして、藤九郎は新町に向かった。

新町が近づくと、風に乗って木の焼ける臭いが漂ってきた。気づくと周囲は、立ち込める黒煙によって夜のように暗くなっている。

擦れ違う人々の姿も、次第に悲惨なものになっていた。家財道具を背負う者は少なく、皆黒く煤けた顔で、何事か喚きながら逃げていく。その様子からすると、事態は思っている以上に切迫していた。

「どけ、どいてくれ！」

大声を張り上げて人の波をかき分けていた藤九郎だったが、遂に喉が涸れて咳き込んでしまった。慌てて首に掛けていた手拭いを鼻と口に巻いたが、黒煙はひどくなるばかりで、目も開けていられない。

ようやく古町と新町の間に架かる橋まで来たが、向こうから押し寄せてくる人の波に押されて、橋などとても渡れない。

被災した人々の中には、橋の左右から川に下りて渡ってくる者もいる。藤九郎も川岸に下りると、川を渡り始めた。ところが思っていた以上に流れがきつい。数日前に雨が降ったので増水しているのだ。見ると、老人や女は悲鳴を上げながら下手へと流されていく。

「助けて！」という絶叫が耳朶を震わせる。だが藤九郎にも助ける術はない。

藤九郎は胸まで水につかりながらも、何とか対岸に渡った。その間も人々は川岸に下りてくる。

逃げてくる人々の体は煤だらけで、着ているものは焼け焦げている。火元近くから逃げてきたに違いない。

その時、何事か喚きながらやってきた全裸の老婆が、躊躇せず川に入った。

「無理だ。よせ！」

あれよという間に、老婆が水圧に押されて流されていく。藤九郎にも助けようがない。

やがて浮いていた老婆の頭が水面から消えた。

――たつ、待っていてくれ。

力を振り絞って立ち上がった藤九郎は川岸に上り、堰堤（えんてい）の上から新町方面を見た。

――ああ、なんてことだ。

あの男が話していた通り、新町は炎に包まれていた。

――これでは行っても焼け死ぬだけだ。

もしも身内が残っていても、助けられるものではない。

――許してくれ。

膝の力が抜けた藤九郎は、その場にくずおれた。

九

藤九郎は再び川を渡り、古町に戻った。古町の辻（つじ）には、新町から逃げてきた人々が寄り集まっていた。それを古町の人々が助けている。

藤九郎は相手構わず妻と係累の安否を聞いたが、誰もが首を左右に振るばかりだ。

役人から、避難してきた人々が古町の寺の境内に収容されていると聞いた藤九郎は、不安を捻じ伏せて寺に向かった。

境内には人々が溢れていた。

——やはりおらぬか。

藤九郎が別の場所に行こうとした時だった。

「藤九郎さん！」

はっとして振り向くと又四郎が立っていた。

「又四郎、無事だったか！」

「はい。姉上も里さんも無事です」

「そうか。よかった！」

又四郎の先導で、藤九郎は人の間を縫いながら二人の許に走った。

「たつ、里、生きていたか！」

二人が泣きながらかじりついてきた。

「よかった。本当によかった」

藤九郎は天にも昇るような気持ちだった。

「みんなよくぞ逃げてきた。そうだ。藤十郎はどうした。皆の食い物でも探しに行ったのか」

その言葉を聞いたたつの顔が曇る。

「ど、どうしたのだ」

嫌な予感が胸底から湧き上がる。

「ま、まさか——」

「藤九郎さん、心して聞いて下さい」

又四郎が唇を噛む。

「嫌だ。聞きたくない」

藤九郎が両手で耳を覆う。

「藤十郎さんは——」

又四郎がその場に片膝をついた。

「藤十郎は、すぐに戻ってくるんだろう！」

「いいえ」

その言葉が鉛のようにのしかかる。

「では、どうしたというのだ」

「藤十郎さんは——、皆を橋まで送った後、引き返しました」

「引き返したとは、どういうことだ！」

藤九郎が又四郎の胸倉を摑む。

「私も驚き、その足にすがって理由を聞きました。すると——」

又四郎の顔は、すでに涙でくしゃくしゃになっていた。

「藤十郎さんは秘伝書を取りに戻ると言うのです。私は必死に引き止めたのですが、

『あれは兄者の命の次に大切なものだ。何とか運び出す』と言って私の手を振り払い、

炎の中に――」

　こうした場合に備え、秘伝書は栗の木で作られた頑丈な笈に入れ、すぐに運び出せるようにしていた。だが藤九郎と藤十郎の家は少し離れていたため、藤十郎は皆を橋まで送ってから取りに戻ったのだ。

「ああ、なんと馬鹿なことを――」

「申し訳ありません」

　藤九郎が立ち上がる。

「皆はここにいろ。もうすぐ殿が手を差し伸べて下さる」

「藤九郎さんは、どうなさるのですか」

「新町に行ってみる」

「まだ火は残っています。死にに戻るようなものです」

「分かっている。だが行かねばならない」

「しかし――」

　たつが腕を取る。

「行かないで！」

「まだ火が盛んだったら戻ってくる。わしを信じてくれ」

　たつの手を振り解き、藤九郎は走り出した。

　古町に入ると、早くも足軽たちが屯集していた。だが延焼を食い止めるための打ち壊しを行う足軽たちは、新町に入ろうとしていない。

――まだ新町に入るのは危険なのだ。

すでに橋の周囲に人はまばらで、橋を渡って新町側に出ることができた。

新町の大半は焼け落ちていたが、いまだ燃え続けている家屋もある。その熱はすさまじく、皮膚が水膨れしてくるのが分かるほどだ。路傍には、逃げ遅れて焼け死んだ者たちの炭化した遺骸が横たわっている。そうした遺骸に手を合わせる暇もなく、藤九郎は道を急いだ。

ようやく、かつてわが家のあった場所が見えてきたが、案に相違せず焼け落ちている。

「藤十郎！」

焼け跡には熱気が立ち込め、とても近づけるものではない。この有様を見れば、新町で生き残っている者は皆無なのが分かる。

「ああ、なんてことをしたんだ」

その場に腰を下ろし、藤九郎は誰憚らず泣いた。

「そなたがいなければ、わしは何もできない。もうわしは――、わしは骸と変わらぬ」

声に出してみたものの、近くに人気はなく、ただパチパチと木の焼ける音だけが聞こえてくる。

藤九郎は熱さを気にせず、焼け落ちた家に踏み込んでみた。藤十郎の遺骸を捜そうと思ったのだ。

ほどなくして倒れた柱の下に、つぶれた栗木の笈が見えた。

——ああ、まさか。

その下に黒焦げの遺骸があった。遺骸はうつ伏せになっており、その顔は判別できないが、かろうじて焼け残った着物の切れ端に見覚えがある。

——間違いない。やはり藤十郎は死んだのだ。

絶望が波のように押し寄せてきた。

——藤十郎も秘伝書も焼けてしまった。

その事実を前にして、藤九郎は茫然とするしかなかった。

——もはや天守は造れない。わしも死のう。

藤九郎は、清正に死んで詫びる以外にないと思った。

家屋を焼く炎が風に乗り、着物に引火しようとしている。それまでは火の粉を払ってきたが、そんな気力も失せていた。

藤十郎の笑い声が、どこからか聞こえてくる気がする。

「藤十郎、辛かったな」

「兄者、何とか秘伝書だけは運び出したかったが、梁が崩れてきて下敷きになってしまった」

「秘伝書など、どうでもよかったのに——」

「兄者のために、何とか秘伝書を持ち出したかったんだ。それができず無念の極みだ」

「そんなことより、なぜ無理をしたんだ」

それについて藤十郎は何も答えない。

「なぜだ。なぜなんだ！」

後は言葉にならない。

——わしは何の値打ちもない男だ。生きていても仕方がない。たつ、許してくれ。

ふらふらと立ち上がった藤九郎は、いまだ炎が激しく舞う一軒に向かって歩を進めた。

その時、背後から声が掛かった。

「藤九郎さん、どこに行くんですか」

振り向くと又四郎が立っていた。その顔は煤で黒々としている。又四郎は藤九郎のことが心配になり、炎の中を追い掛けてきたのだ。

「又四郎、もはやすべては終わったのだ」

藤九郎が藤十郎の遺骸を指し示す。又四郎も藤十郎の遺骸を確かめ、「ああ、やはり」と言って肩を落とした。

「これで何もかもしまいだ」

その場にしゃがみ、藤十郎の遺骸を見つめていた又四郎が顔を上げる。

「何が終わったのです」

「わしの城取りとしての生涯だ」

「どうしてですか！」

「藤十郎と秘伝書がわしを支えてきた。その双方を失った今、わしは城など造れない」

藤九郎は全身の力が抜けていくように感じた。

「何を仰せですか。これくらいのことで勝負を投げていいんですか！」

「これは勝負ではない。殿から託された仕事が全うできなければ、身を引くしかない。わしがいなくなれば、殿も心置きなく上方から大坂城の縄張りを描いた城取りを呼べる」

「そんな者に誰が付いていくというんですか。この地に根を下ろし、この地の者のために必死に尽くしてきた方が差配してこそ、皆は懸命に働くのです」

「それが、わしだと言うのか」

「そうです。ほかに誰がいるのですか」

――いつの間にか、わしはそこまでになっていたのか。

藤九郎は、与えられた仕事を懸命にこなしてきただけだった。だが積み上げられた実績は、ほかの誰も追随できないものになっていた。

「そなたは、無力となったわしでも新城が築けると言うのか」

「もちろんです。きっと成し遂げられます」

「そなたは殿の要求の厳しさを知らぬから、そう言えるのだ」

「そうかもしれません。しかしいかに厳しい要求でも、それを叶えるために全力で取り組むのが、城取りではありませんか」

又四郎の言う通りだった。

——もはや逃れられぬのか。

藤九郎は、一人で背負わねばならなくなった重圧に押しつぶされそうだった。

「分かった。命を捨てることだけはやめておく」

「それで十分です。さあ、行きましょう」

「だが、殿には辞意を伝える」

「それはお任せします」

藤九郎が又四郎に問う。

「わしがすべてを失っても、そなたは付いてきてくれるのか」

「当たり前です。私は——」

又四郎の瞳から大粒の涙がこぼれる。

「城取りの藤九郎さんではなく、人としての藤九郎さんが好きなのです。それは、わが姉も同じでしょう」

「食うや食わずでも構わぬのか」

「食い物くらい、どこからでも調達してきます。私は木葉の又四郎ですぞ」

「そうだったな。それを忘れていた」

二人の顔に笑みが浮かぶ。

「行きましょう」

「ああ、行こう。その前にちょっと待ってくれ」

藤九郎は焼け落ちた家に向かい、頭を下げた。

「木村藤十郎殿、これまでありがとうございました」

横に立つ又四郎もそれに倣う。

「藤十郎――」

藤九郎の口調が、親愛の情が籠もったものに変わる。

「今日のところは、これで引き揚げさせてもらう。だが後で丁重に葬る。しばし我慢してくれ」

未練を振り捨てるように藤九郎が走り出すと、又四郎もそれに続いた。

二人は涙を拭おうともせず、黒煙がくすぶる新町をひたすら走った。

十

藤十郎の葬儀と焼け跡の整理なども終わった八月、藤九郎は大木兼能に、清正への「お目通り」を依頼した。すると早速、清正が時間を取ってくれた。

時候の挨拶が終わると、清正が心痛をあらわにして言った。

「此度のこと、無念であったな」

「はい。わが片腕に等しき弟を亡くした上、大切な秘伝書も焼失してしまいました」

「そうか。そなたが大切にしていた秘伝書まで灰燼（かいじん）に帰したか」

「はい。秘伝書は致し方ないとしても、わが弟の命はかけがえのないものでした」

藤九郎の胸底から、悲しみが込み上げてくる。

「さぞや辛いであろう」

「それはもう――」

「で、今日は何か申したい儀でもあるのか」

「はい。実は――」

大きく息を吸うと、藤九郎は思い切るように言った。

「新城の大工頭を辞退したいと思っております」

「辞退とな――」

兼能が怒りをあらわにする。

「何を申すか。そんな話は聞いておらんぞ！」

事前に兼能に話を通そうと思った藤九郎だが、そんなことをすれば引き止められ、いつまでも結論が出ないことになる。それを危惧したので直接、清正に辞意を伝えたのだ。

「まあ、待て」と兼能を制した清正が問う。

「そなたには、もうできぬというのだな」

「はい。弟も秘伝書もなき今、それがしは無力です。それなら別の者が大工頭となった方が、お家のためによいと思いました」

藤九郎が深く平伏する。

「そうか」と答えて、清正は手に持つ鉄扇を開けたり閉じたりしている。

「手前勝手なことを申し上げてしまい、お詫びの申し上げようもありません。しかし明日からすぐにでも掛からねばならぬことが山積している今、骸同然のそれがしでは、皆様に迷惑が掛かるだけかと思います」

清正が周囲を見回しながら言う。

「人払いだ。皆、下がっておれ」

その一言で小姓や近習が次の間に下がっていく。

「土佐、そなたもだ」

「えっ」と言って何か言い掛けた兼能だが、清正の命に黙って従った。

まさか清正と二人で対峙することになるとは思わなかった。

「藤九郎、城とは何だ」

予想もしなかった問い掛けに、藤九郎は何と答えてよいか分からない。

「城とは――」

「では、問い方を変えよう。なぜ、そなたは城を築く」

頭の中が混乱し、容易に言葉は出てこない。それでも何とか考えがまとまった。

「静謐な世にあっては、統治者の威権の大きさを民に見せつけ、民を従わせるものであり、一朝事ある時は、敵の攻撃を防ぐためのもの、ひいては戦に勝つための道具ではないでしょうか」

「なるほどな。そなたはそう考えるか」

清正の考えは別のところにあるようだ。

「城とは民に威権の大きさを見せつけるためのものでも、敵に打ち勝つためのものでもないと、わしは思っている」

「では、何だと――」

「城とは、戦をせぬための道具だ」

「戦をせぬための道具と仰せか」

「そうだ。わしは戦が嫌いだ」

清正の顔に気迫が漲る。

「武士たる者、武勇で誰かに引けを取ることだけはあってはならぬ。それゆえ、わしは武功を挙げ続け、今の地位を手に入れた。だがな――」

清正の顔が苦渋に満ちる。

「ひとたび戦となれば、人を傷つけたり殺したりせねばならん。これまでわしは多くの者を殺し、また多くの味方を失ってきた」

「しかし、それは大義あってのことでは――」

「そうだ。だがたとえ大義があっても、戦をすれば人が死ぬ。それゆえ、わしは仏の教えにすがってきた」

清正は敬虔な法華宗の信者だ。

「だからこそ戦をせぬために城を築くのだ。日本一堅固な城があれば、何人たりとも、この地に攻め入ることはできない。よしんば島津が攻め上がってきても、城に籠もって堪えていれば、各地の豊臣大名が後詰にやってくる。そうした城を築きたいのだ」

清正が瞑目する。

「そして、いま一つ、そなたに伝えておきたいことがある」

「はっ」

「太閤殿下亡き後、天下の行方は混沌としてきている。このままいけば大乱が起こる」

「大乱と――」

藤九郎は愕然とした。すでに豊臣家の天下は定まり、多少の内輪揉めはあったとしても、大きな変動はないと思っていたからだ。

「上方で大乱の予兆がある。秀頼様を取り囲み、政治を壟断する佞臣たちがおるからな」

「奉行衆ですね」

「そうだ。石田治部ら奉行どもだ。彼奴らはわれら忠義の士を排し、秀頼様を意のままに操ろうとしている。われらはその野望を阻止し、徳川内府を執権とした豊臣政権を守っていかねばならぬ」

「つまり、国内が二分されるほどの大乱が始まると仰せなのですね」

「うむ。奉行らの餌につられて味方する者たちもいるだろう。ここ九州でもそうだ」

「それでは、島津はどちらに付くとお思いか」

「これまでの経緯を考えると、島津は間違いなく奉行方だ」

島津家が秀吉に降伏して以来、三成は手筋として何くれとなく島津家の面倒を見てきた。そうした経緯からすると、大乱が起こった時、島津家中が奉行方となるのは必然だった。

「しかも肥後国の南半分は、小西めの領国だ」

清正と不倶戴天の敵の小西行長が島津と組み、清正領に攻め上ってくる公算は高い。

「だが、この城が堅固であれば、彼奴らの北上を抑えられる。彼奴らをこの城で足止めできれば、九州はもとより上方の大乱も勝ちに持ち込める」

清正は情勢を的確に捉えていた。

「だがな、わしには一つだけ危惧がある」

「それは何ですか」

「内府よ」

「えっ」

意外な名が出てきたので、藤九郎は驚いた。

「内府が何を考えているかは、わしにも分からぬ。奉行たちを排した後、内府が実権を握れば、秀頼様を害することも考えられる」

藤九郎が息をのむ。

「万が一の話だが、内府率いる東国の兵が大坂目指して押し寄せてきた場合、われら殿下股肱の者どもは力を合わせて対抗する。だが内府は調略の名人だ。藤堂高虎、池田輝政、細川忠興らは内府に味方するだろう」

藤堂らは秀吉の死後、家康に擦り寄り始めている。

清正が悲しげな顔で続ける。

「情勢によっては前田利長、上杉景勝、蜂須賀家政、山内一豊とて分からぬ。そうなれば畿内での戦いに利はない」

「ということは、秀頼様をここに造る新城に移座奉るということですか」

「そうだ。いち早く船でご移座いただく。もしも内府率いる東国勢が西国街道をやってきても、毛利がいる。毛利が立ちはだかっている間に、われらは黒田と組んで九州を制圧する。さすれば内府とて容易に手は出せないだろう」

毛利とは毛利輝元のことだ。

清正の構想は、秀頼を担いでの九州割拠策という大胆なものだった。

「秀頼様を頂いたわれらが、九州に割拠して時間を稼げば、自ずと秀頼様の勝ちとなる」

「どうしてでしょう」

「秀頼様は時を味方につけているからだ」

家康は老人なので老い先短いが、秀頼には若さがあると清正は説く。

「それゆえ、いかに不利な情勢に陥ろうと、秀頼様の命さえ長らえられれば、内府を抑えられる」

「恐れ入りました」

藤九郎は清正の深慮遠謀に舌を巻いた。

「そのために日本一堅固な城を築く。それがひいては、日本国の静謐につながるのだ」

清正は強い信念を持っていた。

「藤九郎！」

「はっ！」

「そなたが身を引くことで、藤十郎が喜ぶのか」

藤九郎と共に清正の城を築くことを、藤十郎は楽しみにしていた。

「藤十郎は、そなたと一緒に城を築きたかったのではないのか」

――その通りだ。

藤十郎の笑顔が瞼（まぶた）の裏に浮かぶ。

「はい。藤十郎は――」

感極まって言葉に詰まったが、藤九郎は震える声で言った。

「藤十郎は、この地に城を築くことを楽しみにしていました」

「そうであろう。彼奴もそなた同様、根っからの城取りだったからな」

「はっ、はい――」

藤十郎の言葉がよみがえる。

「わしら二人には城を築くことしかできないからな」

――いかにもその通りだ。

藤九郎の胸底に残っていた熾火が、パチパチと音を立て始めた。

「城取りは城を築くことしかできない。そなたが真の城取りなら、弟と秘伝書を失おうとも城を築きたいはずだ。しかもそれは、この地のみならず天下に静謐をもたらす城なのだぞ」

「は、はい」

胸底で弾けていた火の粉は、次第に炎に化しつつあった。

清正が瞑目して言う。

「わしは間違っていた。わしは半島に進出した当初、半島から唐土まで制圧し、その武名を天竺まで轟かせようと思っていた。だが、それは空しいことだった」

「空しいと、仰せですか」

「そうだ。半島では多くの民が殺され、また飢えて死んでいった。その様を目の当たりにし、考えが変わったのだ」

「それはどのように――」

「人を殺すことが武人の仕事ではない。人を守ることが武人の仕事だとな」

「ああ、その通りです」

藤九郎の胸内の炎は、もはや消しようがないほどになっていた。

「藤九郎、わしと一緒に、民を守るための城を築いてみないか」

そう言うと清正は立ち上がり、鉄扇を前面に掲げた。

「幼い頃、殿下の小姓として、総見院様の主催する能舞台を見たことがある。すべての演目が終わった後、興が乗った総見院様は、幸若舞(こうわかまい)の『敦盛(あつもり)』を舞った」

清正は上段の間から下りると、朗々たる声で謡いながら舞った。

人間五十年　化天(けてん)のうちを比ぶれば　夢幻のごとくなり　一度生を得て　滅せぬ者のあるべきか

清正が見事な謡と舞を披露する。

その姿に陶然と見入っていると、舞が終わった。

「藤九郎！」

「はっ」

「人の生涯など短いものだ。そなたはいくつになる」

「はっ、三十三になりました」

「さすれば、残された年数は十七年だ」

――わしの時間は、そんなものしか残っていなかったのか。

藤九郎は愕然とした。

「その十七年をどう使う」

「それは――」

「田畑を耕して過ごすのもよかろう。だが一度、天命を授かった者は、それを全うせねばならん」

「天命を授かった者とは、それがしのことで――」

「そうだ。そなたには日本一の城を築き、天下に静謐をもたらすという天命が課されている！」

――わしが天下を静謐に導くのか。

胸内の炎は、今にも口から噴き上がろうとしていた。

「わしとそなたで、天下の静謐を成し遂げるのだ！」

もはや藤九郎に躊躇はなかった。

「やります。やらせて下さい！」

口を突いて言葉が出た。

「藤九郎、ようやく天命を覚(さと)ったな」

「はっ、はい」

「後は死ぬ気で励むだけだ」

「心得て候！」

「それでよい！」

清正の瞳は爛々(らんらん)と輝いていた。

第四章　天下静謐

一

豊臣秀吉の老耄(ろうもう)によって引き起こされた文禄・慶長の役は、諸大名の勢力均衡の上に成り立っていた豊臣政権の屋台骨を揺るがすほどの衝撃をもたらした。しかも何ら得るものなく撤兵という事態になり、渡海させられた諸大名は財政的に大きな痛手をこうむった。

慶長三年（一五九八）十一月に朝鮮半島からの撤兵は完了したものの、豊臣家は、加藤清正、細川忠興、蜂須賀家政、福島正則、藤堂高虎、黒田長政、浅野幸長ら武断派と、石田三成ら奉行衆、毛利輝元、宇喜多秀家、上杉景勝、佐竹義宣(さたけよしのぶ)を中心とする吏僚派（文治派）に分裂し、一触即発の危機を迎えていた。

双方の対立を利用して勢力の拡大を図ろうとしていたのが、諸大名中最大の二百五十五万石の版図(はんと)を持つ徳川家康だった。家康は武断派に近づき、勝手に子弟の縁談を進めるなどして、早くも秀吉の遺訓に反することをやり始めた。

それでも秀吉はその生前、自らの死後、家康が勃興してくることを見越し、その歯止めを様々に用意していた。その最たるものが諸大名中第二位の領国を有する前田利家だった。しかし利家が翌慶長四年（一五九九）閏三月に死去することで、その歯止めもなくなった。

利家死去の夜、武断派七将は石田三成の弾劾を求めて伏見まで押し寄せ、三成を追い込んだ。この時は家康の仲裁によって事なきを得たが、三成は隠居させられ、政治の表舞台から姿を消した。この仲裁によって天下の信望を一身に集めた家康は、同年四月、伏見城西ノ丸へと移る。

続いて家康は「太閤殿下の遺命」と称し、淀殿を自らの正室に迎え入れようとする。これに秀頼側近の大野治長が強く反発し、一時は淀殿を連れて高野山に逃れようとさえした。

こうした一連の事態に、清正は危機感を抱いていた。家康を抑えないと豊臣政権が瓦解すると思った清正は、親しい大名たちと密かに盟約を結んだ。これが前田利長、細川忠興、黒田長政、浅野長政・幸長父子、伊達政宗と交わした反家康同盟である。だが最大勢力の毛利輝元の同意が得られず、同盟は具体的な行動を見せる前に自然消滅した。

こうしたことから、清正は次善の策として、万が一の場合に備え、秀頼を庇護する城を造ることにした。

慶長四年九月、図面を抱えた藤九郎は一人、茶臼山に登った。すでに五十回ほど登ったと思うが、鍬入れの儀を翌日に控え、最後の検分をしようと思ったのだ。

茶臼山の落葉樹は、これが最後となるのが分かっているかのように紅葉していた。その色彩の奔流の中を歩いて山頂に着くと、先客がいた。

その男は一人、紅葉に彩られた隈本の町を眺めていた。それが誰かは、その広い肩幅と大きな頭からすぐに分かった。

「これは金宦殿ではありませんか。何を眺めておられる」

その男は敵意をあらわにした顔を向けてきたが、藤九郎のことを思い出したのか、すぐに柔和なものに変わった。

「木村殿でしたか。故国ではお世話になりました」

「こちらこそ。もうこの国には慣れましたか」

「ええ、何とか」

しかしその顔には戸惑いの色が表れていた。

「今日はどうしたのですか」

「紅葉の樹林に惹かれ、つい山頂まで来てしまいました」

「そうでしたか。こうした光景は、故国で見られないのですか」

「はい。朝鮮国は禿げた山ばかりなのです」

朝鮮半島には禿山が多かった。長い歴史の中で伐採が続き、植樹してこなかったためにそうなったのだが、藤九郎たちが半島で城を造った際にも、建築用木材に事欠くことが多くて難渋した。

「金宦殿は、随分と和言葉が上手になりましたね」

「ええ、こちらで生きることを決意した時から、懸命に学びました。今では和言葉で書かれたものも、読めるようになりました」

「それは凄い。上達が早いですね」

金宦は本人の意思にかかわらず「附逆」とされ、朝鮮国にいられなくなった。むろんその原因は日本軍の侵攻にあったのだが、そうした運命を受け容れ、この国で懸命に生きようとしていた。

「殿からは二百石もの禄もらい、今は算用方で働いています」

「それはよかった」

「私は故国を侵略した日本が憎い。しかし殿のご恩は忘れません。終わったことは終わったこととして、過去を忘れて前を見ていきたいのです」

その胸中を推し量る術はないが、故国を捨てることが金宦の意にそぐわなかったのは明らかだ。それでも金宦は過去を振り捨て、新たな道を歩もうとしている。

――わしも、いつまでも過去にこだわっているわけにはいかない。

藤九郎は、かけがえのない弟と父の秘伝書を同時に失った。それが一度は自信の喪失につながったが、ようやく気持ちの立て直しが図れてきた。

「立派な心掛けです」

「いいえ。私などは嘉兵衛殿に比べればたいした者ではありません」

「そんなことはありませんが、嘉兵衛殿は己の運命(さだめ)を受け容れた。それは何よりも立派なことです」

藤九郎の脳裏に、嘉兵衛の笑顔が浮かぶ。

金宦が問う。

「日本人は『サダメ』という言葉をよく使いますね」

「はい。日本人は何事にも最善を尽くします。それでも避けられない運命に出遭ってしまえば、従容としてそれを受け容れます」

金宦が首をかしげて問う。

「ショウヨウとしてとは――」

「慌てたり騒いだりせず、ゆったりと心を落ち着け、何事でも受け容れる心構えのことです」

「それが、自分の意にそぐわないことでもですか」

「はい。最善を尽くした者は、どのような運命も受け容れられます」

金宦の顔に笑みが浮かぶ。

「従容として、か。私の国にはない言葉です」

「日本だけにある言葉なのかもしれません」

二人の間に沈黙が訪れる。狭い海を隔てているだけだが、文化的にも精神性の面でも、両国の間には大きな隔たりがあった。

金宦が話題を転じる。

「この地に、大きな城を築くと聞きました」

「はい。殿の言いつけで日本一の城を築くつもりです」

「そうですか。城はいい」

「それは、どういう謂ですか」

「城はそこから動かない」

金宦の言っている意味が、藤九郎には分からない。

「はい。城は動きませんが――」

「城は守るためのものであり、攻めるためのものではありません。どんなに強い城を築いても、他国に攻め入ることはできない」

「そうです。城は人を守るためのものであり、攻めるためのものではありません。世の静謐を保つために、われら城取りは城を築くのです」

「それは、とてもよいことです。われらの国の為政者たちは国内の党派争いに明け暮れ、海の外からの侵略者に目を向けなかった。つまり備えを怠ったのです」

金宦にとって自国を蹂躙した日本は憎い。だが他国からの侵略を念頭に置かなかった支配層たちへの怒りも大きかった。

「金宦殿、われらはもう他国へは攻め入りません。この国が静謐であれば、それでよいのです。わが殿も貴国から唐土に攻め入ることに、当初は何の疑問も抱いていませんでした。逆に両班階級の支配から民を救うという大義を掲げていました」

李氏朝鮮国には支配階層の両班、医師や教師といった知識階層の良民、そして売買の対象とされていた奴婢の三階層があった。しかも全国民の六割が奴婢で、その怨嗟の声は海を渡って日本にまで聞こえてきていた。豊臣勢は奴婢層を味方に付けるべく解放者を装い、侵攻当初は奴婢階層の歓迎を受けるほどだった。

「それが空しいことだと、殿は気づいたのですね」

「そうです。殿は誰にも負けない武人であろうとしました。しかし貴国に行って気づいたのです。『人を殺すことが武人の仕事ではない。人を守ることが武人の仕事だ』と」

「殿はそう言ったのですね。いち早く、それに気づいていれば、あれほど悲惨なことは避けられたのですが――」

その言葉には、万感の思いが籠もっていた。

「だからこそ恒久の静謐のために、この城を築くのです。金宦殿のお力も、ぜひ貸して下さい」

「もちろんです。算用方として力を尽くすつもりです」

「ありがとうございます」

藤九郎は深く頭を下げた。

「では、これで――」と言って去りかけた金宦が振り向く。

「私は築城についてよく分かりませんが、かつて仕事で各地の朝鮮の城には行ったことがあります。こちらとあちらの城の造り方は根本から違うので、お役に立てるかどうかは分かりませんが、何か困ったことがあったら言って下さい」

「かたじけない」

藤九郎は金宦の思いやりに言葉もなかった。

本来なら日本人は、憎みても余りある侵略者なのだ。にもかかわらず憎悪の感情を捨て去り、この国のために尽くそうという金宦の気持ちに、藤九郎は打たれた。

――過去に拘泥せず、前だけを見つめる。これが真の男だ。

藤九郎も金宦を見習おうと思った。

二

山麓に築かれた作事小屋に戻ってみると、又四郎が表口に出てきたところだった。

「あっ、藤九郎さん、どこに行っていたんですか」

「茶臼山に登っていた」

「多分そうだと思っていました。ちょうどよかった。お客さんです」

又四郎に導かれるようにして中に入ると、三人の男が居間に座っていた。

「あっ、藤九郎さん、お久しぶりです」

三人のうち二人までは、よく知る顔だった。

「源内さんに佐之助さんじゃないですか。もう街道造りは終わったんですか」

源内が昔ながらの日向(ひなた)臭い顔でうなずく。

「はい。何とか目途が立ちました」

彼らは藤崎八旛宮を起点として、豊前街道、豊後街道、薩摩街道の三つの幹線を造り上げた。

これにより九州全土から、様々な産物や物資が限本に集まってくることになる。

「それはよかった。お二人の仕事ぶりは伝え聞いています」

佐之助が言う。

「藤九郎さんに比べれば、さしたることはありません」

「いえいえ。治水や街道の普請は民を豊かにするものです。これほど大切な仕事はありません」

「そう言っていただけると、これまでの労苦が報われる気がします」

その言葉には万感の思いが籠もっていた。おそらく二人にも様々な難事が立ちはだかっていたのだろう。それを一つひとつ片付けた末に、何かができ上がるのだ。

「それで今日は何用で——」

源内が笑みを浮かべて言う。

「先日、殿に街道の完成を報告したところ、『それなら藤九郎を手伝え』と申し付けられました」

「そうだったのですね。心強い限りです」

佐之助がうれしそうに言う。

「藤九郎さんをお手伝いできるのは、われら普請作事に携わるものの誉れです」

「ありがとうございます」

「一緒に日本一の城を造りましょう」

「かたじけない――」

――人は言葉には従わない。黙って背中を見せることが大切なのだ。

それはこの仕事を通じて、藤九郎が学んだ最も大切なことの一つだった。

「それで、もうお一方は――」

隅の方に正座する若者に、藤九郎は目を向けた。

源内が若者を紹介する。

「こちらが北川殿のご嫡男です」

「お初にお目にかかります。北川作兵衛と申します」

北川家では、家業を継いだ男子が作兵衛を名乗る仕来りになっている。

「あなたが先代の息子さんですね。先代には、たいへんお世話になりました」

「聞いております。父も藤九郎さんには感謝しておりました」

「そうでしたか。先代の葬儀に行けず残念でした」

「朝鮮国にいらしたのですから致し方ないことです。それより私の方こそ、肥後国内の支城の普請などをしていて、ご挨拶が遅れてしまいました」

「それはもうよいではありませんか。これから力を合わせていきましょう」

「はい。お世話になります」

「私の方こそ、皆さんのお世話になります」

又四郎が縁の下から徳利を出してきた。

「それでは勢い付けに行きますか」

「そなたは、そんなものを隠していたのか」

皆が一斉に笑う。

「こうした時のためですよ」

割れ茶碗を並べると、又四郎が酒を注いでいく。

藤九郎が茶碗を掲げる。

「われらの力を結集し、日本一の城を築こう」

「おう！」

五人が盃を上げる。

「では、わしの考えを聞いてくれ」

茶碗を置くやいなや、藤九郎が絵図面を広げる。

「この茶臼山のある地は、北の植木方面から延びる京町台地の先端部にあたる。それゆえ北側に大きな堀切を一つ入れると、独立した山になる。さらに、この周囲を取り囲むように外堀を回し、この辺りやこの辺りに内堀をうがっていく」

藤九郎が外堀と内堀の線を指でなぞると、源内が感心したように言う。

「これは、見たこともないほど長大な堀になりますな」

「ああ、日本一の長さになるかもしれない」

「しかし、これだけの堀を築くとなると――」

「常時二万人の夫丸を、半年から一年ほど従事させねばなるまい」

昼夜二交代になるので、常時働いている人数は、その半分の一万人になる。

「それほどとは――」

佐之助が唸る。

「おそらく九州では前例のない大普請になる。そこでだ。この件は源内殿に任せたい」

「へっ」と源内が驚く。

「任せるって、何を任されるんで」

「源内殿に、すべての堀の掘削を指揮することを委ねたい」

源内が困惑する。

「そんな大それたことを、このわしに――」

「ああ、そなたのような温厚篤実な者でなければ務まらぬ仕事だ」

「そこまで言われると断れませんな」

源内が頭をかきながら笑う。

「よし。続いて町割りだ」

藤九郎が別の図面を出す。

「今ある根小屋（城下町）は暫定的なものだ。新町も焼けてしまったので、再建する必要がある」

苦い思い出が頭をよぎる。それを振り切って藤九郎は続けた。

「これから国を支えていくのは商人と職人だ。殿は特定の地域に商人と職人を集住させることで、さらに商いを盛んにしようと仰せだ。それゆえ、ここに――」

藤九郎が隈本城のすぐ南、坪井川と白川の間の碁盤の目のように描かれた地域を指し示す。

「ここに細工町、米屋町、紺屋町、呉服町、魚屋町、塩屋町などを造る。さらに一つの町に一つの寺を招致し、日蓮(にちれん)宗だけでなく多宗派の寺も分け隔てなく造っていきたい」

佐之助が問う。

「そいつはなぜですか」

「寺には墓が付き物だ。次第に墓の数も増えていくだろう。殿によると、敵が攻め寄せてきた時、墓石を川に放り込めば、川が堰(せ)き止められて溢れ水が起きる。となれば攻め口が限られるので、敵は平寄せできなくなる」

平寄せとは城を攻める際、敵が横一列になるようにして攻め寄せることだ。南側が平野で開けている隈本城の場合、城の周囲を水浸しにしないと、瞬く間に城近くまで接近されてしまう。

「さすが殿、よく考えておられる」

佐之助が感心する。

「それで、この町造りの仕事の指揮を佐之助殿に頼みたい」

「えっ、あっしが――」

「この仕事は人が相手になる。商人、職人、僧侶に膝詰めで談判し、申し聞かせねばならないことが山積している。それこそは佐之助殿の得意とするところではないか」

「そう言われちゃ、断れませんね。あっしには、それしか取り柄がありませんからね」

佐之助が苦笑いを浮かべる。

「よかった。よろしく頼む」

「お任せ下さい」

「次に縄張りについて説明する」

藤九郎は、隈本城の中核部の曲輪配置と櫓群について語った。

「本丸は南北の曲輪に分け、東側の大手門から見て最奥部にあたる北西端に大天守と小天守を築く。大天守は外観三層、内部は六階で地下一階。小天守は外観二層、内部は四階で地下一階となる。その東に五階櫓（御裏五階櫓）を設ける。この本丸北郭と通路を隔てた南側にも三つの櫓を造り、本丸御殿を守る。本丸の西には西の丸（後の平左衛門丸）設け、その北西端に常の城の天守に匹敵する規模の櫓（後の宇土櫓）を築く。西の丸の南には――」

藤九郎は自らの構想を熱く語った。

「――という次第だ」

源内が首を左右に振りながら言う。

「これは驚きました。とことん考え尽くされた縄張りです」

「うむ。あらゆることを想定した」

話を聞いていた源内と佐之助が感心する。

「まさに日本一の城ですな」

「この城造りに加われるのは、城取りの誉れです」

作兵衛も負けじと言う。

「私は若輩者ですが、父の教えを守り、力を尽くしたいと思います」

「その意気だ。そこでだ」

藤九郎の視線が作兵衛に向けられる。

「本丸にある建築物の土台はすべて石垣とする。それ以外の曲輪も、できる限り石垣としたい。作兵衛殿、石垣造りの指揮は、すべてそなたにやってもらう」

「はい。全力で取り組ませていただきます。で、完成までの猶予は、どれくらいいただけますか」

「殿からは、三年ほどの期間をいただいている」

源内と佐之助はほっとしたかのような顔をしたが、作兵衛は慎重だった。

「これほどの城を築くとなると、大石が二十万個から三十万個は必要です。量が多いので、それほど遠い場所に丁場を設けるわけにもいきません」

「その通りだ」

藤九郎は、多くの絵図面の中から肥後国中央部のものを取り出した。

「そこで金峰山から石を切り出してはどうかと思っている。有明海に面する金峰山周辺の山々には、切り出しやすい安山岩が大量に眠っているはずだ」

肥後国において、「東の阿蘇、西の金峰」と呼ばれるほど高名な金峰山は、良質な安山岩を産出する山だ。

作兵衛がうなずく。

「なるほど。金峰山には私も行ったことがありますが、あそこならいい石が取れます」

「しかも金峰山の東麓の山々は、隈本城の西一里半から二里ほどに散らばっている。近いとは言えないが、運んでこられない距離ではあるまい」

「そうですね。でも相当数の修羅が要りますね」

「金峰山の東南麓の支峰の花岡山や独鈷山から取れる石材は、坪井川や井芹川を使って船で積み出せる。できる限り船を使おう」

「そうしましょう。それで一つ試したいことがあるのです」

「どのようなことだ」

「隅石の積み方です」

　手控えを出した作兵衛は、そこに絵を描きながら説明を始めた。

「これまで石垣の強度を増すため、様々なことが試されてきました。それでも地震があると、崩落する石垣が後を絶ちませんでした。それを防ぐ手立てをずっと考えてきたんですが、隅石の積み方次第で崩落を防げるのではないかと思ったのです」

「隅石の積み方を工夫するのか。つまり算木積みのことか」

「そうです。まず直方体か四角錘に石を切り出し、表面を平に加工します。それを隅角部で算木のように嚙み合わせたらどうかと思っているのです」

　佐之助が問う。

「算木とは運算で使う四角棒のことかい」

「そうです。ああいう形に石を切り出すわけです」

　藤九郎が先を促す。

「続けてくれ」

「はい。これまでも算木のように石を積むことはやってきました。父の作兵衛も安土城の創建以降、機会があれば試していたのですが、完全な形ではなかったため、崩落する危険と隣り合わせでした」

「これまでの算木積みが、完全な形ではなかったと言うのか」

「はい。いろいろ考えたのですが、長辺を交互に嚙み合わせるだけでなく、上下の長辺をしっかり支える石が必要ではないかと思ったのです。それを隅脇石と呼びます」

作兵衛が図に描いて説明する。

算木積みは横長の石材をあえて長辺と短辺が出るように切り出し、それを交互に積んでいく。これまではそれだけだったが、長辺と長辺の間に隅脇石という石を挟むことで、いっそう堅固になるというのだ。

――なるほど、これならさらに崩れにくくなる。

作兵衛の言うことは、理屈に適っていた。

「そうです。ただしこちらの望む大きさの石を切り出し、隅角部の角度まで考慮して加工するには、膨大な時間が掛かります」

それができる石工の技量は、相当高いものになる。

「尤もだ。今後、それができるかどうか検討していこう」

又四郎が横から口を出す。

「そういえば大量の瓦も焼かねばなりませんが、そのあてはあるんですか」

「そうだったな。肥後国の瓦職人の数は限られているからな」

「殿に依頼して、近江や尾張の瓦職人を集めてきてもらってはいかがでしょう」

「そう簡単に言うな。あちらでも各地で新たに城を造っているという。腕のよい職人を集めるのは、容易なことではないだろう」

源内が思い出したように言う。

「渡来してきた者たちの中には、瓦を焼ける者が多いと聞きましたが」

渡来してきた者たちとは、文禄・慶長の役で日本に渡ってきた者のことだ。彼らの多くは奴婢階級で、陶工や織子といった技能者だった。清正は新城造りを視野に入れていたので、とくに瓦職人を多く連れてきていた。

「そうだったな。瓦を焼く工房さえあれば、職人には事欠かぬ」

又四郎が反論する。

「しかし言葉が通じないので、こちらの望む瓦を焼かせるのは難しいでしょうな」

瓦は形状や強度に均一性を持たせねばならない微妙なものなので、品質のよいものを焼き上げるのは容易なことではない。

「言葉か――。それについてはよき人を知っている」

藤九郎の脳裏に金宦の顔が浮かんだ。

――金宦殿なら必ず力を貸してくれる。

今度は佐之助が問う。

「これらの建築物を造るとなると、梁に使う大木などが数百本は要りますね」

「それについては阿蘇の山麓から運ぼうと思っている」

その後も四人に又四郎を加え、夜を徹して議論が交わされた。これにより築城の実行計画が、徐々に練り上げられていくことになる。

三

慶長四年十二月、鍬入れの儀も終わり、いよいよ隈本城の築城が始ま[illegible]外堀の掘削や城下町の整備と同時に行われるため、肥後国内の各地か[illegible]と集まってきた。本来なら彼らは不満たらたらのはずだが、清正が治水と[illegible]行ったことで、「大恩ある御領主様の城を造ろう」という空気が漲っていた[illegible]彼らの生き生きとした顔を見て、藤九郎は「これならやれる」と確信した[illegible]

藤九郎は現場ごとの進捗報告を受け、材料配布の優先順位付けから夫丸の割[illegible]どに日々、変更を加えていった。

夫丸たちが慣れていないことから多少の計画の遅れはあったものの、どの現場[illegible]に軌道に乗ってきた。

年が明けて慶長五年（一六〇〇）四月、清正が上方から戻ってきた。実母の伊都が病床に臥したと聞き、急いで帰国したのだ。

帰国した清正は、藤九郎から進捗状況を聞きつつ様々な指示を飛ばした。清正は上方で流行している最新の築城法に精通しており、諸大名が新たに造り始めている城の数々の話を聞くことができた。それは縄張り面でも技術面でも役立つことばかりだった。

数日後、藤九郎は清正に呼ばれ、その屋敷に伺候した。

障子の外から「木村藤九郎、参上仕りました」と言うと、「来たか。入れ」という清正の野太い声が聞こえた。

藤九郎が「ご無礼仕ります」と言って入室すると、何カ所にも置かれた短檠の灯が、部屋の中を昼のように明るくしていた。

清正は藤九郎が描いた絵図面を見つめていた。

その背後には、日蓮宗の仏壇が安置されている。仏壇の中央には本尊の三宝尊の掛が、左右には大黒天と鬼子母神の掛軸が飾られ、その前方に木像の日蓮上人が鎮座いる。

部屋の外の長廊まで、線香の匂いが漂ってきていたのは、清正が直前まで題にる勤行をしていたからに違いない。

藤九郎が礼式に則り、はるか下座に控えていると、清正が絵図面から視言った。

「ちこう」

藤九郎が上段の間の段差近くまで膝行する。

「見事なものだな」

「何がでございますか」

「そなたの勘録よ。そなたはわしの見込んだ通り、いや、それ以上の城取りだ」

藤九郎がうれしさのあまり、青畳に額を擦り付ける。

「そんな――、身に余るお言葉です」

「それで、この勘録通りに進んでいるのだな」

「はい。遅れは五日から六日ほどですが、三年という期間がありますから、いかようにも挽回できます」

「そうか」と言って清正が腕を組んで瞑目する。

――何かある。

清正の様子から、藤九郎はそれを察した。

「三年という期間を短くできないかと言ったらどうする」

「短くというと、どれくらいで」

清正の顔が強張る。

――まさか二年でやれとは言うまいな。

藤九郎の肝が縮む。

「どれくらいと問われてもな。実は明日にも完成させてもらいたいのだ」

「さすがにそれは――」

「それが無理なのは分かっている。では――」

清正の眼光が鋭くなる。

「年内と言ったらどうする」

「えっ、年内と仰せで――」

藤九郎はわが耳を疑った。

「そうだ。今年中に造ってほしいのだ」

藤九郎は啞然として言葉が出ない。

――三年で造る予定のものを、一年どころか八ヵ月で造るなど無理な話だ。

「どうだ」

「いかなる事情があろうと、それは無理です」

「もちろん、この勘録通りとは行かないだろう。当初案の変更は致し方ないが、防御力は損ないたくない」

「いや、それは――」

確かに計画を縮小すれば、形としてできないこともない。だが防御力を落とさないで、それを実現するのは不可能に近い。

――あらゆることを、やり直さねばならなくなる。

しかもすぐにそれをやらないと、集まってきた夫丸たちを遊ばせることになる。

「わしがこんな無理を言うのには、理由がある。それを話さずに望みだけ言うのは、身勝手なことだった」

清正の顔が苦渋に満ちる。

「実はな――、秀頼公の身が危ういのだ」

藤九郎は息をのんだ。

清正が落ち着いた口調で話し始めた。

清正が肥後にいた九月七日、家康が重陽の節句の挨拶に大坂城の秀頼を訪問しようとした。その時、家康の暗殺計画が発覚した。主犯格の土方雄久だけでなく、その母方の従兄弟にあたる前田利長までもが関与を疑われた。これにより加賀征伐が現実味を帯びてくる。

同月、北政所が大坂城西ノ丸から京都に移る。入れ替わるように家康が大坂城西ノ丸に入り、諸大名に出兵の支度を命じた。

だが畿内では、「家康が大坂を留守にした隙に、清正が上洛軍を発して大坂城に入る」というまことしやかな噂が広まっていた。しかし瀬戸内海には、家康方の水軍大名が幾重にも配備されており、現実的な話ではない。

むろん清正自身、前田利長に与して挙兵するなど考えておらず、逆に秀頼の身の安全を図るため急いで上洛したものの、わずかな供回りだけだったので家康を安心させたほどだ。

年末、仲裁に入った細川忠興の勧めにより、前田利長が権中納言を辞した。これは戦意がないことを示すためで、実質的な降伏にあたる。かくして加賀征伐は中止となった。

「いずれにせよ、上方の情勢は予断を許さないものになってきている。それゆえわしは、いざという時に備えておきたいのだ」

「つまり、この城に秀頼様を迎え入れるのですね」

「そうだ。いつ何時、大事が起こるか分からない。だがこの地なら、徳川勢とその与党らがやってくるまで時を稼げる」

「となると、お迎えするとしても、すぐに籠城戦となるやもしれませんな」

清正が力強くうなずく。

「そうだ。内府のことだ。五万から十万の大軍を率いてくるだろう。途次に毛利が降伏でもしたら、それ以上の兵力になる」

加賀前田家が家康の前に膝を屈したことを考えると、そうした事態が起こることも十分に考えられる。

「殿は日本全土の大名を敵に回しても、秀頼様をお守りするご所存か」

清正の顔が憤怒に歪む。

「答える必要もないほど下らん問いだ」

「ご無礼仕りました」

藤九郎が平伏する。

「この清正、何があろうと太閤殿下のご子息は守り抜く。たとえ天地がひっくり返ろうと、この身が八つ裂きにされようと、不動明王と化して秀頼様を守り抜く!」

己に言い聞かせるように、清正が覚悟のほどを語る。

その背からは、まさに不動明王のような焰が沸き立つように思えた。

「もうよい。面を上げよ」

清正の穏やかな声に促されて顔を上げると、清正は慈父のような顔つきになっていた。

「すぐに勘録を作り直せるか」

「いつまでに――」

「わしはいつ何時、上方に出向くか分からぬ。ただし母上のご病状も芳しくないので、しばらくは肥後にいるつもりだ」

「しばらくとは――」

「ずっといるかもしれんし、すぐに出立するかもしれん。ただ年内に城を造り上げるとなると、五日後くらいには出してもらわねばならん」

藤九郎の頭の中では、すでに様々なことが動き始めていた。

「尤もなことです」

「むろん茶臼山の削平など必要な普請は続けさせる。新たな勘録ができるまで、普請作事を止めることはない」

藤九郎が肚を決めた。

――何をどう変えればよいのか、今は見当がつかない。だが、やらなければならない。

「殿、しかと承って候」

「よし、頼んだぞ」

——これで後には引けなくなった。よし、やってやる！

藤九郎は気合を入れ直した。

四

又四郎の声が藤九郎の家の中に響き渡る。

「追加で夫丸を徴発するなど無理です」

「しかし、それをやらねば年内に城を完成させられない」

「だからといって、これ以上、領内の村々から働き手を奪えば、農耕ができず、来年の物成（収穫）は期待できません。いや、期待できないどころか、働き手が田畑を耕せなければ、足弱（老人や子供）の中には飢え死にする者も出てくるでしょう」

藤九郎が、詳細の日程と必要人員が書かれた「日取立て」を見つめながら言う。

「何とかならんか。どうしても人が足りないのだ」

「それは分かっています。しかし無理なものは無理です」

肥後各地から徴発した夫丸は二万ほどになる。微妙に時期をずらしつつ、これらの人々を故郷に帰して農耕を行わせ、それが終われば、また城造りに戻すという極めて細かい「日取立て」となっている。だが、それさえも年内に城を完成させるとなると、根本から練り直さねばならない。

「しかも相手は人です。これだけ働けば相当に消耗しますし、中には病で倒れる者も出てきます」

「分かっている！　だからといって、わしにどうしろというんだ！」

藤九郎は遂に声を荒らげてしまった。

「すまない」

「いいんです。藤九郎さんが怒鳴れる相手は、私しかいない。私でよければ、いくらでも怒鳴って下さい」

「いや、もう気が済んだ」

又四郎がため息交じりに言う。

「こうなれば、当初の算段に大鉈（おおなた）を振るっていくしかありません」

「そうだな。堀の外周を縮小し、城域全体を狭めるか」

「どうやって狭めるのですか。それは茶臼山の大きさを小さくするに等しいことです」

「その通りだ。しかし――」

その時、障子の外でたつの声がした。

「よろしいですか」

「ああ、構わぬ」

たつが二つの茶碗と皿を載せた盆を持ってきた。

「姉上、また薬湯ですか。まいったな」

「これを飲めば心が落ち着きます」

――又四郎とやり合う声が聞こえていたのか。

たつの心遣いが、藤九郎にはうれしかった。

「たつの言う通りだ。苦いものを飲めば新たな発想が出てくるかもしれん」

「訳の分からない理屈だ」

又四郎が高笑いする。

「又四郎には、こちらの方がよいかもしれませんね」

たつが皿の上に載せてきた白布を取る。

「あっ、小麦団子だ」

たつの作る小麦団子は薩摩で取れた芋の甘さを塩味で抑えた絶品で、藤九郎も大好物だった。

「これがあれば、苦いものも飲めますね」

「姉上はうまいな。はいはい、飲みますよ」

二人は薬湯を飲み、団子を食べて心を落ち着かせた。

藤九郎が団子を見つめながら言う。

「この団子の原料となる芋は薩摩で取れたものだ。肥後でも芋は取れるが、なぜか薩摩の芋の方がうまい」

「同感です」

又四郎は夢中で咀嚼している。

「晩秋から初冬にかけて、薩摩で取れた芋を満載した渡し船が白川を渡ってくる」

「そうでしたね。われわれが芋船と呼んでいるやつですね」

「ああ、芋船は白川の支流の坪井川や井芹川を使い、隈本城下近くまで来る」

「小船なら、うまく川を乗り換えて隈本城下まで来られます」

——待てよ。そうか！

藤九郎が、団子を喉に詰まらせる。

「ははは、藤九郎さんらしくない。どうしたんですか」

慌てて薬湯で団子を飲み下したので、喉が焼けるように熱い。それでも団子が胃の腑に落ちると、藤九郎は言った。

「隈本城下は、幸いにして河川に恵まれている」

「もちろんそうですが、それがどうかしましたか」

「どうもこうもない。それなら堀をうがつ必要はない」

「えっ」と言って又四郎が絵図面をのぞく。

「城を取り囲む河川を堀に見立てればよいのだ」

「あっ、そうか！」

又四郎が膝を打つ。

「隈本城の南には白川という大河がある。まずそれを外堀と見立てる。次に白川の支流の坪井川と井芹川を白川から切り離した上で合流させて水量を増やし、茶臼山を囲む堀とする。茶臼山の曲輪を分かつ堀は小さいので空堀のままでよい」

又四郎が藤九郎の発想を飛躍させる。

「それはよき考えです。さらに合流させた川から西へと向かう支流を掘り、高橋の入江につなげば、城下と有明海がつながることになります」

高橋の入江は、有明海まで続く河川物流の要だった。

「むろん白川の水運も利用したい。白川が最も坪井川に近づくところに石塘（石の堤防）を設け、白川をさかのぼってきた船の荷は、石塘を伝って坪井川の船に積み換えて城まで運ぶ。石塘は水害をなくして新田を開発できるので、一挙両得で農民たちも喜ぶはずだ」

「しかも川の付け替えだけなので、堀を掘るよりもはるかに少ない労力で行えますね」

「その通りだ。これなら城の堀になると同時に、河川交通網としても役立つ」

「そういえば源内殿は治水を専らとしてきたはず。堀をうがつことより、河川の付け替えの方が得意ですよ」

「そうだったな」

その時、障子の外から再びたつの声が聞こえた。

「あなた様、又四郎、まだ団子がありますけど、もっと食べますか」

「団子はもうよい。それよりも、たつ、でかしたぞ」

たつが障子を開けて団子の皿を置く。

「何がでかしたのでございますか」

「いや、そなたのお陰で、大きな厄介事が一つ片付いた」

「はあ」

「姉上の団子のお陰です」

又四郎が再び団子にかぶりつく。

「よく分かりませんが、よかったですね」

「そうだ。本当によかった」

その後も二人の侃々諤々（かんかんがくがく）の議論は続いた。一晩では細部までは詰められなかったが、最大の難点だった堀の掘削がなくなったことで、人員計画が随分と楽になった。

夜半になり、又四郎は「これで目途が立ちました」と言って帰っていった。

深夜になって寝室に入ると、まだたつは起きていた。

「先に寝ろと言ったのに」

「旦那（だんな）様が起きているのに、先に寝床に入るわけにはいきません」

「九州では、そういうものなのか」

「はい。こちらの女子（おなご）は、相手が旦那様であっても言いたいことは言います。しかしその分、旦那様に尽くします」

「なるほどな。それが九州の女というものなんだな」

藤九郎が寝床の上に胡坐をかく。

「だから喧嘩の時は遠慮しません」

たつの真剣な口調に、つい藤九郎は笑ってしまった。

「そなたには苦労を掛ける。だが、これがわしの仕事なのだ」

「分かっています。存分に腕をお振るい下さい。旦那様は『日之本一之城取』なんですから」

「日之本一かどうかはどうでもよいことだ。ただ日本一の城を造り上げる。それがわしに課せられた使命だ」

「あなた様は、真の城取りなんですね」

「ああ、それしか取り柄はないからな」

たつがしみじみと言う。

「持って生まれた才を使い切ることこそ、男子の本懐です。わが父は一介の農民でしたが――」

たつが悲しげな顔をする。

「妻子眷属のため、村のため、力を尽くしました」

「そうだったな」

藤九郎の脳裏に、弥五郎の面影が浮かぶ。

「死の直前、父は『無念なことは何一つない』と言っていました。当時はその真意など考えもしなかったのですが、今となっては、それがいかに含蓄ある言葉か分かります」

「義父上は最期の時、『無念なことは何一つない』と仰せになったのか。わしも、そんな言葉を口にして死にたいものだ」

「何を言うのですか。あなた様には、まだまだ生きてもらわねばなりません」

「そうだな。だが何があるかは分からん。死が突然訪れても、悔いのないように今を生きたい」

――父上、あの時、悔いはありませんでしたか。

藤九郎の父は、仲間たちと一緒に安土城を守って死んだ。その時、父が何を思っていたのか、今なら分かる気がした。

――戦国に生きる者には、いつ死が訪れるか分からない。だからこそ今を懸命に生きるのだ。

藤九郎の脳裏に、不慮の死を遂げた藤十郎の面影がよぎった。あの時は、「さぞ、無念だったろうな」と思ったが、藤十郎は全力で自分の生涯を走り抜けたのだ。

――無念など、あるわけがない。

脳裏に浮かぶ藤十郎が、人懐っこい笑みを浮かべて言った。

「兄者、わしには何の悔いもない。やるだけのことはやったのだ。兄者もやるだけだ」

──そうだな。藤十郎。わしも、やれるだけのことをやってやる！

その時、ふと傍らを見ると、たつが静かな寝息を立てていた。

たつの横顔を見ながら、この幸せを守るためにも、藤九郎は全力で城造りに取り組もうと思った。

五

五月、清正の母の伊都が死去し、梅雨空の下、盛大な葬儀が執り行われた。

藤九郎ら普請作事方も、雨がそぼ降る中、葬儀に参列した。

今年の梅雨は例年になく雨量が多く、体調を崩す者が続出していた。そのため清正は、「具合の悪い者は葬儀へ参列しなくてもよい」という布告まで出すほどだった。

それでも参列した藤九郎は、作事小屋に戻ると手拭いで体に付いた雨滴を拭った。

──さすがに疲れたな。

何日も雨が続く中、藤九郎は飛び回っていた。しかし過労からか体は重く、疲れが取れにくい。

──又四郎はどうした。

一瞬、そう思ったが、川の付け替え普請の手伝いで送り出したのを思い出した。

──物忘れがひどくなったな。

あまりに多くの仕事が山積しており、藤九郎の冴えた頭も回りにくくなっていた。

「とりあえず落ち着こう」と思い、湯を沸かして薬湯を喫した。そのまま少し休んでいると、活力が体に満ちてきた。

新たに書いた勘録や「日取立て」を眺めていると、「ご無礼仕ります」と言いながら、北川作兵衛がやってきた。

「新しい勘録を見ました」

作兵衛の顔は冴えない。

「書き直した勘録は、明日にも殿に差し出す。何かあったら今日のうちに言ってくれ」

「やはり、新たな算木積みを試させてはいただけないのですね」

「天下に災厄が迫っている。此度は従来通りの『重ね積み』でやってくれ」

作兵衛が落胆をあらわにする。

「それは致し方なきことですが、小天守も付けないのですか」

本来の計画は、大天守に小天守を接続させるというものだった。

「その通りだ。もはや小天守を造る時間的余裕はない」

「では、大天守だけを載せる石垣を『重ね積み』で造るということですね」

「そういうことになる」

「しかも、石の切り出しを始めてから二月半という短い間に積まねばならないのですね」

「ああ、そうだ」

藤九郎がため息をつく。源内にしても佐之助にしても作兵衛と変わらず、自らの担当範囲でしか物事を考えてくれない。

「われらはそれでも構いませんが、急普請の天守台の上に、これだけ大きな天守を載せるのです。果たして『重ね積み』で支えられるかどうか」

藤九郎は天守を望楼型にするつもりだった。それは新旧の勘録共に変わらない。だがそれ以前は、工期短縮を図るなら層塔型天守も検討せねばならないと思っていた。

望楼型とは、入母屋造りの屋根の上から望楼が生えてきているような天守建築で、下側の建物の屋根と望楼部分の接合部が複雑な構造となる。少しでも材木にずれや歪みが生じると、強度に問題が出てくる。

一方、層塔型は、規則的に下階の上に上階を重ねていく日本古来の五重塔建築を手本としたもので、強度面での問題が生じにくい。また構造は単純なので、部材も規格化できる上、工期も短縮できる。おまけに作業に携わる人員も少なくて済む。

「層塔型天守であれば、望楼型天守を築くよりはるかに容易でしょう。しかし問題は天守台です」

「分かっている。天守台の上面を正確な矩形にしないと、層塔型天守は築けないと言いたいんだろう」

「その通りです。今の天守台構築技術と此度の短い工期では、どうしても上面が台形や不等辺四角形になってしまいます」

「だから層塔型ではなく望楼型天守を築くのだ」

「それは分かります。望楼型なら下部の建築物、すなわち入母屋造りの底面が真四角でなくても、その屋根部分で調整ができるので、上に載せる望楼の基部を正方形に保てるわけですね」

　藤九郎がうなずく。

「しかし、そのためには極めて細かい調整が必要になります。天守台の形に合わせて個別の尺を使うことになるので、部材に隙間ができる公算が高まります。部材一つにわずかな隙間があるだけで、本来想定した強度が出せません。しかも天守ができ上がってからでないと、調整はできないことになります」

「それも分かっている」

　台形や不等辺四角形の建築物に強度を出すのはたいへんだ。しかも上に望楼部分が載るとなると、その荷重が下側の入母屋部分に掛かってくる。その荷重を歪んだ下部が均等に引き受けるのは困難で、急ごしらえでは何年か経つと強度面で不安が生じてくる。つまり大風や地震の際、どれだけ耐えられるか分からないのだ。

「しかも天守台ができ上がってからでないと、柱の数はもとより、梁や棟の正確な長さが決められません」

　――さすがだな。

　作兵衛は城について熟知していた。

「では、どうしたらいいと思う」

「私は石垣を専らとしているので、上物は詳しくありませんが、どこかに答はあるはずです」

「その答を見つける時間さえないのだ」

藤九郎が嘆いた時だった。又四郎が駆け込んできた。

「藤九郎さん、たいへんだ！」

又四郎は全身ずぶ濡れの上、肩で息をしている。

「どうした！」

「川水の力で江丸が崩れ、数人の夫丸が流された！」

「何だと──」

ここで又四郎が言っている江丸は、恒久的なものではなく、川を屈曲させるために一時的に築いた水越と呼ばれる乗越堤のことだ。乗越堤は壊す時のことを考えて頑丈には造っていない。

「場所はどこだ！」

「蓮台寺と平田の間です」

──やはりあそこか。

藤九郎のいる隈本城下から、一里ほど南に下ったところだ。

白川は大河川で水量が多いので、梅雨に流路を付け替える普請などやりたくなかった。

しかし城を年内に完成させるとなると、すぐにでも白川を南流から西流に変えなければならない。

——勘録を変更した影響が、もう出たのか！

勘録や「日取立て」は季節も勘案して作られている。それを覆すと、様々なものに皺寄せが生じてくる。

藤九郎は絵図面の山の中から蓮台寺と平田周辺の詳細図面を見つけ出すと、それを筒に入れて懐にねじ込んだ。

「又四郎、馬を借りるぞ」

「はい。お気をつけて」

笠をかぶり、蓑を羽織った藤九郎は、又四郎の乗ってきた馬にまたがり、一路蓮台寺を目指した。

六

雨の中、馬を飛ばして蓮台寺に駆けつけると、すでに多くの人々が右往左往していた。

「お頭だ。お頭がやってきたぞ！」

誰かの声が響き渡り、皆が藤九郎に注目する。

「藤九郎さん、こちらです！」

蓮台寺の講堂から出てきた源内が中へ招き入れようとする。だが藤九郎は、一刻も早く現場に行きたかった。

「まずは崩れた水越に行こう」

「見に行ったところで、もはや手の施しようもありません」

「とにかく行ってみよう」

二人が雨の中を駆け出すと、多くの者たちが後に続いた。

河畔が見えてきたところで源内が言う。

「水越が崩れそうになったので、何人か出して補強普請をやらせていたのですが――」

「その最中に水越が崩れたのだな」

「目撃した者によると突然、水越が崩れて水が溢れ出し、何人かがのみ込まれました。大半はどこかに摑まり、難を逃れたのですが、三人だけ白川の本流に落ちました」

「それで、見つからないのか」

源内がうなずく。

「はい。瞬く間に頭が没し――」

現場に着いたが、水越は大きく崩れ、激流が渦巻いていた。

――これでは打つ手がない。

河川の付け替えや流路変更は、たいへんな危険が伴う。そのため万全の注意を払ってきたつもりだが、それでも犠牲者を出してしまった。

――うっ、どうしたんだ。

その時、藤九郎は突然めまいがして倒れそうになった。

「藤九郎さん、どうかしましたか！」と言いつつ、源内が支える。

「心配要らん。少し立ちくらみがしただけだ」

そう言いながら、額に手を当てると熱を持っている。

――このくらいなんだ。しっかりしろ！

藤九郎は己を叱咤した。

「下流には縄を渡してあったのだな」

川幅が狭くなる何カ所かに、万が一に備え、流された者が摑まるための縄を渡していた。かつて又四郎が流された時の教訓を生かしたのだ。

「はい。渡してありましたが、見に行かせた者からは、誰かが掛かっているという報告はありませんでした」

「仕方ない。遺族には手厚く報いよう。それで――」

誰も口にしないが、三人は瞬時に逆巻く激流にのみ込まれ、水死したに違いない。

藤九郎は頭を切り替えた。

「この水越の復旧には、どれくらい掛かる」

「この雨ですから」

「どういうことだ」

源内が思い切るように言う。

「雨がやんで水量が減ってからでないと、夫丸たちを出せません」

「それでは、いつになるか分からないではないか！」

藤九郎はつい怒鳴ってしまった。

「残念ながら、この有様ではどうしようもありません」

「待て」と言いつつ、藤九郎が絵図面を広げる。

「小舟をつなげて隔壁を増やしていき、それを土砂で支え――」

「無茶を言わないで下さい」

「無茶ではない！　そうしないと殿のご要望に添えなくなるのだ」

「だからと言って、夫丸たちを死の危険に晒すことはできません」

源内は頑なだった。

「では、いつまでも流路を変えられないではないか。ということは、城の堀に水が入れられないことになる！」

「死人が出ているんです。わしが『行け』と言っても、夫丸たちは行きません」

「何を言っておる。無理にでも行かせろ！」

その時、背後から怒声が聞こえた。

「藤九郎さん、それは間違っている！」

「誰だ！」

雨の中、笠もかぶらずに立っているのは又四郎だった。

「そなたは——、そなたはわしが間違っていると申すのか！」

「はい。源内さんが正しい」

藤九郎は振り向くと又四郎の前に立った。

「何だと！」

「二人ともやめて下さい」と言いながら、源内が間に入ろうとしたが、又四郎が決然と言った。

「源内さん、下がっていてくれ。これは義兄上とわしの話だ」

源内とその配下の者たちが、少し離れた場所まで下がる。

「お前は、わしの邪魔をしたいのか！」

「そうではない。正気に戻ってほしいのだ」

「わしは正気だ！」

藤九郎が怒りに任せて又四郎の胸倉を摑む。

「こんな雨の中、夫丸を川に追い立てるなど、正気の沙汰ではない！」

又四郎の顔には幾筋もの雨滴が流れ、目を開けていられないほどだ。

「では、殿の意向はどうする。それを踏みにじるわけにはまいらぬ」

「殿が——」

又四郎は大きく息を吸うと言った。

「夫丸を殺してまで、『普請を続けろ』と仰せになるわけがない！」

藤九郎が言葉に詰まる。

——又四郎の言う通りだ。殿は何よりも配下の者を大切にする。

「義兄上、しっかりしてくれ！」

「わしは——、わしは何を考えているんだ」

「分かってくれれば、それでよいのです」

又四郎の顔から流れ落ちているのは、雨滴だけではなかった。

「わしは、大切な夫丸たちを死に追い立てようとしたのか」

その場にくずおれそうになる藤九郎を、又四郎が支える。だが藤九郎はめまいを堪えきれず、その場に片膝をついた。

「義兄上、どうしましたか！」

源内たちも走り寄ってきた。

「心配は要らん。少し休めばよくなる」

「あっ」

藤九郎の額に手を当てた又四郎が驚く。

「すごい熱ではないか！」

「何でもない」

「こんなところにいてはだめだ」

又四郎が藤九郎に肩を貸すと、源内も一方の肩を支えた。

豪雨の中、一行は蓮台寺へと急いだ。

七

藤九郎は夢を見ていた。正確には、夢と現の間で実際にあったことを思い返していた。

幼い頃、父の帰りを待つ間、藤九郎は父の書院に入り、城の絵を見るのが日課になっていた。

今から思うと、父は試行錯誤を繰り返していたのだろう。様々な絵の傍らには、大きく×印が付けられたものが何枚も重ねられていたからだ。

紙は貴重なものだが、織田家の普請奉行ともなれば、紙などいくら使ってもよかったのだろう。

藤九郎の背丈ほども積み上げられていた和紙は、襖の裏張りなどに再利用できるが、城関連の絵は織田家にとって極秘事項に当たるので、父は×印の付いたものがたまると、裏庭に運んで燃やしていた。それゆえ父は不要となった城の絵を見ることは許したが、一切の持ち出しを禁じていた。

父が×印を付けた城の絵を見ながら、藤九郎は様々に思いを馳せていた。そしていつしか「城取り」になりたいと思った。

六、七歳になると、見るだけでなく、没になった紙の端に城の絵を描くようになった。
ある日、藤九郎は想像の城の絵を描くことに熱中し、父が帰ってきたのに気づかなかった。

書院に入ってきた父は、藤九郎を咎めるでもなく、「おっ、城の絵を描いているのか」と言って、背後からのぞき込んだ。藤九郎が畏まると、父は「構わぬから続けろ」と言ってくれた。

すでに描いた絵の一つを掲げ、父が言った。

「藤九郎、これでは天守が石垣からはみ出しておるぞ」

「あっ」と思ってよく見ると、父の指摘通りだった。

「天守でも櫓でも、石垣の上に載せるものは、石垣の上端に合わせねばならん」

「そういうものですか」

「ああ、そうするのが常道だ。しかし待てよ――」

父が藤九郎の絵をじっと見る。

「そうか。これはもしや――」

父が真剣な眼差しで考え込む。

「藤九郎、よきものを見せてもらった。次に築く城は、そなたが描いたこの絵のようになるやもしれん」

父の顔に笑みが広がる。藤九郎には何のことだか分からなかったが、自分の絵が役に立てたと思うと誇らしかった。

「藤九郎は父上のお役に立てたのですか」

「ああ、立てたぞ。そなたは、知らぬ間に新しきものを生み出していたのだ」

「何を生み出したのですか」

「はみ出しよ」

「えっ」

父が絵を指差した。

その時、天井の節が目に入った。

「おお、義兄上、目覚めましたか」

はっとして起き上がろうとすると、頭がずきずき痛む。藤九郎は再び横たわった。

「又四郎、ここはどこだ」

「自分の家ではないですか」

周囲を見回し、藤九郎は安堵した。

「あなた――」

たつが目に涙を浮かべている。その背後から里が、たつの肩を抱いていた。

「二人が寝ずに看病してくれたおかげで、熱も少し下がってきました」

次第に記憶がよみがえる。

「そうか。わしは蓮台寺の河畔で倒れたのだな」

「はい。驚くほど熱があったので、いったん蓮台寺に寝かせ、その後、こちらに運び込みました」

「すまなかったな。それで、あれからどうなった」

「雨がやんだので、慎重に水越を造り直すと源内さんは言っています」

窓の方を見やると、確かに外が明るい。

「わしは長く寝ていたのか」

「三日ほどです」

「何だと。その間、普請の進捗はどうだった」

「徐々には進んでおります。しかし――」

又四郎が背後に顔を向けた。

「北川殿、よろしいか」

後方に控えていた北川作兵衛が進み出る。

「この長雨で石の切り出しと運搬が滞っており、とても段取り通りには運びません」

「どのくらい遅れている」

「四日ほどです」

「そうか――」

藤九郎がため息をつく。

「やはり石垣ができてからでないと、上物の正確な図面は描けないのか」

「それは、これまでと変わりません」

石の加工技術に限界があり、どうしても天守台の上面が不等辺四角形になってしまう。そのため石垣ができてからでないと、天守の正確な図面が描けない。

「体を起こしてくれ」

藤九郎が上半身を起こそうとしたので、又四郎が手伝った。

「どうしてそうなるのだろう」

「今更何を仰せか。とくに此度のように、石垣に『扇の勾配（こうばい）』を持たせる場合、天守台の上面を正確な矩形に取ることは、極めて困難です」

隈本城では、石垣の裾（すそ）から上に行くに従い垂直に近くなる「扇の勾配」を取っている。この場合、いずれかの角が鋭角か鈍角になるので、それをどこかで調整しなければならなくなる。それだけで天守台の上面を正方形にできなくなるため、層塔型天守は築けず、自（おの）ずと望楼型天守になる。

「それは分かっている」

「では、何を――」

「待てよ。何かが引っ掛かっている」

藤九郎は痛む頭の奥から、何かを引き出そうとした。

――そうか。これまで石垣に囚（とら）われすぎていた。石垣を矩形に造ることはないんだ。

皆が固唾(かたず)をのんで見守る中、藤九郎がかすれる声で言った。

「天守を石垣からはみ出させてはどうだろう」

「どういうことですか」

作兵衛と又四郎が首をひねる。

「天守を張り出すのだ。さすれば、すべては解決する」

「張り出す、と仰せか」

作兵衛が又四郎を見る。

「そうだ。最下部が天守台よりも一回り大きな天守を築くのだ。つまり石垣の上端部から天守の最下部をはみ出させる」

懐から墨と書付を取り出した作兵衛が、さらさらと絵図を描いた。

「このような感じですか」

「そうだ。四辺すべてをはみ出させる」

「なるほど」

又四郎が顎(あご)に手を当てて考え込む。

「こうすれば、天守台の形状に天守は左右されず、天守の図を先に作ることができる」

作兵衛が膝を打つ。

「これは行けるかもしれません。それにしても、どうしてこの考えに行き着いたのですか」

藤九郎が弱々しい笑みを浮かべる。

「夢のお告げだ。いや、実は父上との会話を思い出したのだ」

「父上とは、安土城の縄張りを描いたという木村次郎左衛門殿のことですか」

「そうだ。安土城と命運を共にした父上だ」

最後まで安土城を守ろうとした木村次郎左衛門の名は、城取りたちの間で知らぬ者がいないほどだった。

「しかし――」と又四郎が口を挟む。

「上物、すなわち天守が石垣より大きくなるので、地震があった時に崩落する危険が高まります」

「わしもそれを危惧した。だが夢と現をさまよっている間に、答が見つかっていた」

その道に習熟した者は、過去の経験や知識が、眠りが浅くなった時などに突然現れることがある。

「と、仰せになられると」

「大木で根太を造り、その上に天守を載せたらどうだ」

「あっ、それなら安定しますね」

「うむ。柱と根太を十字に組ませることができるので、強度も増すはずだ。つまりまず土台材を敷き、その上に天守の床板を支える根太と、根太を支える横材を渡せば万全だろう」

又四郎がうなずく。

「それなら天守が安定するだけでなく、天守が石垣の外側に張り出しているので、雨の時も雨滴が城の基部に落ちません。つまり基部を腐食から守れます」

作兵衛が首をひねる。

「しかし根太を組んで石垣の外に張り出すとなると、雨の時に天守の屋根から落ちる水が根太にかかり、根太の腐食が進みます」

又四郎が答える。

「根太を露出させるのではなく、漆喰（しっくい）を塗り込んだらどうでしょう」

作兵衛が首を左右に振る。

「それでも限界はあります。漆喰を塗り込むだけで、雨滴が全く浸透しないということはありません。数年経つと、黒カビが浮かんできます」

その時、「待たれよ」と後方から声が掛かった。

姿を現したのは金宦だった。

「お倒れになったと聞き、見舞いと報告も兼ねてやってきました」

「報告とは――」

「朝鮮から渡海してきた瓦職人たちが瓦を焼く窯ができました」

「ああ、それはよかった」

「これで、いつでも大量の瓦が焼けます」

「そうか。しかしそれと根太とは、どうかかわりがあるのだ」

「これです」

金宦が懐から書付を取り出した。それには奇妙な形の瓦が描かれていた。

三人の視線がそれに集中する。

「これは何だ」

「滴水瓦（てきすいがわら）です。この部分をご覧下さい」

金宦が瓦の先端部分を指差す。

「日本の瓦にはこうした仕掛けがないので、雨水が壁のようになって落ちるだけです。しかしわれらの瓦には角度が付いているので、雨滴が真下に落ちません。つまり根太の部分に落ちないようにできます」

又四郎が声を上げる。

「おおっ、これまで雨滴の処理は城造りにおける厄介事の一つでした。しかしこの瓦を使えば、雨滴の垂れる位置を決められるので、根太に掛からないようにできます」

藤九郎が付け加える。

「根太の上に腰庇（こしびさし）を付け、その上に滴水瓦を並べれば万全だ」

藤九郎の頭の中で、大天守の姿が徐々に浮かび上がってきた。

「金宦殿、かたじけない」

「何を仰せか。持てる知恵をすべて出すのは、加藤家の武士の務めです」

「加藤家の武士か。いい言葉だな」

金宦が加藤家に根を下ろす覚悟をしたことが、ひしひしと伝わってきた。

先ほどから絵図をにらんでいた又四郎が言う。

「これで天守を築く上での厄介事がすべて片付きました」

「そうか。よかった。では、正確な縮尺の絵図面を描こう」

そう言って立ち上がろうとした藤九郎だったが、たつがそれを押さえた。

「お願いですから、無理をなさらないで下さい」

「もう日がないのだ。急がねば――」

その時、又四郎が両手をついた。

「義兄上、お願いがあります」

「何だ」

「その絵図面を私に描かせて下さい」

「何だと。部材一つの長さや太さまで、すべて厳密に描かねばならぬのだぞ」

「分かっております」

又四郎が少し下がって平伏する。

「だからこそ、やらせて下さい」

「そなたにできるのか」

「やるしかありません。いや、必ずやり遂げます」

藤九郎と又四郎が視線を合わせる。

――いつの間に、そこまで成長していたのか。

藤九郎は多忙だったので、又四郎に何かを教えてやった覚えはない。だが又四郎は、藤九郎の背を見ながら城取りの仕事を覚えていたのだ。

「よかろう」

「ありがとうございます」

又四郎が畳に額を擦り付ける。

「そなたが――」

藤九郎がかすれた声で言う。

「この城を――、この『もっこすの城』を築くのだ」

「はい。必ずや！」

突然、疲れが襲ってきた。愁眉（しゅうび）が開けたので、緊張から解放されたのだろう。

たつが藤九郎を気遣う。

「今日は、このくらいにしておきましょう」

「そうだな」

そこにいる人々を見回すと、藤九郎は言った。

「皆で力を合わせ、『もっこすの城』を築くのだ」

「おう！」

皆が応じる。

——これでよい。

たつの手を借り、藤九郎は再び横たわると目を閉じた。

八

六月十八日、上洛命令を拒否した会津の上杉景勝を討伐すべく、徳川家康とそれに従う諸将は伏見城を出陣した。七月二日には江戸に到着し、七日には参陣諸将を江戸城に集めて大軍議を催した。

だが七月十七日、毛利輝元が大坂に入城することで、事態は急変する。

同日、奉行三人が連名で家康への弾劾状「内府ちがひの条々」を出すことで、家康は豊臣家の執政という立場から一転して謀反人とされた。

そして八月一日、伏見城に籠もる徳川方留守居部隊を、西軍が襲撃することで大乱が始まる。

九州でも、大乱は目の前に迫っていた。そうした中、清正は家康に味方することを決断する。

清正は、母伊都の葬儀で国元に戻ったまま上方に行くことはなかった。というのも家康から、九州における西軍勢力の掃討を依頼されたからだ。

家康も清正も豊臣家奉行衆との戦いが長びくと見ており、家康は清正と黒田如水に、九州の取りまとめと安芸の毛利家を背後から牽制する役割を課した。一刻も早く大坂に駆けつけて秀頼を守りたい清正だったが、長丁場の戦いになると見て、ひとまず九州の西軍勢力の掃討を目指すことにした。

そうした世の中の動きとは裏腹に、藤九郎とその配下の者たちは、隈本城の築城に邁進していた。

六月には天守や櫓群の地業が始まり、同時並行的に石の切り出しも開始された。七月になると、又四郎の描いた正確な図面を元に、木材の伐り出しが始まる。八月には、木材を図面に従って切断する作業も開始された。いよいよ天守を中心とした本丸の築城が佳境に入ってきた。

それとは逆行するように、藤九郎の体調は次第に悪化していった。当初はひどい風病(風邪)だと思っていたが、暑い盛りの八月になっても微熱が続き、咳も治まらない。それでも藤九郎は自宅と茶臼山の現場を往復していた。時には駕籠を出してもらうこともあったが、たいていは又四郎に付き添われて徒歩で向かった。

病は次第に深刻になっていったが、藤九郎は周囲に気取られないよう、常と変わらぬ舟底袖の羽織にたっつけ袴といういでたちで茶臼山に通った。

九月上旬、清正が普請途中の現場を訪れる日がやってきた。

清正は飯田角兵衛、森本儀太夫、大木兼能といった宿老たちを引き連れ、茶臼山に登ってきた。総奉行を務める兼能は藤九郎の病状が芳しくないのを慮り、天守台の下で待つよう言いつけた。

やがて清正一行の姿が見えてきた。清正は兼能の説明を受けながら、何かを問い返している。

藤九郎ら普請方は敷かれた蓆の上に平伏した。

「藤九郎、久しぶりだな」

「ご無沙汰いたしておりました。それがしが不在の折は、石垣造りなどをご指導いただいたようで、ありがとうございました」

清正はしばしば茶臼山の現場に赴き、時には自ら石積みの指導をしたと聞いていた。

「昔取った杵柄だ。太閤殿下もよくそうしていた」

清正が「殿下」という言葉を発する時、そこには深い愛情がにじみ出ていた。

その時、咳の発作が襲ってきた。

「どうした」

「ご心配には──、ご心配には及びません」

身をよじり清正から遠ざかるようにして、藤九郎は咳をした。

慌てて懐から手巾を取り出し、口に当てる。いつもと違う感覚がしたので、ちらりと手巾を見ると、わずかに血が付いていた。

――まさか、労咳(ろうがい)か。

ようやく咳の発作が治まったので、藤九郎は手巾を丸めて懐に突っ込んだ。

「無理をさせていたのだな」

「いえ、そんなことはありません。ご無礼仕りました」

「明日から、しばらく養生せい」

「は、はい」

清正はしゃがむと、藤九郎の肩に手を掛けた。

「そなたは本当によくやっている」

「も、もったいない」

「何を言う。そなたは加藤家の宝だ。これからも多くの城を造ってもらう」

「もちろんです」

「だからこそ――」

清正が立ち上がる。

「自愛せい」

清正が大きな背を見せて去っていった。

藤九郎は、この時ほど加藤家に仕官してよかったと思ったことはなかった。

八月一日の西軍による伏見城攻撃で始まった豊臣政権内の主導権争いは、会津征伐から一転して兵を西に向けた徳川家康によって、持久戦ではなく決戦が行われる公算が高くなってきた。

八月二十三日、福島正則や池田輝政ら東軍の先手部隊が、西軍の岐阜城を落城に追い込む。

一方、毛利家の部隊が東軍の伊勢安濃津城を攻略し、双方の動きが慌ただしくなる。

そして九月一日、徳川家康が江戸を出発して美濃方面に向かうことで、決戦の気運はいよいよ高まってきた。

こうした上方の動きが九州にもたらされるのは、ちょうど半月ほど後だった。そのため一日でも早く新たな情報を手に入れるため、九州の諸大名は躍起になっていた。

徳川家康の江戸進発の情報が届いたことで、清正は九州制圧を決意した。

奇しくも関ヶ原で一大合戦が行われたのと同じ九月十五日、清正は隈本を出陣した。

いったん北東の豊後国方面に向かったものの、西軍に付いた中川秀成が戦わずして降伏してきたため、兵を転じて肥後国南部の小西領へと進んだ。そして九月二十日には、小西行長の本拠の宇土城を包囲した。

関ヶ原合戦の結果は、加藤勢にも小西勢にも、もたらされていなかった。そのため二十日から始まる宇土城攻防戦は、熾烈を極めるものとなった。

城主の小西行長不在の城なので、容易に落とせると思っていた清正だが、小西方も頑強な抵抗を示した。

九月末、ようやく関ヶ原合戦の一報が入り、続いて行長が処刑されたことが伝わってきた。清正はこの情報を城方に知らせて降伏開城を迫ったが、小西方は受け容れない。偽情報だと思い込んでいるのだ。

しかし次第に宇土城内にも、関ヶ原での敗戦や行長の死が確かなものだという情報が伝わり、十月十三日から和睦交渉が始まった。そして十五日、宇土城は降伏開城し、清正の戦いは終わった。

九

「お味方大勝利」の一報が届き、隈本城下は沸き立っていた。

連日、祭りのように人が外に繰り出し、夜になっても賑わいは続いた。これで加藤家の繁栄は約束されたも同じであり、「われらの殿は百万石の大名になる」などという噂まで、まことしやかに流れていた。

宇土城を降伏開城させた清正は、いったん隈本に戻った後、今度は北に馬を進め、西軍に付いた立花宗茂の柳川城を包囲した。立花勢は鍋島勢と戦闘中だったが、清正と黒田如水が宗茂を説得し、十月二十五日、宗茂は降伏開城を決意する。

その後、清正は薩摩方面に向かったものの戦闘はなく、十二月には再び隈本に戻った。

そうした清正躍進の陰で、藤九郎の衰弱は著しくなっていた。それでも連日、駕籠を使って茶臼山に登っていたが、いよいよ天守が完成するという九月末、駕籠に乗ることも辛くなってきた。

微熱と頭痛が引くことはなくなり、突然激しく咳き込むと、血痰を吐くことも多くなった。

――わしは、もうだめかもしれない。

おそらく風病をこじらせたことで体が弱り、眠っていた労咳が目を覚ましたのだろう。半島では多くの人々が労咳を患っていたので、どこかでうつされていたのかもしれない。

十二月のある朝、いつものように駕籠かきを連れて又四郎が迎えに来た。

藤九郎は又四郎とたつを枕頭に呼んだ。

「聞いてくれ」

二人の顔に緊張が走る。

「どうやら、わしはもう長くはないようだ」

「何を仰せですか」

その言葉にたつが嗚咽する。だが反論しないということは、しばしば往診してくれる清正の侍医から、それとなく診立てを聞かされているからだろう。

「たつ、多忙に任せて子をなすこともできずすまなかった。だが考えてみれば、わしの子はたくさんいる」

　二人が顔を見合わせる。

「わしの子は城だ」

　又四郎も涙を堪えながら言う。

「そうですよ。城取りの子は城です」

「わしはそれでよいが、そなたは祝言を挙げて子をなすんだぞ」

　又四郎が啞然とする。

「そなたが、わが妹の里のことを憎からず思っているのは知っている」

　たつと又四郎の顔に笑みが広がる。

「ご存じとは驚きました」

「わしの目は節穴ではない」

　又四郎が頭をかく。

「恐れ入りました」

「姉さん女房だが、よろしく頼む」

「もちろんです。必ず幸せにしてみせます」

「だがわしは、そなたらの祝言まで生きていられそうにない」

　たつが涙ながらに言う。

「あなた様、殿の侍医は、病は徐々に退散し掛かっていると仰せです」

「気休めは言わぬでよい。自分の体は自分が最もよく知っている」

藤九郎が口の端に笑みを浮かべる。

「ああ――」

たつが板敷に手をつくと、その肩を又四郎が支えた。

「姉上、気をしっかりとお持ち下さい」

藤九郎が苦しげに言う。

「又四郎、今日を最後の登城日とする」

又四郎が強くうなずく。

「分かりました」

「たつ、着替えを用意してくれ」

「はい」と言って、たつが座を立った。

「又四郎、ここまでよくやってくれた」

「そんなことはありません。私は――」

又四郎が言葉に詰まる。

「そなたがいなかったら、わしは誰にも何も伝えることができなかった。そなたがいて本当によかった」

「そんな――。過分なお言葉です」

「返す返すも残念なのは、父上の秘伝書をそなたに渡せなかったことだ」

「そのことなら、ご心配には及びません。時間のある時にすべて目を通し、ほとんど頭の中に入っています」

「そうだったのか」

城取りになると決めてから、又四郎は必死に学んでいた。だが藤九郎でさえ、そこまでやっていたとは知らなかった。

「すでに己の学んだこと、経験したことも書き留め始めています」

技術の進展は日進月歩だ。それほど遠くない先、父の秘伝書も用をなさなくなる。だが新たな知識と技術によって秘伝書を更新していけば、秘伝書は永遠の生命を得られる。

「そうか。すべては引き継がれていくのだな」

「はい。お任せ下さい」

――もう後顧の憂いはない。

又四郎の成長が、藤九郎には何よりもうれしかった。それは、父や藤九郎の経験と知識を受け継いでいける後継者の誕生でもあった。

「わしは本日限り、大木様の下役、つまり普請・作事の物頭の座から身を引く。だが城造りはまだ続く。わしの後任は、そなたのほかにおらぬ」

「でも私は――」

又四郎はまだ十代後半だ。

「そなたならやれる。わしがやってきたように、皆の心を摑めるはずだ」

又四郎はしばし考えると言った。

「やってみます。いや、やらせて下さい」

「その意気だ。それと――」

藤九郎が笑みを浮かべて言った。

「里を頼む」

「もちろんです」

「それにもう一つ――」

藤九郎は少し躊躇したが、思い切って言った。

「わしが死んだ後、たつの再嫁先を探してくれ」

「そ、それは――」

又四郎がうなだれる。

「わしの心残りはそれだけだ。たつはまだ若い。その上――」

藤九郎が感極まる。

「あれほどのよき女子はおらぬ。再嫁すれば、また新たな幸せを見つけられる」

しばしの間、唇を噛み締めていた又四郎が言った。

「承知しました」

「よかった。これで心残りは全くない」

その時、たつが着替えを運んできた。

「今日は城とのお別れの日だ。又四郎、主立つ者たちを茶臼山に集めてくれないか」

「分かりました」

又四郎が下男を走らせるべく、たつと入れ替わるようにして出ていった。

「これを着るのも今日が最後だ」

藤九郎が羽織に腕を通す。

「そんなこと、仰せにならないで下さい」

たつが涙声で言う。

「いや、物頭の座を又四郎に譲ったからには、わしは今日を限りに、城造りについて一切口を挟まぬ。いわば隠居というわけだ」

「隠居なんて早すぎます」

たつが嗚咽を漏らす。

藤九郎は今年三十四歳になったばかりだ。

「わしなどと夫婦(めおと)になり、そなたも運のない女だな」

「何を仰せですか。私ほどの果報者はおりません」

「そう言ってくれるか」

「当たり前です。好いた相手と添い遂げることが、女子にとって最高の果報です」

藤九郎は心底うれしかった。

やがて二人に肩を支えられながら、藤九郎は駕籠に乗った。

「では、行く」

「いってらっしゃいませ」

これまでと何ら変わらず、たつが送り出してくれた。

——こんな日々が、もっと続くと思っていたのにな。

藤九郎は駕籠の中で、初めて自分のために泣いた。

十

駕籠が下ろされ、又四郎の肩を借りて藤九郎が本丸に降り立った。

——ここがわしの居場所だ。

晴天に大天守が屹立(きつりつ)していた。そこには多くの職人が取り付き、漆喰を塗る作業を行っている。

用意された床几(しょうぎ)に藤九郎が腰を下ろそうとするが、それもままならない。

急遽(きゅうきょ)、篗輿(あおだ)(担架)が用意され、藤九郎はその上に寝かされた。

大工と話していた又四郎が戻ってきた。

「今のところ順調です」

「そうか。一時は雨で随分と遅れたのに、よくぞここまで持ち直したな」

「はい。これも皆のお陰です」

「そうか。一人ひとりが全力を尽くしてくれたのだな」

「そうです。城造りにかかわる者たちすべてが、懸命に働いたお陰です」

「これで殿にも、ご満足いただけるだろう」

「はい。必ずや――」

そこに北川作兵衛らが駆けつけてきた。

「こちらに来られると聞き、急いで参りました」

「作兵衛殿、見事な仕上がりだ」

天守台の石垣は、美しい「扇の勾配」を見せていた。

「天守を根太に載せるという形にしていただいたので、あの勾配を造ることに集中できました」

「よかった。天におられる先代もきっとお喜びだろう。あちらに行ったら、そなたの成長をご報告する」

「何を仰せですか。また一緒に城を造りましょう」

「いや、それは、わしではなく又四郎とやってくれ」

又四郎が藤九郎の隠居を伝える。

「分かりました。そうさせていただきます。藤九郎さんは――」

作兵衛が感極まったように言う。

「背後で見守っていて下さい」

藤九郎がうなずくと、ちょうど源内と佐之助がやってきた。

かつてと同じ朴訥（ぼくとつ）な口調で、源内が語り掛ける。

「ご存じの通り、白川の流路変更がうまくいき、年内には城下まで水を引くことができます」

佐之助も、出会った頃と何ら変わらぬ陽気な口調で言う。

「城下町作りも佳境に入りました。このまま進めば、各地から商人や職人が集まり、九州最大の城下町になります」

「そうか。二人ともよくやってくれた」

藤九郎が満面に笑みを浮かべる。

その背後から現れたのは金宦だった。

「金宦殿、素晴らしい瓦ができ上がったではないか」

すでに藤九郎は、金宦から滴水瓦の見本を見せてもらっていた。

「瓦なら、われらにお任せ下さい。しかしわれらには、ここまでの城は築けません」

「そんなことはない。人は一人では何もできぬが、多くの人が力を合わせれば何でもできる。その証拠がこの城だ」

――この城は、この国だけでなく朝鮮国の人々の力も借りてできたものだ。

藤九郎は感無量だった。

「藤九郎」

　その時、背後から声が掛かった。

「あっ、殿」

「苦しゅうない。そのまま横になっていろ」

「申し訳ありません」

　小姓が差し出す床几に座すと、清正が満足げに言った。

「藤九郎、よき眺めだな」

「申し分のない眺めです」

「これが見たくて城取りになったのだろう」

「はい。夫丸たちの掛け声、新木の匂い、人々が行き交う喧騒(けんそう)。ここが私の居場所です」

「そなたは生まれてから死ぬまで城取りなのだな」

「はい。生涯一人の城取りでいられたことに、それがしは満足しています」

　清正がため息をつくと言った。

「かつて田原山の山頂で、わしはそなたに『死ぬ覚悟で働いてもらう』と申した」

「そうでしたね」

「その時、『わしが死ぬ覚悟でと申した時は、五分までは本当に死ぬ』とも申した。まさかそれが現となるとは――」

　清正が苦しげな顔で続ける。

「わしは、この城をそなたの命と引き換えにしてしまった。悔やんでも悔やみきれぬ」

「何を仰せですか。無駄に長く生きるくらいなら、己の才知を使い切って早死にした方がましというものです」

「そなたは、本当にそれでよいのか」

「はい。武門の皆様が戦場で命を懸けるなら、城取りは普請作事の場で命を懸けます。それがしも、この場で討ち死にするつもりです」

「その覚悟ができているのだな」

「はい。人は死からは逃れられません。ただそれがしは逃れられなくても、それがしが蓄えてきた経験と知識は逃れられます。それは、ここにいる者たちに引き継がれていきます」

「その通りだ。人の命は儚(はかな)いものだ。しかし人が築き上げてきたものは堅固この上ない。そなたの経験と知識によって造ったこの城こそ、その証(あか)しなのだ」

「ありがとうございます。無念なことは何一つありません」

藤九郎の胸底から熱いものが込み上げてきた。

——そういえば弥五郎殿も、「無念なことは何一つない」と言って死んでいった。ようやくわしも、それが言える境地になったか。

胸内に涼やかな風が通り抜けていくような気がした。

その時、突然立ち上がった清正が、日の丸の描かれた鉄扇(てっせん)を掲げた。城を背景として、日の光を受けた鉄扇が神々しいばかりに輝く。

「藤九郎、天晴(あっぱれ)であった！」

「ああ、もったいない」

藤九郎に言葉はなかった。

――わしの生涯は短かった。だが、これほど満ち足りた生涯がほかにあろうか。

「殿、最後にお願いがあります」

「何なりと申すがよい」

「勝鬨(かちどき)を上げていただけませんか」

「勝鬨だと――」

「そうです。ぜひとも――」

「よし！」と言うや、清正は小姓に命じ、弓を持ってこさせた。

清正は弓の弦を弾(はじ)くと、弓杖(ゆんづえ)で三度、地面を叩(たた)きながら大声を上げた。

「えい、えい、えい！」

そこにいた者たちが、中空に手を突き上げながら応じる。

「おう！」

「えい、えい、えい！」

「おう！」

「えい、えい、えい！」

「おう！」

勝鬨が大地を揺るがす。それを聞いて何事かと集まってきた者たちも、勝鬨に応じ始めた。

勝鬨は天守を取り巻く渦のようになり、やがて隈本城下全体に広がっていった。

その心地よい連呼を、藤九郎はいつまでも聞いていたいと思った。

【参考文献】

『加藤清正の生涯　古文書が語る実像』　熊本日日新聞社編［解説］山田貴司、島津亮二、大浪和弥　熊本日日新聞社
『加藤清正　築城と治水』谷川健一編　冨山房インターナショナル
『伝記　加藤清正』　矢野四年生（よねお）　のべる出版企画
『加藤清正2　築城編・宗教編』　矢野四年生　熊本日日新聞情報文化センター
『決定版よみがえる熊本城』　平井聖監修　碧水社
『加藤清正（シリーズ・織豊大名の研究2）』　山田貴司編著　戎光祥出版
『熊本城（歴史群像　名城シリーズ2）』　学習研究社
『豊臣秀吉の朝鮮侵略』　北島万次　吉川弘文館
『加藤清正　朝鮮侵略の実像』　北島万次　吉川弘文館
『文禄・慶長の役　空虚なる御陣』　上垣外憲一（かみがいと）　講談社学術文庫
『秀吉の野望と誤算　文禄・慶長の役と関ヶ原合戦』　笠谷和比古・黒田慶一共著　文英堂
『朝鮮の役と日朝城郭史の研究　異文化の遭遇・受容・変容』　太田秀春　清文堂出版
『名護屋城跡　文禄・慶長の役の軍事拠点（日本の遺蹟26）』　高瀬哲郎　同成社
『懲毖録（東洋文庫357）』　柳成竜著　朴鐘鳴訳注　平凡社
『看羊録　朝鮮儒者の日本抑留記（東洋文庫440）』　姜沆著　朴鐘鳴訳注　平凡社
『熊本市史』　平野流香編著　熊本市編纂　青潮社
『新熊本市史　通史編　第三巻　近世Ⅰ』　新熊本市史編纂委員会　熊本市

参考文献が多岐にわたるため、記載は、加藤清正、熊本城、文禄・慶長の役に関するものだけにとどめさせていただきます。
また城の構造に関しては、とくに参考にさせていただいた下記の四冊に限って記載させていただきます。

『城のつくり方図典　改訂新版』　三浦正幸　小学館
『城の科学　個性豊かな天守の「超」技術（ブルーバックス）』　萩原さちこ　講談社
『石垣の名城　完全ガイド（The New Fifties）』　千田嘉博編著　講談社
『石垣整備のてびき』　文化庁文化財部記念物課監修　同成社

伊東潤公式サイト　http://itojun.corkagency.com/
ツイッターアカウント　@jun_ito_info

謝辞

本書は、城郭考古学者の千田嘉博先生の協力なくして書き上げられませんでした。この場を借りて、氏に謝意を表します。

（著者）

解説

千田嘉博（城郭考古学者）

伊東潤『もっこすの城―熊本築城始末―』は、戦国時代から近世初頭に活躍した「城取り」木村藤九郎秀範を主人公にした物語である。戦国時代の物語というと、どうしても武将に注目が集まる。そうしたなかで武将を支えた築城技術者「城取り」を主人公に据えて、激動の時代を描いた著者の着想は見事だと思う。

私も城を説明するときに、「たとえば熊本城は加藤清正が築いた」と記してきた。この説明は決して間違いではない。しかし堀や石垣・天守や御殿など、城を城として実際に築いたのは、藤九郎たち技術者だった。『もっこすの城』に接して、すました顔で武将だけに注目してきたのを反省したい。

現代でも似たことがある。画期的な商品やサービスをヒットさせた会社の成功を、すべて社長のお手柄とするニュースに、誰もが接しているに違いない。もちろん社長の功績はあったと思う。しかし社長のビジョンを実現するために、駆け回った社員の存在は忘れがちではないか。光があたる武将や社長だけでは世の中はまわらない。

武将が描いた理想の城を実現した「城取り」のように、ビジョンの実現に向けて懸命に努力する人がいるから世は動き、目指す未来に私たちは近づく。本作品には厳しい状況にあっても前を向いて進む人を応援する、著者の想いが貫いている。それは今を生きる私たちへのメッセージでもある。その思いに共感するから、難事に立ち向かう藤九郎たちへ惜しみない声援を送りたくなる。いつか自分の人生をふり返るとき、熊本城を見つめる藤九郎の心境に達するように日々を生きたい。

さて藤九郎のような築城技術者「城取り」は、本当に戦国時代に実在したのか。史料に「城取り」の痕跡をたどりたい。一五五三（天文二二）年二月に偽の書状を作成したとして誅伐された松田三郎入道は「城作（つくり）」と記された（『天文御日記』）。また一五四六（天文一五）年八月に奈良県の竹内城を攻めて討死にした坂ノ市ノ介は「アキ（安芸）ノ国ノ住人」で「城ツクリ」だった（『多聞院日記』）。また織田信長と戦った大坂本願寺は「加賀国（石川県）より城作りを召寄せ」て守りを固めていた（『信長公記』巻一三）。

戦国時代に築城のスペシャリスト「城取り」が「城作」「城ツクリ」として史料に現れ、彼らは城づくりだけでなく政治や戦いに関わったとわかる。しかし築城は高度な軍事機密なので、戦国期の築城の詳細は史料ではほとんどわからない。わずかに一五六五（永禄八）年より前に成立した『築城記』が、城の立地や、出入り口・堀のつくり方、柵や塀の建て方などをまとめていて、「城取り」の実務をうかがわせる（『群書類従』第二十三輯、武家部）。ただし今も残る各地の城は、まさに「城取り」の知恵と技術の結晶であり、城を訪ねれば「城取り」の世界を実感できる。

さて本作品に登場する藤九郎の父・木村次郎左衛門忠範（高重）は、織田信長に仕えた普請奉行であり、卓越した「城取り」として描かれる。この高重に相当した人物は文字史料から確認できる。もとになった木村次郎左衛門尉は、一五八一（天正九）年九月六日に安土城の完成を記念して信長から御小袖を賜った職人頭のひとりで、絵画の狩野永徳、彫金の後藤平四郎らとともにその名が見える（『信長公記』巻一四）。

次郎左衛門尉は、安土城下の中心市街地だった常楽寺を本拠にした有力者で、城づくりだけではなく、勢多橋の普請にも近江の諸職人を束ねて関わったと判明している。織田信長は一五七六（天正四）年に近江の杣大鋸引、鍛冶、桶結、屋（根）葺、畳指の統括権を次郎左衛門尉に認めていて、職人頭として大きな権限を与えた（天正四年一一月一一日付木村次郎左衛門尉宛織田信長朱印状）。さらに一五七七（天正五）に信長が安土城下に下した楽市令「安土山下町中掟書」には、町中に譴責使などを入れるときに、福富平左衛門尉、木村次郎左衛門尉の両人に届けて判断に従うよう定めた。つまり次郎左衛門尉は、安土の町奉行に相当する役割も果たした多面的な人物だった。

一五八二（天正一〇）年五月二九日、織田信長は安土城を発って京都へ向かった。六月二日に起きた本能寺の変によって、信長は二度と戻らなかった。その出陣にあたって信長が発令した「安土本城御留守衆」は津田源十郎をはじめ七名、二の丸番衆は蒲生右兵衛大輔（賢秀）をはじめ一四名で、木村次郎左衛門（尉）は二の丸番衆のひとりだった（『信長公記』巻一五）。

『信長公記』が記した二の丸がどこを指したかは、注意が必要である。現在二の丸と呼ぶところは、本来は詰丸と呼ぶべき空間である。だから現状の二の丸を『信長公記』が記した二の丸と考えるのは適切ではない。安土城中心部の設計と『信長公記』の記述を合わせて考えると、『信長公記』が記した「本城」は、天主や現在二の丸と呼んでいる詰丸を指し、「二の丸」は現在、本丸から三の丸と呼ぶ範囲を指したと考えるべきである。

安土城の奥空間であった「本城御留守衆」の人数よりも「二の丸番衆」の人数が倍になっていたのも、実際の面積の差と一致して矛盾しない。そして賢秀や次郎左衛門尉は安土城中枢部の表御殿が建つ公空間を守備したと判明する。本能寺の変を受けて、賢秀が御上﨟衆を警護して安土城を出ると、「安土御構、木村次郎左衛門に渡置き」とあるように、次郎左衛門尉は安土城全域の防衛責任者になった（『信長公記』巻一五）。そして安土城山麓の城門・百々橋口（どどばしぐち）で戦って討死した。本作品が描いたように、次郎左衛門尉は近江の諸職人を率いて安土築城を指揮し、日頃は城下にあって治安を維持し、最後は安土の城と町を守って亡くなった。

藤九郎は加藤家に仕官して、「城取り」の道を歩み始めたが、最初に肥後の治水工事を任された。城づくりの技術は治水・灌漑（かんがい）と関わりが深い。江戸時代の事例を紹介すると、鳥取城にある巻石垣は、治水のための堤防技術を城石垣の修理に応用したものだった。城を築く軍事技術が江戸時代になると民生技術に転用され、そうして受け継いだ技術が幕末に城を守った。

つづいて藤九郎が携わったのは、文禄・慶長の役で朝鮮半島に設けた豊臣軍の防衛拠点・倭城（わじょう）の築城だった。本作品に登場する西生浦（ソセンポ）城や蔚山（ウルサン）城は倭城の代表例で、とりわけ蔚山城は詳述されたように激戦の舞台だった。現地を訪ねると、蔚山城は最先端の石垣技術や外枡形（そとますがた）と呼ぶ鍵の手形に張り出した石塁を持つ出入り口を備えた堅城だったとわかる。しかし圧倒的な明・朝鮮連合軍の猛攻を受けて落城寸前に追い込まれた。その激戦の様子は佐賀の鍋島家が伝えた「朝鮮軍陣図屏風模本」（鍋島報效会蔵）が活写している。

絵画資料や古文書によれば、蔚山城は土づくりの外郭（惣構え）を突破され、内城壁のいたるところで明・朝鮮連合軍が突入を図った。蔚山城の城兵がこれほどの危機を乗り越えられたのは、清正の卓越した指揮があったのに加え、「城取り」たちが技を凝らして強固な城を実現していたからだった。文禄・慶長の役終了後に、朝鮮側は倭城を調査して築城術の把握に努めており、倭城の強さが大きな驚きであったのを証明している。

藤九郎を導いた加藤清正は、熊本築城の前に家中の技術者を選抜し、廃城になっていた安土城や当時日本最大の城であった豊臣大坂城に派遣して学ばせたという（『御大工棟梁善蔵聞覚控』熊本県立図書館蔵）。つまり清正は天下人の城を手本に熊本城を築いた。大志を胸に技術の大切さを理解した清正のもとで「城取り」たちが力を発揮したから、天下の名城・熊本城ができたのである。本作品でも藤九郎は大切なものを失いながらも天命を悟り、戦をしないための城・天下静謐のための城の実現に挑んでいった。

熊本城の大天守の建築が、天守台から一階床面を外へ張り出す画期的な建築構造を取り入れたこと、屋根の雨水を効果的に排水する滴水瓦を用いたこと、大天守台石垣の隅を算木積みではなく重ね積みにしたことなど、本作品が描く熊本城の細部はすべて史実に基づいている。著者は戦国の城に精通して、多くの城の本を著している。まさに城を知り尽くした著者ならではの緻密（ちみつ）で的確な叙述である。

藤九郎が持てる力を振り絞った熊本城は、二〇一六年の熊本地震で大きな被害を受けた。本作品が発表されたのは、地震からの修復が進む最中であった。その修復は今も続くが、熊本城調査研究センターを中心とした修復チームは、石垣の石ひとつもおろそかにしない精緻な復元を行っている。その結果、二〇二一年には従来は不足していたバリアフリー化も達成して、熊本城の大天守・小天守が強く美しい姿を取り戻した。もっこすの城は、藤九郎の意志を受け継ぐ二一世紀の「城取り」によって日々よみがえりつつある。本書を携えて、読者のみなさんに熊本城の雄姿を、ぜひ体感してほしいと願う。

本書は、二〇二〇年九月に小社より刊行された
単行本を文庫化したものです。

もっこすの城

熊本築城始末

伊東 潤

令和４年 11月25日　初版発行

発行者●山下直久

発行●株式会社KADOKAWA
〒102-8177　東京都千代田区富士見2-13-3
電話　0570-002-301（ナビダイヤル）

角川文庫 23428

印刷所●株式会社暁印刷
製本所●本間製本株式会社

表紙画●和田三造

ISBN 978-4-04-113105-3　C0193

◇◇◇

角川文庫発刊に際して

角川源義

第二次世界大戦の敗北は、軍事力の敗北であった以上に、私たちの若い文化力の敗退であった。私たちの文化が戦争に対して如何に無力であり、単なるあだ花に過ぎなかったかを、私たちは身を以て体験し痛感した。西洋近代文化の摂取にとって、明治以後八十年の歳月は決して短かすぎたとは言えない。にもかかわらず、近代文化の伝統を確立し、自由な批判と柔軟な良識に富む文化層として自らを形成することに私たちは失敗して来た。そしてこれは、各層への文化の普及滲透を任務とする出版人の責任でもあった。

一九四五年以来、私たちは再び振出しに戻り、第一歩から踏み出すことを余儀なくされた。これは大きな不幸ではあるが、反面、これまでの混沌・未熟・歪曲の中にあった我が国の文化に秩序と確たる基礎を齎らすためには絶好の機会でもある。角川書店は、このような祖国の文化的危機にあたり、微力をも顧みず再建の礎石たるべき抱負と決意とをもって出発したが、ここに創立以来の念願を果すべく角川文庫を発刊する。これまで刊行されたあらゆる全集叢書文庫類の長所と短所とを検討し、古今東西の不朽の典籍を、良心的編集のもとに、廉価に、そして書架にふさわしい美本として、多くのひとびとに提供しようとする。しかし私たちは徒らに百科全書的な知識のジレッタントを作ることを目的とせず、あくまで祖国の文化に秩序と再建への道を示し、この文庫を角川書店の栄ある事業として、今後永久に継続発展せしめ、学芸と教養との殿堂として大成せんことを期したい。多くの読書子の愛情ある忠言と支持とによって、この希望と抱負とを完遂せしめられんことを願う。

一九四九年五月三日